丁玲

素描／仍然是烦恼着／离情／五月／到前线去／文艺在苏区／南下军中之一页日记／彭德怀速写／我怎样来陕北的／战斗是享受／"三八节"有感／风雨中忆萧红／田保霖／三日杂记／粮秣主任／记游桃花坪／向警予同志留给我的影响／一块闪烁的真金／毛主席给我们的一封信／鲁迅先生于我／风雪人间（四则）／访美散记（三则）／回忆潘汉年同志／回忆宣侠父烈士／伊罗生／我与雪峰的交往

中华散文珍藏版

丁玲散文

人民文学出版社

图书在版编目(CIP)数据

丁玲散文/丁玲著.—北京:人民文学出版社,2016
(中华散文珍藏版)
ISBN 978-7-02-011699-7

Ⅰ.①丁… Ⅱ.①丁… Ⅲ.①散文集—中国—现代 Ⅳ.①I266

中国版本图书馆 CIP 数据核字(2016)第 121995 号

责任编辑　王一珂
装帧设计　刘　静
责任印制　王景林

出版发行　人民文学出版社
社　　址　北京市朝内大街 166 号
邮政编码　100705
网　　址　http://www.rw-cn.com

印　　刷　北京明恒达印务有限公司
经　　销　全国新华书店等

字　　数　248 千字
开　　本　880 毫米×1230 毫米　1/32
印　　张　10.5　插页 3
印　　数　1—8000
版　　次　2017 年 2 月北京第 1 版
印　　次　2017 年 2 月第 1 次印刷

书　　号　978-7-02-011699-7
定　　价　30.00 元

如有印装质量问题,请与本社图书销售中心调换。电话:010-65233595

作者像

作者手迹

出 版 说 明

为了全面展示二十世纪以来中华散文的创作成就,我社于2005年4月编辑出版了"中华散文插图珍藏版系列"。到目前为止,已经出版了四辑五十位现当代文学大家的散文集,其目的是要将"五四"新文学革命以来近百年间的中华散文作一次全方位的展示和总结。为此,该系列书也成了"人文版"散文的标志性出版物,在作家、读者和图书市场中产生了极大的影响。

这套"中华散文珍藏版"是在此基础上的精选,其宗旨是进一步扩大散文的社会影响力,优中选优,精益求精,为读者,特别是为青年读者提供一套散文阅读范本。

人民文学出版社一直秉承读者至上、质量第一的出版原则,但愿这套书的出版,能为多元思潮中的人们洒下一捧甘霖。

人民文学出版社编辑部

目　录

素描 ………………………………………………………… 1
仍然是烦恼着 ……………………………………………… 5
离情 ………………………………………………………… 8
五月 ………………………………………………………… 19
到前线去 …………………………………………………… 23
文艺在苏区 ………………………………………………… 26
南下军中之一页日记 ……………………………………… 30
彭德怀速写 ………………………………………………… 33
我怎样来陕北的 …………………………………………… 35
战斗是享受 ………………………………………………… 41
"三八节"有感 ……………………………………………… 43
风雨中忆萧红 ……………………………………………… 48
田保霖
　　——靖边县新城区五乡民办合作社主任 ………… 53
三日杂记 …………………………………………………… 60
《一二九师与晋冀鲁豫边区》自序 ……………………… 73
一个真实人的一生
　　——记胡也频 …………………………………… 77
荣获一九五一年斯大林文艺奖金后
对苏联塔斯社记者的谈话 ………………………………… 97

中国的春天
　　——为苏联《文学报》而写 ………………………… 98
粮秣主任 ……………………………………………… 107
记游桃花坪 …………………………………………… 120
《旗帜》杂志编辑部给我的鼓励 ……………………… 132
我的中学生活片断
　　——给孙女胡延妮的信 ………………………… 144
"七一"有感 …………………………………………… 157
"牛棚"小品 …………………………………………… 159
向警予同志留给我的影响 …………………………… 170
一块闪烁的真金
　　——记柯仲平同志 ……………………………… 176
序《到前线去》 ………………………………………… 180
我所认识的瞿秋白同志
　　——回忆与随想 ………………………………… 185
她更是一个文学作家
　　——怀念史沫特莱同志 ………………………… 212
《记左权同志话山城堡之战》重新发表附记 ………… 220
诗人应该歌颂您
　　——献给病中的宋庆龄同志 …………………… 222
毛主席给我们的一封信 ……………………………… 224
鲁迅先生于我 ………………………………………… 227
风雪人间（四则） ……………………………………… 243
访美散记（三则） ……………………………………… 254
回忆潘汉年同志 ……………………………………… 263
回忆宣侠父烈士 ……………………………………… 269
伊罗生 ………………………………………………… 281

我与雪峰的交往 …………………………………… 285
怀念仿吾同志
　　——《成仿吾文集》代序 ………………… 293
《延安文艺运动纪盛》序 ………………………… 299
林老留给我的印象 ………………………………… 303
忆弼时同志 ………………………………………… 306
漫谈散文 …………………………………………… 311

素　描

小　引

　　我翻着三年前的《素描》，不禁追怀往日生活的恬适，和一种已逝的细致的心情。它真是一幅画像似地投射出我们年轻时的影。它不受时间所给予的残酷的表示和思想的蹂躏。我们是老了，丑了，粗野了，而它却依然显出一个一二十岁的人的脸，向什么东西都投过去亲昵的微笑。对于它，我不敢说一定含有一种嫉妒的愤怒，然而象普通人一样对于过去的追慕和感叹，却是很明显的。现在愿意把它再清理一次，也只是觉得住在这烦嚣的上海，又终日闷闭在三层楼顶，拿来做为最高的，其实是唯一的享乐，不见得不好，所以就一边挥着汗一边便把这《素描》看完了。

　　是的，在我自己看来，并没有觉得太无意识。然而这色调，就是那文字，从现在看来，是太不够用，太缺乏幽默，远写不出那时的一颗柔腻的心。但，却希望有人因这朴素的《素描》，憧憬起每个人都有的一生中最可怀忆的一段生活来。否则，只能怪我们的表现是太乏力了。

　　在《素描》的几十篇短文中，有一半是频君的，现在也由我重理了一下，在这里发表，想频君不至于不同意吧。

一九二八.七.二十记

月影是如此的朦胧(一)

吃过夜饭不多久,我们又照例坐在院坝里了。菡姊不住的尽同着姆妈谈讲在师范时候的事。借依稀的天光,仿佛觉得姆妈也正显着一个颇高兴的脸。从有素馨花的花台边走过来的频,发出惊诧的声音:

"喂,又开了三朵呢。"

"怪不得我闻到一阵阵的香,没想到这小小花儿如此的香呢!"姆妈是更快乐了,用鼻尖吸着气,好象充满空气中的尽是素馨之气味。

我于是笑了,我笑姆妈。我凭所有的器官,都不能辨别出这院坝里放得有素馨花,因为花台隔我们坐的地方,远到二十步以外了。我说:

"恐怕是潮润的草香吧。"在这个大院坝里,高高低低不知有多少不知名的小草。

姆妈又嗅了一嗅,还说一定是素馨,并且站起身去数那心爱的花儿去了。

频悄悄向我说:"我就没数,晚上,谁看得清,你瞧姆妈去数吧。"于是他也哧哧的笑了起来。

月影是如此的朦胧(二)

风微微吹着,却永远吹不开那鱼鳞似的薄云。那半弯新月,象捉迷藏似的一时躲在云层里面,一时又披着薄纱在对人微笑,频看着那衬在灰色天空中的城墙垛,象是用浓墨涂上去的一抹图案的线条。他提议上城去玩,但他刚说完便低声地向我耳边叹着气:

"唉，只怕姆妈又不准呢。"

菡姊却异常高兴地附和着。

大约姆妈也为了这朦胧的月夜，感到不能因为社会的习惯来委屈我们，笑了一声，觉得上城去玩，最合我的心愿一样，向我说："去，去玩一会儿吧，只是不要走得太远了，记得早一点儿回来。"

我于是跳起来，抓着菡姊的手，在朦胧的月光下，我觉得从没有表情的频的脸上，看出一种另外的光来。但刚一走到门边，回转头时，看见姆妈孤寂寂的一人坐在如许大的院子里，那白发回映着微薄的月光，放出一片淡淡的银光来，我感着抱歉似的硬要姆妈也去，而姆妈却严词的谢绝了。菡姊又嘲讽我，说毛毛这样大了，随便到什么地方去玩，总要拉姆妈陪着，真是可羞，我只好默默地随着菡姊向后门走去。

一走出院子，从厅屋里穿到侧院去时，菡姊就大大地叹了一口气："真是奇事，今晚怎么姆妈会这样大方起来！"

我听到频的皮鞋响声已跳到好远的后门边了。

月影是如此的朦胧（三）

我们三人并排坐在城垛上，回望我们的院子，看不清有没有姆妈还坐在那儿。然而我想，如若姆妈还在那里的话，她一定可以看见毛毛的影子正夹在菡姊和频之间的。我把脚挂在四丈高的向外边那方，划着划着，眼望那乡村的极远处，天与地的接壤处，迷迷蒙蒙象一抹浓雾懒懒地浮在那里，鱼鳞般的云，一堆一堆的散布在天空，从云边隙处，隐隐约约闪烁着几颗疏星。我望着朦胧的月亮，我以为我是睡在太空之中在银河洗脚呢。

频始终露着他唇边的一丝笑意，静默着。我觉得他眼中一定看到比我看到的更美的境界了。

菡姊只咿咿呀呀低声唱着她学校里的校歌。

忽然,一个"哟……哟……"的声音从城河传来,我们都把眼光投过去,慢慢的,在映着月光的水上,现出接着又隐去了一只小小的渔舟。

等到云越聚越密,把整个月亮全掩住了,不知到什么时候了,只觉得肩膀上湿润润的。三人摸索着试探着艰难地走下城来,频开始担着忧,怕转家时要听几句慈爱的责备。

到家后,姆妈还坐在黑暗的院子里,正在同杨嬷讲着乡间夏夜的逸事,素馨花和别的花都移在厅上了,姆妈说怕今夜会下雨呢。

仍然是烦恼着

　　看了这题目的读者们,请为我放心,我是找不到一些动人的牢骚来为这题目加解释的。说不要这样写也成,因为我的原意只图骗过自己,减少一点责难。要说清这原意,却不能不稍费一点笔墨呢。

　　说"烦恼"就是很使我厌着的一种话头,我其实是很不幸的,我不能写一些漂亮话,向人解释自己是一个很倒霉,很可同情的人。从前还学忍耐,把自己得来的一些刺激,一些伤心不平,放在自己心上生自己的气,然而现在,我把这一切都看得平淡了。我不会为那些善意的笑而感激,因为那隐藏在笑里面的一些东西,我已很熟悉了,连一笑也不能从我这里博去。对社会,我已没有梦想,就是说我不会再生烦恼。自己既不能把自己放逐到原始的野人中,又不能把自己锻炼成一架机器,自然地在这时代的轴中转着。但我天生的惰性,很会延搁,不让有时间来触着这不能解决的矛盾。

　　话是似乎夸大得把自己说得比一个出家人还无憎无恨了。然而真的,人却仍然是烦恼着。不知为什么,一些些毫不关己的事,却无理由地会引咎到自己身上,为了这,自己总是不安。譬如朋友的弟弟来了,明知道他来的目的,但自己的钱袋正空着,只好留心又留心,莫把话头引到上电影院去。看到他茫然地走后,又懊悔起来,应该把他留下,或者去向房东的娘姨想法先借一点,于是跑下楼去追,但连孩子的后影也不见了。心里就从此难过，又想不出补救的方法；因为想不出补救的方法，难过就延长了。有时见到别人生气，又摸不着头脑，心里也不安起来，以为是自己给人不快活了。那抱歉的心，比自己真的给人恼了更甚的。觉得只要别人快点好，不要生气，就把臂膀露出来，给人打几拳都好点。然而别人又不肯这样，所以以后不拘什么时间，自己还是以为曾触忤了人而负疚。这种只令人觉得迂腐可笑的一些自找的烦恼，明知别人在笑，自己仍不知所以，一遇到有这烦恼的机会，就仍然被窘迫得烦恼着。

近来这烦恼一天多似一天地压了下来，弄得自己更不知怎样才好。听说书快出版了，就向许多未来的读者们抱着歉意，又觉得对那些真正勉励我写文章的人不起，怕他们因为我把自己都信不过的一些东西汇集起来刊印而灰心。又担心书铺在我这本书上赔了钱……甚至看到别人扯谎，自己也难过，好象自己骗了人一样感到羞惭。因为如此，连时间，连思想，似乎都不为自己所有，被一些无谓的烦恼缠住了。而四处的责难更麇集拢来，朋友来信说忘记了他；家里又疑心我病了。答应了别人的稿子，不能偿还，听说预告登了出来，就连报也不敢看。别人是真不知道我的焦急和负疚的。书桌边，枕头边常常发现"第五次了，我告你，今天等你交了卷才发稿"的纸条，甚至"你对我都如此，真使我灰心"的纸条也见过。我只好说，若是有人知道我的苦衷，他是宁肯拿了皮鞭来打我而不向我那样说的。

今天呢，今天的情形更不同了。我一起身，频就把房子扫过，又抹过。调好了咖啡，牛奶，排在我面前。整本的稿纸打开着，在另一页上写着："这是我的希望，你知道的。"而且频就是那样笑，那样懂事地据着桌的对方，摆着要写小说的样子。我自然应该快乐，然而一看到稿纸就又烦恼了。我不知道从什么地方去捉住我的思想，去捉住文字来对付频，我只好呆望着他。频看到我不提笔，偏着脸问："你不写吗？"我真不知怎样才好。我

无法,写上一个题目:"仍然是烦恼着",在无法中,不得不继续写下来,写到这里仿佛可以塞责了,然而我却仍然要说:

"仍然是烦恼着。"

一九二八年九月

离 情[①]

（1930年2月给胡也频信三封）

第 一

我爱的频：

　　回来时候没有哭，不是没有想到我的爱，是没有我爱在前面，便不愿哭出来了。车过外洋泾桥时，人不多，地为夜气所湿，白的雾淡淡地裹着车身，我看见有独行着的少女，我悔不该一人走回来了。我应当把我们的别离空气加浓厚起来，我应当勇敢一点去经练一切磨难，一切精神的苦楚，我却是太软弱了，只那么无用的蜷在车角里，昏昏的任人运到了家。

　　进房后，稍稍有点显得寂寞，但立即觉得自己好笑；以后都是一个人，在没有了爱人在面前的人，是不免要对待自己比较残酷些，我想这话，凡是有过象我所处的境地的经历的人，是不会反对的。我镇静的换了衣，又将衣挂到柜子里去，一边心里想："照常要这样！"又换了鞋，鞋子也乖乖的并头放在小柜子（就是你的写字台）里了。娘姨跑来要钱买菜，才知米也没有了，柴也没有了，油也没有了。我买了一块钱的米，没有买柴，买了三百钱煤油。趁着这时，我告诉了她我有辞退她的意思，她心

[①] 本文题目是《文艺风景》编者所加。

里当然十分不高兴,不过也很和气,她答应我将一切事都做好才走。我自然不能用她,不但我个人负担不起,而且我觉得我也应该自己做做事。到这时一看表,是八点二十分了,想你已到船上,一定忙忙碌碌的,觉得我也许还应该直送你到船上,因为船还不能开,你一人在那里不会觉得无聊吗?于是坐在桌边来给你写信,现在是八点四十分钟了。不知你在做什么。

本是预计写信不拿这稿纸的,不过临时又变计了。心想拿两本同时用,一本写文章,一本写信(专给你写信),看到底还是谁先完,总之是每天都得写文章,也得写信。而且到底也不知道你是希望我的信写得多,还是文章写得多。

你喜欢我的信写得琐碎,现在是真的琐碎了。我也喜欢琐碎,只是怕琐碎得不好,看起来得不到快感,然而这是没有办法的,我永远只能用平凡的语调写出我平凡的情调。我永远缺乏你的美的诗样的散文。你看到这里,不会以为我是在谦虚吗?你一定会笑丁玲在你面前也那么自谦起来了,不过你是知道得最清楚的,你知道一切批评家所说的赞美,都难免有着错误的。

信写到这里,仿佛完全因为说空话去了,情绪因而欲断,于是我翻出了稿纸来,我又预备去写文章,等一下再续下去吧。这信是准备明晨发。现在还只九点钟,你的船还没开吗?我若要赶上前去同你一块儿走,是来得及的,时间并不怎样迫促呢。

一天过去了,很快的过去了。然而又是多么悠长的时日啊!中饭是自己烧的,因为娘姨要洗被单,下午两点钟便睡了,因为人太倦,先是睡不着,思想不能停顿,后来努力念了一会儿佛,也就迷迷糊糊睡着了,到五点钟才起来。娘姨本预备再睡一晚走的,不知为什么,她又决计走了,留她吃饭,她也不肯,她还安慰我一样的笑着对我说:"我不回家,隔得近,就会来替你洗衣服,你不要愁!"所以晚饭也是自己烧的。烧好了,抬到××那边一块吃的,因为他们有红菜。××还说以后我一个人了,不必烧饭，但我回绝了，我说我一个人吃，有时比较方便些。他们娘姨也很高兴的愿替我做事。所以关于我一切生活的麻烦，你可放心！今天一天都烧火，为的好热闹一点。

白天××来过，他济南的信还没来，或许又可到青岛去，一个日本人办的中学。坐了两分钟光景，说了这么一句消息，便借了我的公园票走了。听××说，×又在他里（原文如此——袁）去过了。晚上××和××也来了，总瞎谈了一个半钟头，她们都说我这里一点也不显得寂寞，因为一切都照旧，而××那里却实在有点觉得空虚。我也点首，我心里却想着，我的灵魂，我的心本比较的太充实呢！

妈来了信，信写得非常好，惟听说你要离我而去济南，则表示不赞成，仿佛觉得三人既不能在一块，仅仅两人了，何苦还要分开。而且要她心挂两处，则不免太苦。你到济后，请千万给她写一点好的信！

××拿稿子到×××，×××不要，说是今年不收稿子了，我想是推托的意思。跑××，遇不到人。而××、××则回说不定，纵然要，恐怕也要到下月才能拿钱，经再三的说，才答应下星期四听回信。而××只说："怎么不早预备呢？"大约要是要的，只是若要再做一次生意，恐怕就又靠不住了。总之，人太穷，则一切无办法！他一个光人跑回来，将在我这里拿的四毛车钱也用光了。吃了晚饭，又把×的裙子拿到当铺去。他们真太难，我虽说也只剩四毛钱了，但四处均可借，而且一人伙食真有限。

文章只抄了两页，没有继续写下去，为了心不能十分安静下去，还抽不出一种能超然一切的心情，而写文章是非有一种忘记一切现实和理想，神往到自己所创造的那境地里去不可的。就是说我实在太想到你，在每次长针走过一个字时，我便会很自然的想着关于你的一切情形，而不放心。你的一切环境太陌生了，不是我能想得出的,若是有完全为你一人冲入陌生的围阵中去的需要,我还是应该不离开你。然而现在我却留住了,是谁假定的理由!难道我爱你不厉害吗?或是你能恝然离我而去?但这都不是的……爱!请你告诉你这时的心情,你后悔吗?我呢?我还找不到勇气来说一句感伤的话。仿佛觉得我们已经不是将爱情闹着玩的时代了。我们已有了互相的深的爱和信仰,我们只能努力同心合一地在生活的事业的路上忍耐着。

明天我想早点起来,以后都这样,生活应当有秩序,两人都不准"无聊","哭"!所以现在我要去睡了,明天清早便会将这信发出。你寄×××的信,我已替你发了。

现在是十一点差二分,我给你一个紧紧的拥抱!愿你在杂嚣的船上,想着你的爱人安然入睡!好,再吻一个吧,梦里再见,我甜蜜的人!

二十二日夜十一点正频动身离沪的第一天

第 二

美美:

写着这名字时,不觉涌起一种甜蜜的美感。想起有时当你睡熟,而我细审你的酣态时所低低在心里叫着的"美美"来,便仿佛你还在我身边一样,而且仿佛你也正叫着我似的。然而别离是证实了,我们还要许多日子后才能再互相紧紧拥着而唤着只有我俩才知道的一切迷人的名字。爱!到底是希望时间快点跑去呢,还是希望慢点,好让我们多做一点事?

时间是真的又象跑得太快了。不是便又夜深了吗?我真怕过夜,因为夜却是显得太长了呵!昨夜我真迟到十二点才睡上床,翻来覆去总睡不着,关了灯又怕,开了灯又刺眼,我用了一块黑布将它罩上才好点。只是夜却太静了,我听着我自己的心跳和呼吸,我悄悄的伤了半天心,我抚触着一切无关紧要的东西,都觉得有说不尽的抑郁,无论我眼光落在什么地方,都觉得有哭出来的可能,不过我竭力压制住,只是也寂寞的,似乎连声音也听得很大的落了几颗。到后来才努力睡着去,大约是到了两点钟的光景吧。可是一睡着,那旧有的一些无情节的恶梦便寻找了来,好几次都是那么哼着叫着醒来的。不醒来,倒也罢了,醒转来,看见一个人这么躺着,脑里又还残余着一些恐怖,想起了在爱怀中的转侧,真是太幸福的事,而在这时,反而却又象是残酷的记忆了。所以无论我是怎样坚决了我不准哭的决心,却实在忍不住了。惟望快天亮,但表象冻住了似的,老放在三点,四点,后来我将枕头丢开,毯子也不盖,才慢慢又睡着,终于到七点还是为梦闹着醒来了。

醒来时,天很阴沉,我很担心怕刮风,因为一刮风,你在海船上怎么得了?八点多钟时,终于还下了一阵小雨,我真为你愁,幸好一会儿便出大太阳了。我便高高兴兴的爬起来,只是一看报,知道了昨日雾太大,所有出口的船,都停泊在吴淞口外时,不由不懊恼了起来,若是索性不开,我爱不是还可以再来上海玩一天吗?我不是可以免掉了昨夜的受苦吗?既然这雾并没有将我爱留在上海,而只滞留在弥满了雾的海上,使我爱想着我而心焦,我真要诅咒这雾了。

今天天气太暖和,寒暑表已到八十度,下午我曾和妹到公园玩,只穿夹大衣,还觉得热,公园里的太太们,也都只穿薄大衣了。年轻的男人们都只穿短衣。看到春来了,心真有点不安,若是没有爱人的人,春天真只是愁人的春天呵!我们呢,本是骄人的爱者,然而为了并不多的钱却正当着这春要来的时候离别了,唉!我们是多么应该在这短促的春日中,怎样的努力来找还我们离别的代价！

　　给×××写了一封信，说一切无办法。给×××也写了一封，是为了要将××的那篇稿子出脱。给你的一封也发了，恐怕比你人还要先到，你须速即查问。我看你要对号房和气一点，因为他可以快点交信给你，且不误事。

　　卖晚报的已来了，是十点半，我想十一点要睡觉。这信明天总还可再写点，因为想迟到明晚才发，怕早到济南无人收又退回。

二十三日夜十点半

　　现在第一要告诉你的，便是昨夜已比较睡得好了。睡在床上看了快半本施存统的《近代社会思想史要》，直到眼皮十分睁不起才丢开书本去睡，所以睡了一觉好的，醒时已五点半了。不过再睡便又睡不好了。神经质的想了一会我们分离的奇怪。又勉强想了一点文章上的结构，七点钟的时候，才又睡了一忽儿，起来是九点了。自己强迫自己写了一页多文章，虽说并不精彩，也许等下又要重写过，不过似乎还是找到了一条线索，文章是最怕空空洞洞想不起什么，只要一提头，跟着思想自然便丰富了。想你一定欢喜听这消息吧？你总没料到在你还只走了两天，你的曼伽可以不以离情为苦，倒竟还写了一页多文章吧？

　　适才××来了信，说三家书店一共收了十一元钱，中央呢，则再三推诿，先说没收到书，后来又说没销路，终于算了账，是应付还十八元，惟需等到下月。我已寄信给他，要他收十一元钱寄来救急，退书则暂存他处，且还希望他能合订起来放在南京卖，因为寄来需邮费，不合算，而零卖则恐无销路，你以为我这样办怎么样？

　　好，暂停吧，因为××来了，而我也应做饭了，已十二点十分钟了呢。

二十四日午

外面在下雨，一家人都睡静了，我想起了应到了青岛的我的爱人来，大约是滞留在青岛的旅舍里为他的爱写信吧。而且夜深了，被太薄，怎么能熟睡呢？

　　频！还要告诉你的，就是我心里有点难过，我白白毫无意义的将今天下午混去了。因为××想快送他妻子回去了，愿意陪她玩一玩，又因为他的朋友××在西门开的那"书报流通处"新添了咖啡室，硬要他买了一本一块钱的优待券，所以他想请他的妻子去玩玩，顺便来邀××夫妇和我。我本来同你订下了条约的，一切地方都不去，而且我并不想去，而且从你走后我已失去了与人谈话的兴趣的，所以我是拒绝了。不过我看了他妻子的情面（当然不是假话，你应当知道我对于那女人的同情），却终于也随着去了。那里并没有女招待，房子粗糙得很，点心则只有蛋糕，可是价钱是太便宜，咖啡只卖五分钱，点心只卖二分五，××是使的优待券，如同只算小洋了。大家吃得很多，很饱，所花还不到一元，至于他朋友××，始终没见到，惟见到一个曾在××管过账的×××者，和一个像××样子的×××，×××则向××发了一点牢骚，分辨他从东三省回来是并没赚到一个钱的话。我自然是装傻低着头和其余两个女人看画报。后来听到××同他们说到想挂账赊书的话，于是我也就方便同他们赊了一本《壁下译丛》，一本《近代文学十讲》，是厨川白村做的，虽翻译得不好，然而于你却有用，××，××也都说好，所以我便拿了一部，明天准替你寄去。《壁下译丛》我已在开始看，过两天再寄吧。还买了一本《一周间》，和《叶莱的公道》，等看完后都会替你寄来，现在是已印上了胡也频的图章了。回来便到××那里去玩，××硬不放走。她说她近来觉得你的小说好，精练得很，不象一个年轻人所写的，象一个饱经了患难的人才能感受出的东西。晚饭是在她那里吃的。她一定要我每天到她那里去吃饭，但我拒绝了。我不愿意出多的钱,又不愿意白吃。而且我实在不十分喜欢××那人。回来后则看了一会《壁下译丛》,然而心里总十分懊恼,觉得不该去书报流通处,虽说是同了××妻子和××太太,然而我实在是不该去的。我已经答应了你不同别人上街,除了××等,为什么我要在频走后三天便不如约。频!我现在完全觉得我不应该白花了时间去同人去玩,好象很无聊似的,所以我要告诉你,希望你能责备我,而且希望你能了解我而又加以原谅。如果你觉得我这行为深使你不放心,则你寄钱来,我愿为你的安心起见,马上来济南。虽说我明知你看了这消息你一定会不安心,然而为了我不愿欺骗你,我应每天将极小的琐碎事都告你。虽说我仍然,且绝对相信自己有把握,然而为免掉你的猜疑,我愿遵守你的命令,即使是错误的!频!我深切的盼望你的复信,关于这段的!

听××说是××书馆也想出钱收买时下文人,但我想也是投机想出几本社会科学,而文学界的文氓,恐怕是值不得收买的,因为不是早就投降了的吗?

我咳嗽还没好,想睡去了。明早当发这信,约一星期寄你三封信,书报在外。

今天在××处借了一块钱。

二十四日夜十二点十分

第　三

爱人:

先说这时候,是十一点半,夜里。

大的雷电已响了四十分钟,是你走后的第二次了。雨的声音也庞杂,然而却只更显出了夜的死寂。一切的声音都消去了,惟有那无止的狂吼的雷雨和着怕人的闪电在人间来示威。我是不能睡去的,但也并不怎样便因这而更感到寂寞和难过,这是因为在吃晚饭前曾接到一封甜蜜的信,是从青岛寄来的。大约你总可猜到这是谁才有这荣幸吧。不能睡!一半为的雷电太大了,即使睡下去,也不会睡着,或更会无聊起来,一半也是为的人有点兴奋,愿意来同我爱说点话。在这样的静寂的雨夜里,和着紧张的雷雨的合奏,来细细的象我爱就在眼前一样的说一点话,不是更有趣味吗?(这趣味当然还是我爱所说的:"趣味的孤独。")

电灯也灭了,纵使再能燃,我也不能开,于是我又想了一个老法子,用猪油和水点了一盏小灯,这使我想起五年前在通丰公寓的一夜来。灯光微小得很,仅仅只能照在纸上,又时时为水爆炸起来,你可以从这纸上看出许多小油点。我是很艰难的写着这封信,自然也是有趣味的。

再说我的心情吧,我是多么感谢我的爱。你从一种极颓废,消极,无聊赖的生活中救了我。你只要几个字便能将我的已灰的意志唤醒来,你的一句话便给我无量的勇气和寂寞的生活去奋斗了。爱!我要努力,我有力量努力,不是为了钱,不是为了名,即使为补偿我们分离的苦绪也不是,是为了使我爱的希望不要失去,是为的我爱的欢乐呵!过去的,糟蹋了,我的成绩太惭愧,然而从明天起我必须遵照我爱的意思去生活。而且我是希望爱要天天来信勉励我,因为我是靠着这而生存的。

你刚走后,我是还可以镇静,也许是一种兴奋吧,不知为什么,从前天下午起,就是从看影戏起便一切全变了。××邀我去吃饭,我死也不肯,××房里也不去,一人待在家里只想哭。昨天一清早,楼下听差敲房门(因为××也没有用娘姨)说有快信,我糊里糊涂的爬起来,满以为是你来的信,高兴得了不得,谁知预备去看时,才知道是×××来的,虽说他为我寄了十一元钱来，我是一点也不快乐的，而且反更添了许多懊恼了。下午一人在家（××两人看电影去了），天气又冷，烧了一些报纸和《红黑》，《华严》，人是无聊得很，几次想给你写信，但是不敢写，因为我不敢告诉你我的快死的情形，几次这样想，不进福民也算了，不写文章也算了，借点钱跑到济南去吧。总之我还是不写，我想过了几天再写给你，说是忙得很便算了。一直到晚上才坐在桌边，想写一首诗，用心想了好久，总不会，只写了四句散文，自己觉得太不好，且觉得无希望，所以又只好搁笔了。现在抄在下面你看看，以为如何（自然不会好）：

  没有一个譬喻，

  没有一句恰当的成语；

  即使是伟大的诗人呵，

  也体会不到一个在思念着爱人的心情。

  唉！频！你真不晓得一个人在自己烧好饭又去吃饭时的心情，我是屡次都为了这而忍不住大哭起来的。

  楼下听差我给了他一块钱，因为我常常要他开门和送信。因此自己觉得更可怜了，便也曾哭过的。

  今天一起身看见天气好，老早爬起来，想振作，吃了一碗现饭，便拿了《壁下译丛》到公园去了。谁知太阳靠不住，时隐时现，而风却很大，我望着那蠢然大块压着的灰色的重云，我想假使我能在天上，也不会快乐的了。我不久便又踽踽的走回来了。下午××两人又去看电影，邀我去，我不愿，我是宁可一人在家思念我的爱而不愿陪人去玩，说得老实点，说是想依着别人去混过无聊的时日，在丁玲是不干的。可是天气还是冷，你知道，一冷我是无办法，所以在黄昏我便买了半块钱的炭回来了。现在还是很暖和的一边烤着火，一边为你写信，若是没有一点火，我是不坐下来的。

现在呢，人很快乐。有你一切都好，有你爱我，我真幸福，我会写文章的。而且我决安心等到暑假再和你相聚，照我们的计划做去，而且也决心，也宣誓以后再不离开了。

　　雷电已过去，只下着小雨，夜是更深了。灯也亮了，人也倦了，明天再谈吧，祝我的爱好好的睡！

　　我真的是多么甜蜜而又微笑的吻了你的来信好几十下呢！

一点差十分　你爱的曼伽

（信写于1930年原载1934年6月1日《文艺风景》第1卷第1期，题目为该刊编者所加。）

五 月

　　是一个都市的夜,一个殖民地的夜,一个五月的夜。

　　恬静的微风,从海上吹来,踏过荡荡的水面;在江边的大厦上,飘拂着那些旗帜:那些三色旗,那些星条旗,那些太阳旗,还有那些大英帝国的旗帜。

　　这些风,这些淡淡的含着碱性的风,也飘拂在那些酒醉的异国水手的大裤脚上,他们正从酒吧间、舞厅里出来,在静的柏油路上蹒跚着大步,徜徉归去。

　　这些风,这些醉人的微风,也飘拂在一些为香脂涂满了的颊上,那个献媚的娇脸,还鼓起那轻扬的、然而也倦了的舞裙。

　　这些风,静静的柔风,爬过了一些花园,飘拂着新绿的树丛,飘拂着五月的花朵,又爬过了凉台,蹿到一些淫秽的闺房里。一些脂粉的香,香水的香,肉的香。好些科长,部长,委员,那些官们,好些银行家,轮船公司的总办,纱厂的、丝厂的、其他的一些厂主们,以及一些鸦片吗啡的贩卖者,所有白色的、黄色的资本家和买办们,老板和公子们都在这里袒露了他们的丑态,红色的酒杯,持在善于运用算盘的手上。成天劳瘁于策划剥削和压迫的脑子,又充满了色情,而倒在滑腻的胸脯上了。

　　这些风,也吹着码头上的苦力,那些在黄色的电灯下,掮着、推着粮食袋,煤炭车,在跳板上,在鹅石路上,从船上到堆栈,从堆栈到船上,一趟,两趟,三十趟,四十趟,无休止地走着,手脚麻了,软了,风吹着他们的破衫,吹着滴下的汗点,然而,他们不觉得。

这些风也吹着从四面八方，从湖北、安徽，从陕西、河南，从大水里逃来的农民们，风打着他们饥饿的肚子，和呜咽着妻儿们的啼声。还有那些被炮火毁去家室的难民，那些因日本兵打来，在战区里失去了归宿的一些贫民，也麇集在一处，在夜的凉风里打抖，虽说这已经是倦人的五月的风。

这些风，轻轻地也吹散着几十处、几百处从烟筒里喷出的滚滚的浓烟，这些污损了皎皎的星空的浓烟。风带着煤烟的气味，也走到那些震耳的机器轧响的厂房里，整千整万的劳力在这里消耗着，血和着汗，精神和着肉体，呻吟和着绝叫，愤怒和着忍耐，风和着臭气，和着煤烟在这挤紧的人群中，便停住了。

在另外的一些地方，一些地下室里，风走不到这里来，弥漫着使人作呕的油墨气。蓝布的工人衣，全染污成黑色。在微弱的灯光底下，熟练地从许多地方，捡着那些铅字，挤到一块地方去。全世界的消息都在这里跳跃着，这些五月里的消息，这些惊人的消息呀！这里用大号字排着的有：

东北义勇军的发展：这些义勇军都是真正从民众里面，由工人们、农民们组织成的。他们为打倒帝国主义，为反对政府的不抵抗，为争取民族的解放和劳苦大众的利益而组织在一块，用革命战争回答着帝国主义的侵略。他们一天天的加多，四方崛起。不仅在东北，这些义勇军，这些民众的军队，在许多地方都出现了。而在好些地方，那些终年穿着破乱的军服的兵士，不准打帝国主义，只用来做军阀混战的炮灰的兵士，都从愤怒里站起来，掉转了枪口，打死了长官，成千的反叛了。

这里也排着有杀人的消息：南京枪毙了二十五个，湖南抓去了一百多，杀了一些，丢在牢里一些。河北有示威，抓去了一些人，杀了，丢在牢里了。广州有同样的消息，湖北安徽也同样，上海每天都戒严，马路上布防着武装的警察，外国巡捕和便衣包探,四处街口都有搜查的,女人们走过,只穿着夹袍的,也要被摸遍全身。然而传单还是发出了,示威的事还是常常遇到,于是又抓人,杀了些,也丢在牢里一些。

这里还排着各省会和乡村的消息:几十万、几百万的被水毁了一切的灾民,流离四方,饿着、冻着,用农民特有的强硬的肌肉和忍耐,挨过了冬天,然而还是无希望。又聚在一块,要求赈谷,那些早就募集了而没有发下的;要求工作,无论什么苦工都可以做,他们不愿意摊着四肢不劳动。然而要求没有人理,反而派来了弹压的队伍,于是他们也蜂起了,还有那些在厂里的工人,在矿区里的工人,为了过苛的待遇,打了工头,也罢工了。

还有的消息,安慰着一切有产者的,是"剿匪总司令"已经又到了南昌,好多新式的飞机、新式的大炮和机关枪,也跟着运去了;因为那里好些地方的农民、灾民,都和"共匪"打成了一片,造成一种非常大的对统治者的威胁,所以第四次的"围剿"又成为很迫切的事了。不仅这样,而且从五月起,政府决定每月增加两百万元,做"剿匪"军用。虽说所有的兵士已经七八个月没有发饷了,虽说有几十万的失业工人,千万的灾民,然而这与他们有什么关系呢,他们要保护的是帝国主义的殖民地,是资产阶级的利益。

另外却又有着惊人的长的通讯稿和急电:漳州"失守"了。没有办法,队伍退了又退,旧的市镇慢慢从一幅地图上失去又失去。然而新的市镇却在另一幅地图上标出来,沸腾着工农的欢呼,叫啸着红色的大纛,这是新的国家呀!

铅字排着又排着,排完了苏联的五年计划的成功,又排着日俄要开战了,日本搜捕了在中东路工作的苏联的办事人员,拘囚拷问。日本兵舰好多陆续离了上海而开到大连去了。上海的停战协定签了字,于是更多的日本兵调到东北,去打义勇军,去打苏联,而中国兵也才好去"剿匪"。新的消息也从欧洲传来,杜美尔的被刺,一个没有实权的总统,凶手是俄国人,口供是反苏维埃,然而却又登着那俄人曾是共产党,莫斯科也发出电报,否认同他们的关系。

铅字排着又排着,排完了律师们的启事,游戏场的广告,春药,返老还童,六〇六,九一四……又排到那些报屁股了,绮靡的消闲录,民族英雄的吹嘘,麻醉,欺骗……于是排完了,工人们的哈欠压倒了眼皮,可是大的机器还在转动,整张的报纸从一个大轮下卷出,而又折叠在许多人的手中了。

屋子里还映着黄黄的灯光,而外边在曙色里慢慢的天亮了。

太阳还没有出来,满天已放着霞彩,早起的工人,四方散开着。电车从厂里开出来了,铁轮在铁轨上滚,震耳的响声洋溢着。头等车厢空着,三等车里挤满了人。舢板在江中划去又划来。卖菜的,做小生意的,下工的,一夜没有睡、昏得要死的工人的群,上工的,还带着瞌睡,男人,女人,小孩,在脏的路上,在江面上慌忙地来去去。这些路,这些江面是随处都留有血渍的,一些新旧的血渍,那些牺牲在前面的无产者战士的血渍。

太阳已经出来了。上海市又翻了个身,在叫嚣、喧闹中苏醒了,如水的汽车在马路上流,流到一些公司门口。算盘打得震耳的响,数目字使人眼花。另一些地方在开会,读遗嘱,静默三分钟,随处是欺骗。

然而上海市要真的翻身了。那些厂房里的工人,那些苦力,那些在凉风里抖着的灾民和难民,那些惶惶的失业者,都默默地起来了,团聚在一起,他们从一些传单上,从那些工房里的报纸上,从那些能读报讲报的人的口上,从每日加在身上的压迫的生活上,懂得了他们自己的苦痛,懂得了许多欺骗,懂得应该怎样干,于是他们无所畏惧地向前走去,踏着那些陈旧的血渍。

一九三二年五月

到前线去

夜晚刮了很大的风,沙沙地打着糊紧了的纸窗,半夜起来,又知道有大雪在飞。烧了炕的被窝里,热得睡不着,心里担忧着第二天的行程,但并不怎样惧怕,因为是到寒冷里去的啊!

天气是骤变了,人的心情却正热着。

跟着我们在天未亮便起了身的几个从上海来的同志,时时围着我们转,露着羡慕和惜别,抱歉的是我们也骤变得颇粗豪,不大注意别人的颜色。

大队已经很早就开过去了,我跟着总政治部主任们一齐也在九点多钟动了身。在外交部的空坪上有一团一团的人,热情地握手送别了我们。

我们沿着洛川的上流朝西北走。河里的水全结了冰,有很少的地方还汩汩的响着,在薄冰下有水流滑过,太阳射在上面,闪闪发光,这同我来时我所爱的日光下的洛川河流又是两样了。

虽说天气已转晴了,但无情的风总是扫着地上的砂土劈面打来。

走过了一些小村庄,看得见远处又露出几排土房,安置在一些厚重的山旁边,有稀疏的树林围绕着,依着山的土房涂画着一片片的褐色,土黄,深灰和暗紫,在那有着美丽颜色的山的边缘上,便是无尽的天的蓝。陕北的风景呵!

可是我忽然想到一个问题,而同着北上的汪也在沉思一会之后问我:

"象这样的地形如果有飞机来了,该往什么地方躲呢?"

走过团校时,那威逼着我们的风,使我们停了一刻,在木柴烧着的火旁边暖着手脚。同来保安的孙同志,正在这里工作。她的学习精神很好,使我每次见着她时,不觉得便显出亲热。

一路迎着西北风,沿着洛川河流上溯,在一些小石块上跳到河那边去,又从薄冰上战战兢兢走过来。这样走了四十里,五十里,六十里了吧,弯到一个山坳子里,找到了宿营地,有两排土窑洞,队伍也在这里歇下了。还遇着四个新红军,他们都是刚从上海进苏区来的,在保安停留了一月多,现在分配到党校和红校去工作。我们要同走一大段路。他们这些新兵比我们还不内行,什么用的东西都不懂得预备,一到了洗脸吃饭,就脸色狼狈走到我和汪同志这里来,又是疲惫,又是好笑,于是我们不客气地互相取笑着。

每天还没有天亮的时候,口笛便在洞外横扫过去,又叫着吹了回来,麻木的不会转动的腿,又开始感到了疲倦。然而院子里各种声音都杂乱的响起了,我催着睡在炕那头的汪同志,但他又希望我先起身。我们总是很忙乱的收拾着铺盖和零星东西,我们能够在队伍集合之前在大路上等着,每天我们也不至于掉队,虽说在以前我们是从来也没有走过许多路的。

开始两天全跟着洛川河走,一时在冰上,一时又爬到两边的岩岸上。这些路都非常陡峭,牲口不能上去,得远远的绕着河的对面岩底下的小路走,大半的时候还有许多烂泥,一些被太阳晒融了的地方。后来的行程,便转到山上了,越过了一岭,又有一岭,几十里,几十里看不到一个村庄。这些山都全无树木,枯黄的荒草,或是连草也看不到的那么无际地起伏着,一直延展到天尽头,但这天是无尽头的,因为等你一走到尽头的山上,你又看见依旧是那一幅单纯的图画铺在你脚下了。这些地方有着一些奇怪的地名,但随即就会忘去的。脑筋越来越简单,一到了宿营地,就只想怎么快点洗脚吃饭,因为要睡得很呵!

　　这样走了八天,八天的生活全无变化,我们才到了驻扎地。这一带是驻扎我们前方的队伍的。这时总指挥部驻在绍沟沿,总政治部驻在它南边五里路,我们就住在这里。但沿路还有一些可记的,我分开写在下边。

　　　　　一九三六年十二月十三日

文艺在苏区

在过去的十年中,中国有过两个世界:一个是荒淫糜烂,一天天朝堕落灭亡的路上走去;另一个新世界却在炮火的围墙里,慢慢地生长,慢慢地强壮了。新的制度,新的经济建设,新的军队,一天天地稳固,一天天地坚强。而新的人格,伟大的个性的典型也产生出来了,这就是炫耀于同时代地球上所有人类的苏维埃红军的建立。这十年新的世界的出现,虽说震撼了世人的耳目,却不断受着诬蔑、造谣中伤和极端的压迫,所以一直到现在在很多人心中还保持着神秘。固然慢慢地会更被了解,被赞助,因为在共产党正确领导之下,他的真面目,顽强地为着争取民族解放的拼死精神,一天一天显露出来而影响到广大的社会群中去了。

在紧张忙迫的战斗环境中,在苏维埃运动中,文艺的确是比较落后的部门,虽说无处不在创造着伟大的文学素材,然而优秀的杰作却不多见。这一事实常常使外来的新客感到惊诧,《字林西报》便发出过美中不足的惊叹。然而说苏区没有文艺,那是非常错误的!看来似乎是荒芜冷淡的陕北山川,四野却怒放着许多奇葩。作者个人只来这里很短的时间,又以未睹江西老苏区的瑞金兴国为憾,但愿根据在此看到的一二,说明这没有被发现的一角。可能会有很多疏忽和不明之处,好在我只企图做一次最先的传声,谅该得到在苏区从事文艺活动的朋友们的谅解吧。

苏区的文艺,到现在还没有产生如《阿Q正传》那样成熟的作品,就是象《子夜》、《八月的乡村》……有着丰富新鲜、伟大场面的描写也还找不出来。然而却自有它的特点,那就是大众化,普遍化,深入群众,虽不高超,却为大众所喜爱。这表现在红军部队里各种报纸和墙报上,如《红星》、《战士火线》、《抗战》……这里都挤满着很多有趣味的短篇和诗歌,使用文学上描写的手法,画出了红军部队活生生的生活。这些小报有的是油印,有的是铅印。不管在红军首长的桌子上,电话机旁,或是战斗员的口袋中,都看得出它们是正被爱着,而没有人不去读它。这些文章是那些从事连队政治工作和一些在火线上的各级指战员写来的,很少没有错字,很少写得清清楚楚,但因为是真实地表现了自己,所以他们爱读这些文章,爱读那些写得更幼稚的连队上的墙报。连队上的战斗员,甚至勤务员,虽不善拿笔,却不缺乏口齿,他们不倦地讲着,请会写的人来帮忙。而第二天全连的人便热心地站在那里读着他们的作品了。在红军部队如此,在所有机关,所有群众团体,如妇女会、工会、农会、工厂、学校等的小报及列宁室的墙报上,也一样排列着各种不同生活的写照。所以虽在印刷业很不发达的苏区,而文艺的花朵,纵是一些很小的野花也好,却是遍地盛开,如同海上的白鸥显得亲切而可爱。

创造了苏维埃的人们,和那些从土地革命成长起来的人们,具有新生的明朗的气质,在各种工作上显示了独特的明快的作风。在文艺上也呈现出活泼、轻快、雄壮的特点。最能作证明的,便是在苏区流行着好似比全中国都更丰富的歌曲,采用了江西、福建、四川、陕西……八九省的民间歌谣,放进了适合的新的内容,如《送郎当红军》、《渡黄河》等,历史将证明这都是不朽的佳作。而且还创作了新的雄伟的《第二次全苏大会》(堪比《马赛曲》、《国际歌》)及《武装上前线》……这些歌曲跟着红军的足迹,四方散播,永远留在民间。

新的奇迹又发生了,这便是二万五千里长征的征文。开始的时候,征稿通知发出后,还不能有一点把握。但在那悄悄忧心之中,却从东南西北,几百里,一千里路以外,甚至远到沙漠的三边,一些用蜡光油纸写的,用粗纸写的,红红绿绿的稿子,坐在驴背上,游览塞北风光,饱尝尘土,翻过无数大沟,皱了的纸,模糊了的字,都伸开四肢,躺到了编辑者的桌上。在这上面,一个两个嘻开着嘴的脸凑拢了,颤动的指头一页一页地翻阅着,稿子堆到一尺高,两尺高。这全是几百双手在一些没有桌子的地方,在小油灯下写满了送来的。于是编辑们,失去了睡眠,日夜整理着,誊清这些出乎意料,写得美好的文章。从长征出发前编起,一直到胜利抵达陕北,铁的洪流冲破了几十万敌人的围追堵截。钢铁的长城,同几乎无法克服的残酷的自然斗争,在不断的转战中还同自己内部的错误思想作斗争,一段一段,多么惊心动魄的场面。在一百几十人中,产生了优秀的、洋溢着天才的作家有艾平、彭雪枫、莫休、一氓、定一诸人。夜渡乌江,大渡河抢渡,娄山关前后,再占遵义,有声有色地被描绘成三十万字的巨著。经过编辑同志们的努力,已经完工了,想来不久就可同千万个焦急等待着的读者见面。

于是对文艺的兴趣提高了,文艺的书籍有人抢着阅读,而且成立了文艺协会。毛泽东同志和中央其他领导同志出席了成立大会,在延安的会员就有几百。油印的刊物(纯文艺的)总是供不应求,每日都可以接到索阅的函件。作为撰稿者的前方指战员,或者村落上剧团团员寄来的稿件,塞破了编辑者的皮包,琳琅满目,想不到的一些材料都被使用着了。而较大的完整的材料也在有计划的搜罗整理中。这难道不是令人满意的情况吗?

这初初蔓生的野花,自然还非常幼稚,不能餍足高等博士之流的幻想,然而却实实在在生长在大众之中,并且有着辉煌的前景是无疑义的,一切景仰着苏区的读者们,等着吧！而从事于文艺的红军青年,努力吧！

一九三七年四月十五日

南下军中之一页日记

十二月十八日

看见走在前边的许多马匹和队伍从大路上转了弯,猜到大约已经到了宿营地,我打马从荒地里插了过去,有一溜短墙横在前边,人和马陆陆续续的都停在这里了。我转过土墙,进到一个颇大的院子,许许多多人都在这里忙乱着。一些毡子被袄,一些不知装着什么的麻布袋,都从马背上解下来,往房子里送,一些文件箱也从院外挑进来了。那些卸下了重负的马和骡子嗅着撒在地下的乱草,用力地喷着鼻子,吐出一些气来。忙着烧水的特务员们,把一大捆一大捆的稻草不知从什么地方抱了来,又抱到一些什么地方去。机要科的同志已经把天线装好了。沿途都没有休息,只要一休息下来,便又拟着电稿或指示的彭德怀同志又已坐在人来人往的门边在写着什么了。总政治委员任弼时同志靠在一个石碾上看着一本油印的书,书名叫作《工人阶级反法西斯蒂》。我照例是一到了新地方就四处走着和看着。这里房子还算好,大约是一户富农的,主人已经让到一里外的地方去住了。我自从到边区后便受惯了老百姓的热情招待,这回看不见屋主人却是第一次,原来他们家的男子已出外,只剩两个中年妇女,她们以为有不方便的地方,房子又少,所以她们便让出去了。我每间每间的去浏览,有的住通信连,有的住警卫连,有的已经打扫好了,有的还在收拾。我走到末一间,一群人正围着两个不知是哪一处掉队下来的病号,七嘴八舌的在问他们。他们穿得并不十分坏,也看不出有什么大病,只显出过度的疲劳,两个人无力的偎在一个角落里坐着。大家也还没有想出怎么来处置的办法,忽然从门口传来一个有力的声音,使大家都肃静地听着,这正是那坐在门槛上写东西的前敌总指挥:

"问他是哪一师的,是从哪一天掉队下来的?不能走路,能不能骑牲口?问清楚了,写一封介绍信,预备两匹牲口,送他们归队。轻易掉队是不许可的,你们脱离了建制,脱离了一个组织,一切都得不到解决,你们从什么地方弄来吃的?会饿死的!你们要了解,红军不是无秩序的,不是漫无组织的。快一点办妥,时间不早了,派一个通信员跟他们去,就是这样!"

等我跟在两个拐脚的病号走出来时,已经又不见他了。

时间已经黄昏了,一团一团的火四处烧着,青烟一团一团的向四方飞去,这里放着一些锅、脸盆、茶缸,几个特务员就围在这里,他们正在说一些故事,于是我也参加了进来。不知是谁,一走来就在锅里舀了一碗温水去喝,同时有两个人便站起来抓住了他:

"同志!不行!这水没有开。记不记得今天在路上,二排排长因为没有管理部下,让他们随意吃了路上的冰,政治委员立刻同他谈的那一套话吗?我们应该讲卫生,我们应该时时注意身体的健康,同政治学习一样,不好这么随便的,同志!"

这里的朋友,都是明朗的,做事就拼命做,一有空就互相说着一些无伤的笑话。说话总是很幽默的彭德怀,也是一个喜欢说一句两句的,并且有时还会做出一点胡闹的举动,我以为只有小孩子才会感到兴趣的举动。不过,在那极其天真的脸上,还没有完全消失顽皮的时候,他已经又在严肃地说着一些横梗在心头,没有一时放松的我们目前的任务,以及军事上的布置,或是某一部分的党的教育工作。我同着指挥部一块儿行军,有三天了,我还没有看见他们有一分钟是想着别的,或做着别的离开了责任的事情。所以无论谁有时就是说了一两句很粗鲁的话,或是有什么游嬉的举动,也只使下级的人、使群众更觉得他们的可亲。

天渐渐的黑了,寒冷跟着黑暗跑进了屋子,于是我们房子中生了一堆火,大家围坐在四周,火光在每个人脸上闪,大家正热烈地讨论着许多问题,这里是没有疲倦的,无论每天走过多少路,或爬过多少山,但一到宿营地,个个人都兴冲冲地去忙着各自的事,或是商讨着当前的一些问题。就是在行军的时候,也总是说说笑笑,讲着一些过去的战绩和目前的政治形势,只有一个东西成为谈话的核心,这个东西是正决定着中华民族的将来的!

我睡得很晚,十一点了,我还坐在火边,借火光写着日记,炕上已响起酣声,陆同志蜷在一个摇摇的烛光下,起草着一个计划,在他的身旁,那一片稻草上,挤着睡着的几个特务员,已经沉沉入睡了。只有机要科不时送来一些电报给总指挥和政治委员。而这些电报,有许多关于远方的时事的,也是我每晚愿意等着看的。

一九三六年十二月

彭德怀速写

"一到战场上,我们便只有一个信心,几十个人的精神注在他一个人身上,谁也不敢乱动;就是刚上火线的,也因为有了他的存在而不懂得害怕。只要他一声命令:'去死!'我们就找不到一个人不高兴去迎着看不见的死而勇猛地冲上去!我们是怕他的,但我们更爱他!"

这是一个二十四岁的青年政治委员告诉我的。当他述说这一段话的时候,发红的脸上隐藏不住他的兴奋。他说的是谁呢?就是现在我所要粗粗画几笔的彭德怀同志,他现在正在前方担任红军前敌副总指挥。

穿的是最普通的红军装束,但在灰色布的表面上,薄薄浮着一层黄的泥灰和黑色的油,显得很旧,而且不大合身,不过他似乎从来都没有感觉到。脸色是看不清的,因为常常有许多被寒风所摧裂的小口布满着,但在这不算漂亮的脸上有两个黑的、活泼的眼珠转动,看得见有在成人脸上找不到的天真和天真的顽皮。还有一张颇大的嘴,充分表示着顽强,这是属于革命的无产阶级的顽强的神情。每一遇到一些青年干部或是什么下级同志的时候,看得出那些昂奋的心都在他那种最自然诚恳的握手里显得温柔起来。他有时也同这些人开玩笑,说着一些粗鲁无伤的笑话,但更多的时候是耐烦地向他们解释许多政治上工作上的问题,恳切地显着对一个同志的勉励。这些听着的人便望着他,心沉静了,然而同时又更奋起了。但一旦他不说话沉思着什么的时候,周围便安静了,谁都惟恐惊扰了他。有些时候他的确使人怕的,因为他对工作是严格的,虽说在生活上是马马虎虎;不过这些受了严厉批评的同志却会更爱他的。

拥着一些老百姓的背,揉着它们,听老百姓讲家里事,举着大拇指在那些朴素的脸上摇晃着说:"呱呱叫,你老乡好得很……"那些嘴上长得有长胡的也会拍着他,或是将烟杆送到他的嘴边,哪怕他总是笑着推着拒绝了。后来他走了,但他的印象却永远留在那些简单的纯洁的脑子中。

一九三六年十二月

我怎样来陕北的

两天走两千多里

"路很难走呢,现在交通很困难。你如果实在不愿到国外去,那就只好到西安。也许你得在那里住上好几个月,住在那里是不能出来的;不过也好,你就写文章吧。"

我便决定到西安。不出门我已经习惯了,三年的蛰居都捱过来了;何况现在,是自己把自己关起来,这有什么要紧。

中秋节那天夜晚,我溜出了那个曾把我收藏了两个星期的公寓,一个朋友送我到火车站,火车上有一个新认识的朋友等我,他也是要到陕北去的。我们便做了同伴。

在火车上,我从不走到外边来。火车没有开或停下的时候,我装做生病,蒙着头睡在二等卧车的车厢里。如果有人闯进来张望,或查票的时候,都由同行的×君[①]应付。等车一开,我便跳了起来,欢快的同×君谈着上海最近几年的事。×君本来就很健谈,我因为这次出走是生平第一愉快的事,人变得非常和气,精神又好,什么话都谈,很快我们就象老朋友似的了。夜晚月亮好得很,白天天气好得很。我们驶过江南的郊野,小河象棋盘似的布着,钓鱼的人坐在柳树下。我们经过黄河南部的平原,

---

① ×君是指聂绀弩。

一望无际的是黄色的收获了的麦田。我们过了险要的潼关,到了古长安。一入长安境,不由使你忆起许多唐人的诗句。长安虽说有许多变革,已非旧长安可比,然而风景仍与古诗描写的无多大差别,依旧使人留连。这次旅行留给我始终都是新鲜的感觉,那静静地睡在月亮下的小火车站,车站旁的槐树林,那桥下的流水,那浮游太空下的云团,至今常常带着欢愉和温柔来到我的记忆中。

三个星期的使女生活

在西安旅馆里住了一个多星期之后,因为我的执拗,我宁肯住秘密房子,于是我搬到一个外国人的家里了。同来的×君在×①的决定之下又回上海去了。

这家有三个外国人,两个男的,一个女的,他们都不会说中国话。我的生活是寂寞的。幸好×替我找了一个同伴来,她也是预备到陕北去的。我们总算能相处,我做了她的姐姐。外国人对我们很好,我勉强说一些不合文法的英文同他们谈天,而且我计划着写文章。可是那位有夫人的外国人生病了,他们要到上海去,并且真的就走了。以前这家烧饭是那个外国女人担任的,她一走就轮到我和新结识的妹妹两人了。我要说明,这屋子里是不能随便用仆人的,屋主人的面子也得阔气一点才成。于是我们忙着买菜(小妹妹一人担任,因为我不能随便出门),忙着生火,忙着烧咖啡,弄菜。我一天几次捧着杯盘碗盏到厨房,又从厨房到饭厅。这个外国人养着一条大狗,名字叫希特勒;还养着二十来只鸡。喂鸡喂狗的事也是我做(主要的事是小妹妹做,我是听她分配的)。我围一条围裙,真象一个使女。

---

① 这个×指党组织。

这三个星期也是非常快乐的。我虽不能出去，但有报纸可读（我曾在不准我看报的地方住过），妹妹也常带些外面的消息给我。虽要我做一些烧饭洗衣的事，但是自愿的，倒觉得有趣。白天外国人在外边应酬生意，我们在后边屋里谈天，看小说。一到晚上，大门关了之后，我们便热闹了。我和妹妹都在餐厅里玩，电灯很亮。我们吃晚饭，听无线电；我们谈着张学良，谈着在洛阳的蒋介石，谈着甘肃去的红军。外国人也和我们讲西班牙的战争，他用极简单的文字和我谈话，我们还能领悟。我们谈歌德、雪莱、缪塞，谈德国、法国的人情风俗。我以为外国人不论干什么行业，大都有一些文学修养，不会让人笑话他们连托尔斯泰也不知道。

"希特勒"因我喂它，对我很有好感，它跑到我屋子里，但我不准它把鼻子靠近来，它远远望着我。我一人坐在饭厅的沙发上或是屋外石阶上看书的时候，我觉得它的眼睛好象格外温柔。

第一次骑马

离开西安是十一月一号。我在西关一家小店里等汽车，小妹妹没有一道走，却换了两个女伴，同道的一共七个人。汽车第一天住在耀县，第二天住在洛川，我们都不出门。在洛川休息一天，等着护送的人，听说是第×师第×团的连长，他带十几个人来接。而且听说要骑马，有一百多里路，并不好走。但我们认为这些都不会成为问题。

我把头发剪短了，大家都穿上灰布军装。晚上我和一个女伴练习骑马的方法。我们牢记那些要领，在炕上跳上跳下地练习。我们不愿让人知道我们不会骑马，我们怕人笑话说："连马都不会骑，还要到陕北去！"

第二天天还没有亮，我们到外边院坪上，冷风刮面很厉害，下弦月照着院子里的几匹马和驴子。大家从屋里往外搬东西，都闷着声不说话。

我没看清连长是个什么样子的人，他带领这队人马去叫开城门。我们各自牵一匹马，鱼贯地、无声地向外走。城外是一大片高原。一出城门，连长就飞身上马，我赶紧往马背上跳，刚刚把脚套进马镫，还来不及去想头天晚上新学来的那套要领、方法，马便随着前头的马飞跑起来。我心里只转着一个念头，无论如何不能掉下来，我不准自己在友军面前丢脸。我一点也不感觉劈面吹来的冷风，也不知道走到什么地方了，我只浑身使劲，揪住马鞍，勒紧缰绳，希望前边的马停一会也好，因为我想我骑马的方法不对，我要换一个姿势。

马跑了一阵才歇下来。下山时，我牵着马在那陡峭的山路上走，就象走在棉花上，感到我的腿不会站直似的。

这么走了一天，冬天的黄昏来得快，我焦急地盼望着宿营地。我们住的那庄子的名字，我已经忘了，只记得驻了很多兵。晚上有一个团长样子的人来看我们，他是听说有女兵才来的。同来的人让我冒充红军军官的老婆，我同意了。那团长觉得奇怪，他问我知不知道那里很苦。

躺在床上时，我以为我已经瘫了，两条腿全无知觉。

我们的游击队

又是天不明就动身，一连兵护送我们，我们走在他们中间。在不明的月光中绕过两个村庄，他们告诉我这两个村庄都有保甲。到第三个村庄时，天也亮了，穿过村中，我们都存有一点戒心。村里有很多穿便衣的团丁放哨，都是全副武装，头扎包头巾。我知道这是地主养着的敢死队，他们比国民党的正规军队还厉害。这些站在路口的粗壮汉子，斜着眼望我们，知道我们是要到什么地方去的。如果我们没有这一连兵力护送,他们也许要和我们干起来的。我看他们大都是受苦的农民,但他们却让地主们养着打他们的兄弟,我觉得很难受。

又走了二十里,护送我们的队伍在山头停下来,要我们自己走下沟去,沟底下有接待我们的人。这一段路程大约有四里路。我们还只走一半,却听见枪响了。带路的人告诉我们,这是边境,这一带常有冲突。于是我们都加快脚步。带路的老说那些保安团丁真讨厌。

沟底下树林里有几个穿灰衣的人影,大家就跑起来。我大声叫着:"那是红军!"

当红军向我敬礼的时候,我太震动了。我的心早就推崇着他们,他们把血与肉献给革命,他们是民族的、劳动者的战士,我心里想,只有我应该向他们敬礼,我怎能接受他们的敬礼呢?

他们穿着单衣,都很精神。带路的人告诉我,他们是红军的游击队,红军都开到前线去了。

保　安

骑着小毛驴,一行七个人,加上民工大约十来个人,翻山越岭走了八九天之后,快要到"京城"了。这是下午,我们在一个树林里看见有一匹马飞跑出来,走近我们身边。他问我们是否从白区来的?有认识的说他是医院的院长,新近同一个被誉为陕北之花的姑娘结了婚。越过树林,山边上又遇见几个过路的,大声地喊着:"同志!你们是白区来的吗?"我心里想,一定是快到了,看这气氛完全不同。他们好象谁与谁都是自己人,都有关系。

转过一个山嘴,看到有好似村庄的一块地方,不象有什么人烟。但是一走近来,情形却完全不同。有好几处球场,球场上很热闹,人人都跑来看我们,问我们,我觉得自己才换不久的灰衣真难看,他们(所看见的人都如此)都穿着新的黑色假直贡呢的列宁装,衣领上钉两条短的红带,帽上缀一个红五星。我原以为这里的人一定很褴褛,却不料有这样漂亮。我更奇怪,"为什么这里全是青年人呢"!老年也好,中年也好,总之,他们全是充满着快乐的青春之力的青年。

这里什么都没有卖的,只有几家老百姓。这里的房子全毁了,是那些逃走的地主们放火烧的。除了一两家之外,所有机关都住在靠东山上的窑洞里。一排窑洞约莫有半里长,军委、边区政府、党中央各部全住在这里,全中国革命的人民领袖全住在这里。说中国人民的命运就掌握在这小山上,也许有人说这太夸大了,但在一定的时间内的确是对的。

我来陕北已有三年多,刚来时很有些印象,曾经写了十来篇散文,因为到前方去,稿子被遗失了,现在大半都忘了。感情因为工作的关系,变得很粗,与初来时完全两样,也就缺乏追述的兴致。不过××再三征索,而限期又迫,仓促写成,愿读者原谅!

一九三九年

战斗是享受

连午睡都不想睡,挂牵着什么似的站在屋门边看天色,不知为什么总怕下雨。可是下午风暴来了,黄沙漫天卷来,盖过了土围子的雉堞,盖过了山脚下的小小树林,盖过了对面的大山,风把人要吹倒似的,乌云挟着雨点飞驰地压过来。于是远近的群山振动了,轰隆轰隆的响着雷鸣。急遽的电光,切破天空。激涨的河流,象要摆脱地面发狂的飞腾叫啸,大的雨点,倾泻下来,压倒了新抽芽的瓜藤。绑在棍子上的西红柿象生长在湖里的小树。雨把窗纸都舐走了,雨从那空处溅过,屋瓦上一处一处流下水来。不到一刻工夫半截屋子成了池塘。人一下把悄悄担心着会下雨的心情忘记了,反变得非常开朗和喜悦,隔壁房子里的歌声,象调不好的二胡弦子的声音,也不使人感到讨厌了。只想冒着冷雨冲出去,在从山上流下来的黄色瀑布里迎着水流往上走,让那些无知的水来冲激着自己;要去迈步在那被淹的小路上,看曾掩藏在那里的小蛇又躲到什么地方。但人却再不能走到河边了,河身已经吞没了所有的沙滩,那些曾散步过的地方,洗过脚的地方,捡过石子的地方,都流着污浊的浪涛。这里连躲在石崖下战栗的生物也找不到了。人象在原始时代,抵抗着洪水,而顺着头发和面孔流下去的凉水却多使人抖擞,击打而来的劲风,多使人感到存在,使人傲岸啊!可是风雨终会停止的,但等不到它停止,当空间还洒着霏霏细雨的时候,不知从什么地方跳来一些人,起先还少,慢慢增多了,有一二十人,这些人都赤裸着身体,冲到涨着大水的激流里,他们飞速地跑,敏捷地从河里捞取一些木材,他们彼此叫唤着,冲到河的深处,激流大涛几乎把他们卷走,但他们却又举着一截大木从翻滚的水中走来了。两岸的人便惊叹着(河的两岸已经站了好些人)。这些人不知道寒冷,这时是很冷的呵!这些人不知道惊险,拿生命去和水搏斗,就只因为是捞取那一点点木材吗?他们那么快乐地嘶叫,互相鼓舞,不甘落后的奋勇,就只是一点点小利而使他们那样高兴的吗?他们是在享受着他们最高的快乐,最大的胜利的快乐,而这快乐是站在两岸的人不能得到的,是不参加战斗,不在惊涛骇浪中搏斗,不在死的边沿上去取得生的胜利的人无从领略到的。只有在不断的战斗中,才会感到生活的意义,生命的存在,才会感到青春在生命内燃烧,才会感到光明和愉快呵!

一九四一年九月

1923，丁玲在湖南常德

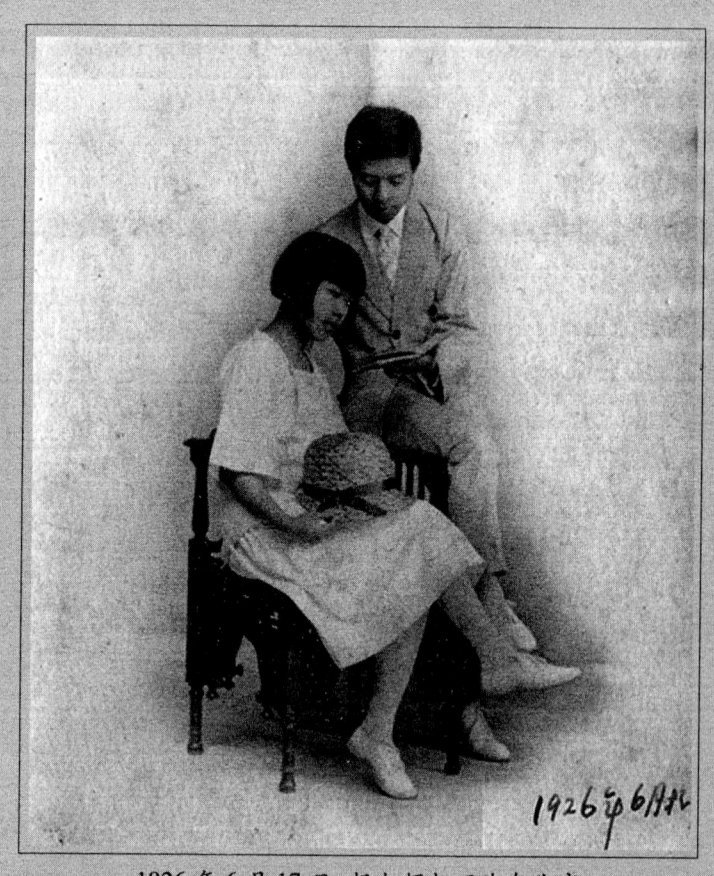

1926年6月17日，胡也频与丁玲在北京

"三八节"有感

"妇女"这两个字,将在什么时代才不被重视,不需要特别的被提出呢?

年年都有这一天。每年在这一天的时候,几乎是全世界的地方都开着会,检阅着她们的队伍。延安虽说这两年不如前年热闹,但似乎总有几个人在那里忙着。而且一定有大会,有演说的,有通电,有文章发表。

延安的妇女是比中国其他地方的妇女幸福的。甚至有很多人都在嫉羡地说:"为什么小米把女同志吃得那么红胖?"女同志在医院,在休养所,在门诊部都占着很大的比例,似乎并没有使人惊奇,然而延安的女同志却仍不能免除那种幸运:不管在什么场合都最能作为有兴趣的问题被谈起。而且各种各样的女同志都可以得到她应得的诽议。这些责难似乎都是严重而确当的。

女同志的结婚永远使人注意,而不会使人满意的。她们不能同一个男同志比较接近,更不能同几个都接近。她们被画家们讽刺:"一个科长也嫁了么?"诗人们也说:"延安只有骑马的首长,没有艺术家的首长,艺术家在延安是找不到漂亮的情人的。"然而她们也在某种场合聆听着这样的训词:"他妈的,瞧不起我们老干部,说是土包子,要不是我们土包子,你想来延安吃小米!"但女人总是要结婚的。(不结婚更有罪恶,她将更多的被作为制造谣言的对象,永远被诬蔑。)不是骑马的就是穿草鞋的，不是艺术家就是总务科长。她们都得生小孩。小孩也有各自的命运：有的被细羊毛线和花绒布包着，抱在保姆的怀里；有的被没有洗净的布片包着，扔在床头啼哭，而妈妈和爸爸都在大嚼着孩子的津贴（每月二十五元，价值二斤半猪肉），要是没有这笔津贴，也许他们根本就尝不到肉味。然而女同志究竟应该嫁谁呢？事实是这样，被逼着带孩子的一定可以得到公开的讥讽："回到家庭了的娜拉。"而有着保姆的女同志，每一个星期可以有一天最卫生的交际舞，虽说在背地里也会有难比的诽语悄声的传播着，然而只要她走到哪里，哪里就会热闹，不管骑马的，穿草鞋的，总务科长，艺术家们的眼睛都会望着她。同一切的理论都无关，同一切主义思想也无关，同一切开会演说也无关。然而这都是人人知道，人人不说，而且在做着的现实。

离婚的问题也是一样。大抵在结婚的时候，有三个条件是必须注意到的。一、政治上纯洁不纯洁；二、年龄相貌差不多；三、彼此有无帮助。虽说这三个条件几乎是人人具备（公开的汉奸这里是没有的。而所谓帮助也可以说到鞋袜的缝补，甚至女性的安慰），但却一定堂皇地考虑到。而离婚的口实，一定是女同志的落后。我是最以为一个女人自己不进步而还要拖住她的丈夫为可耻的，可是让我们看一看她们是如何落后的。她们在没有结婚前都抱着有凌云的志向，和刻苦的斗争生活，她们在生理的要求和"彼此帮助"的蜜语之下结婚了，于是她们被逼着做了操劳的回到家庭的娜拉。她们也惟恐有"落后"的危险，她们四方奔走，厚颜地要求托儿所收留她们的孩子，要求刮子宫，宁肯受一切处分而不得不冒着生命的危险悄悄地去吃堕胎的药。而她们听着这样的回答："带孩子不是工作吗？你们只贪图舒服，好高骛远，你们到底做过一些什么了不起的政治工作！既然这样怕生孩子，生了又不肯负责，谁叫你们结婚呢？"于是她们不能免除"落后"的命运。一个有了工作能力的女人，而还能牺牲自己的事业去作为一个贤妻良母的时候，未始不被人所歌颂，但在十多年之后，她必然也逃不出"落后"的悲剧。即使在今天以我一个女人去看，这些"落后"分子，也实在不是一个可爱的女人。她们的皮肤在开始有褶皱，头发在稀少，生活的疲惫夺取她们最后的一点爱娇。她们处于这样的悲运，似乎是很自然的，但在旧社会里，她们或许会被称为可怜，薄命，然而在今天，却是自作孽，活该。不是听说法律上还在争论着离婚只须一方提出，或者必须双方同意的问题么？离婚大约多半是男子提出的，假如是女人，那一定有更不道德的事，那完全该女人受诅咒。

我自己是女人，我会比别人更懂得女人的缺点，但我却更懂得女人的痛苦。她们不会是超时代的，不会是理想的，她们不是铁打的。她们抵抗不了社会一切的诱惑和无声的压迫，她们每人都有一部血泪史，都有过崇高的感情（不管是升起的或沉落的，不管有幸与不幸，不管仍在孤苦奋斗或卷入庸俗），这对于来到延安的女同志说来更不冤枉，所以我是拿着很大的宽容来看一切被沦为女犯的人的。而且我更希望男子们尤其是有地位的男子，和女人本身都把这些女人的过错看得与社会有联系些。少发空议论，多谈实际的问题，使理论与实际不脱节，在每个共产党员的修身上都对自己负责些就好了。

然而我们也不能不对女同志们，尤其是在延安的女同志有些小小的企望；而且勉励着自己，勉励着友好。

世界上从没有无能的人，有资格去获取一切的。所以女人要取得平等，得首先强己。我不必说大家都懂得。而且，一定在今天会有人演说的"首先取得我们的政权"的大话，我只说作为一个阵线中的一员（无产阶级也好，抗战也好，妇女也好），每天所必须注意的事项。

第一、不要让自己生病。无节制的生活,有时会觉得浪漫,有诗意,可爱,然而对今天环境不适宜。没有一个人能比你自己还会爱你的生命些。没有什么东西比今天失去健康更不幸些。只有它同你最亲近,好好注意它,爱护它。

第二、使自己愉快。只有愉快里面才有青春,才有活力,才觉得生命饱满,才觉得能担受一切磨难,才有前途,才有享受。这种愉快不是生活的满足,而是生活的战斗和进取。所以必须每天都作点有意义的工作,都必须读点书,都能有东西给别人,游惰只使人感到生命的空白,疲软,枯萎。

第三、用脑子。最好养成一种习惯,改正不作思索,随波逐流的毛病。每说一句话,每做一件事,最好想想这话是否正确?这事是否处理的得当,不违背自己做人的原则,是否自己可以负责。只有这样才不会有后悔。这就叫通过理性,这,才不会上当,被一切甜蜜所蒙蔽,被小利所诱,才不会浪费热情,浪费生命,而免除烦恼。

第四、下吃苦的决心,坚持到底。生为现代的有觉悟的女人,就要认定牺牲一切蔷薇色的温柔的梦幻。幸福是暴风雨中的搏斗,而不是在月下弹琴,花前吟诗。假如没有最大的决心,一定会在中途停歇下来。不悲苦,即堕落。而这种支持下去的力量却必须在"有恒"中来养成。没有大的抱负的人是难于有这种不贪便宜,不图舒服的坚忍的。而这种抱负只有真正为人类,而非为自己的人才会有。

一九四二年"三八节"清晨

附及:文章已经写完了,自己再重看一次,觉得关于企望的地方,还有很多意见,但因发稿时间紧迫,也不能整理了。不过又有这样的感觉,觉得有些话假如是一个首长在大会中说来，或许有人认为痛快。然而却写在一个女人的笔底下，是很可以取消的。但既然写了就仍旧给那些有同感的人看看吧。

风雨中忆萧红

　　本来就没有什么地方可去，一下雨便更觉得闷在窑洞里的日子太长。要是有更大的风雨也好，要是有更汹涌的河水也好，可是仿佛要来一阵骇人的风雨似的那么一块肮脏的云成天盖在头上，水声也是那么不断地哗啦哗啦在耳旁响，微微地下着一点看不见的细雨，打湿了地面，那轻柔的柳絮和蒲公英都飘舞不起而沾在泥土上了。这会使人有遐想，想到随风而倒的桃李，在风雨中更迅速迸出的苞芽。即使是很小的风雨或浪潮，都更能显出百物的凋谢和生长，丑陋或美丽。

　　世界上什么是最可怕的呢，决不是艰难险阻，决不是洪水猛兽，也决不是荒凉寂寞。而难于忍耐的却是阴沉和絮聒；人的伟大也不只是能乘风而起，青云直上，也不只是能抵抗横逆之来，而是能在阴霾的气压下，打开局面，指示光明。

　　时代已经非复少年时代了，谁还有悠闲的心情在闷人的风雨中煮酒烹茶与琴诗为侣呢？或者是温习着一些细腻的情致，重读着那些曾经被迷醉过被感动过的小说，或者低徊冥思那些天涯的故人？流着一点温柔的泪，那些天真、那些纯洁、那些无疵的赤子之心，那些轻微的感伤，那些精神上的享受都飞逝了，早已飞逝得找不到影子了。这个飞逝得很好，但现在是什么呢？是听着不断的水的絮聒，看着脏布也似的云块，痛感着阴霾，连寂寞的宁静也没有，然而却需要阿底拉斯的力背负着宇宙的时代所给予的创伤，毫不动摇地存在着,存在便是一种大声疾呼,便是一种骄傲,便是给絮聒以回答。

然而我决不会麻木的,我的头成天膨胀着要爆炸,它装得太多,需要呕吐。于是我写着,在白天,在夜晚,有关节炎的手臂因为放在桌子上太久而疼痛,患沙眼的眼睛因为在微小的灯光下而模糊。但幸好并没有激动,也没有感慨,我不缺乏冷静,而且很富有宽恕,我很愉快,因为我感到我身体内有东西在冲撞;它支持了我的疲倦,它使我会看到将来,它使我跨过现在,它会使我更冷静,它包括了真理和智慧,它是我生命中的力量,比少年时代的那种无愁的青春更可爱啊!

但我仍会想起天涯的故人的,那些死去的或是正受着难的。前天我想起了雪峰,在我的知友中他是最没有自己的了。他工作着,他一切为了党,他受埋怨过,然而他没有感伤,他对名誉和地位是那样地无睹,那样不会趋炎附势,培植党羽,装腔作势,投机取巧。昨天我又苦苦地想起秋白,在政治生活中过了那么久,却还不能彻底地变更自己,他那种二重的生活使他在临死时还不能免于有所申诉。我常常责怪他申诉的"多余",然而当我去体味他内心的战斗历史时,却也不能不感动,哪怕那在整体中,是很渺小的。今天我想起了刚逝世不久的萧红,明天,我也许会想到更多的谁,人人都与这社会有关系,因为这社会我更不能忘怀于一切了。

萧红和我认识的时候,是在一九三八年春初。那时山西还很冷,很久生活在军旅之中,习惯于粗犷的我,骤睹着她的苍白的脸,紧紧闭着的嘴唇,敏捷的动作和神经质的笑声,使我觉得很特别,而唤起许多回忆,但她的说话是很自然而真率的。我很奇怪作为一个作家的她,为什么会那样少于世故,大概女人都容易保有纯洁和幻想,或者也就同时显得有些稚嫩和软弱的缘故吧。但我们都很亲切,彼此并不感觉到有什么孤僻的性格。我们尽情地在一块儿唱歌,每夜谈到很晚才睡觉。当然我们之中在思想上,在感情上,在性格上都不是没有差异,然而彼此都能理解,并不会因为不同意见或不同嗜好而争吵,而揶揄。接着是她随同我们一道去西安,我们在西安住完了一个春天。我们痛饮过,我们也同度过风雨之夕,我们也互相倾诉。然而现在想来,我们谈得是多么的少啊!我们似乎从没有一次谈到过自己,尤其是我。然而我却以为她从没有一句话是失去了自己的,因为我们实在都太真实、太爱在朋友的面前赤裸自己的精神,因为我们又实在觉得是很亲近的。但我仍会觉得我们是谈得太少的,因为,象这样的能无妨嫌、无拘束、不须警惕着谈话的对手是太少了啊!

那时候我很希望她能来延安,平静地住一时期之后而致全力于著作。抗战开始后,短时期的劳累奔波似乎使她感到不知在什么地方能安排生活。她或许比我适于幽美平静。延安虽不够作为一个写作的百年长计之处,然在抗战中,的确可以使一个人少顾虑于日常琐碎,而策划于较远大的。并且这里有一种朝气,或者会使她能更健康些。但萧红却南去了。至今我还很后悔那时我对于她生活方式所参预的意见是太少了,这或许由于我们相交太浅,和我的生活方式离她太远的缘故,徒劳的热情虽然常常于事无补,然在个人仍可得到一种心安。

我们分手后,就没有通过一封信。端木曾来过几次信,在最后的一封信上(香港失陷约一星期前收到)告诉我,萧红因病始由皇后医院迁出。不知为什么我就有一种预感,觉得有种可怕的东西会来似的。有一次我同白朗说:"萧红决不会长寿的。"当我说这话的时候,我是曾把眼睛扫遍了中国我所认识的或知道的女性朋友,而感到一种无言的寂寞。能够耐苦的,不依赖于别的力量,有才智、有气节而从事于写作的女友,是如此其寥寥啊！

　　不幸的是我的杞忧竟成了现实,当我昂头望着天的那边,或低头细数脚底的泥沙,我都不能压制我丧失一个真实的同伴的叹息。在这样的世界中生活下去,多一个真实的同伴,便多一份力量,我们的责任还不只在于打开局面,指示光明,而且还要创造光明和美丽;人的灵魂假如只能拘泥于个体的褊狭之中,便只能陶醉于自我的小小成就。我们要使所有的人都能有崇高的享受,和为这享受而做出伟大牺牲。

　　生在现在的这世界上,要顽强地活着,给整个事业添一份力量,而死,对人对己都是莫大的损失。因为这世界上有的是戮尸的遗法,从此你的话语和文学将更被歪曲,被侮辱;听说连未死的胡风都有人证明他是汉奸,那么对于已死的人,当然更不必贿买这种无耻的人证了。鲁迅先生的《阿Q正传》曾被那批御用文人歪曲地诠释,那么《生死场》的命运也就难免于这种灾难。在活着的时候,你不能不被逼走到香港;死去,却还有各种污蔑在等着,而你还不会知道;那些与你一起的脱险回国的朋友们还将有被监视和被处分的前途。我完全不懂得到底要把这批人逼到什么地方才算够？猫在吃老鼠之前,必先玩弄它以娱乐自己的得意。这种残酷是比一切屠戮都更恶毒,更需要毁灭的。

　　只要我活着,朋友的死耗一定将陆续地压住我沉闷的呼吸。尤其是在这风雨的日子里,我会更感到我的重荷。我的工作已经够消磨我的一生,何况再加上你们的屈死,和你们未完的事业,但我一定可以支持下去的。我要借这风雨,寄语你们,死去的,未死的朋友们,我将压榨我生命所有的余剩,为着你们的安慰和光荣。哪怕就仅仅为着你们也好,因为你们是受苦难的劳动者,你们的理想就是真理。

风雨已停,朦胧的月亮浮在西边的山头上,明天将有一个晴天。我为着明天的胜利而微笑,为着永生而休息。我吹熄了灯,平静地躺到床上。

一九四二年四月二十五日

田 保 霖

——靖边县
新城区五乡民
办合作社主任

黄昏的时候,田保霖把两手抱在胸前,显出一副迷惑的笑容,把区长送走了之后,便在窑前的空地上踱了起来。他把头高高地抬起来望着远处,却看不见那抹在天际的红霞;他也曾注视过窑里,连他婆姨在同他讲些什么也没有听见,他心里充满了一个新奇的感觉,只在盘算一个问题:

"怎搞的?一千多张票……咱是不能干的人嘛,咱又不是他们自己人;没有个钱,也没有个势,顶个球事,要咱干啥呢?……"

他被选为县参议员了,这完全是他意外的事。

他是一个爱盘算的人,但也容易下决心,这被选为参议员的事,本没有什么困难一类的问题,也不需要下什么决心,象他曾有过的遭遇那样,不过他却被一种奇怪的感觉所纠缠,简直解不开这个道理。

许多年前他全家经年流浪在碾盘渠、下王渠、沙口一带,他自己常常替人安庄稼,日子不容易混。后来为着糊口,到教堂里去工作,学会念经,小心谨慎,慢慢地熬到做了一个小掌柜,替教堂管了上王渠一村四十四家人,总算他为人公正,农民并不反对他,倒对他很好。后来神父换了,他成天挨骂受气,他受不了,只好走了。他走到保安,走到宁夏,走到洛川,流浪着,贩着羊,贩着猪,贩着盐和粮食。他赚了一点钱,吃了一些,再还一点账,生活还是没法搞好,还欠着账。但他有了经验,他成为一个有点名气的买卖人了。本来就打算这样搞下去,可是石老姚、杨候小来了,抢了东西,吃了胖猪;接着是黄马队;接着是来打土匪的二岔抢头的张团长。百姓被抢得一无所有,人都逃到沙漠中藏了起来,张家畔热闹的街市,变得寂无人烟。田保霖也逃到了外县。然而,这时却"红"了。三十军军长阎洪彦到了靖边,接着又来了二十七军贺晋年,靖边县翻了个身,穷人都分了土地。但田保霖却仍留在城川。有人告诉他,说他是买卖人,他的二叔父是豪绅,带过民团,最好不回去。于是田保霖不得不好好盘算了:"共产党打的是富有,咱么,做点小本买卖,咱无土无地,欠粮欠账,一条穷人嘛。咱当过掌柜,可是没做过坏事,人都说咱好,咱还怕他个啥?杀头,杀了咱有啥用呢?人都说三十军好嘛,那么咱就回去,不怕他。"于是他回去了。抱着一个不出头不管事的态度,悄悄地回到草山梁,一大片荒地,没有人住。他有了地,也不必交租子。他欠的账也跟着旧政权吹了。他没有负担和剥削,经过几年的经营,他有了六七十垧地,有了牛、马、羊,开了个小油坊,日子过得很好。心里想:"共产党还不错,可是,咱就过咱的日子吧,少管闲事。"

不过做了参议员就得同他们搞在一起,这起人究竟是哪一号子人呢?

结果他决定了:"到县上开会去,还有高吉祥、冯吉山嘛,他们在旧社会比咱还有地位,怕个啥,就去。"

田保霖虽然这么想了,但他仍没有懂得为什么会有一千多人投他的票。他是一个买卖人,曾受过教堂的宣传,虽说回到了长渠沟,在革命的政权下,生活一天天变好,却不接近这号子人,也不理解他们。但他的一举一动,这号子人都是清清楚楚的。从长渠沟一带的老百姓口中都曾说过他的好话,说他是一个平和而诚实的人,是一个正派人。在头年(1941年)缺粮的时候,政府发起调剂运动，他自动借出了一石多，而且每天到各乡去借，维持了许多贫苦农民的生活。他对于公益的事热心奔走，人民对他有好感，他是被他不了解的这号子人所了解的，因此他被选为县的参议员。

"这是一个新问题，好是好，怕不能成……"当惠中权同志提出靖边要发展农业，首先要兴修水利的时候，田保霖同别人一样有着上面的想法。靖边土质太薄，不适宜耕种，要修水地和水漫地，实在困难，要筑壕、坝，要修"退水"，工程都是很大的，而且在这些地方常有宽到几百亩的沙滩，而且谁去修呢？这里是缺乏劳动力的地区；唉，问题可多着呢。再譬如地是地主的，却要农民去修，修好了地又该是谁家的呢？但这些问题都有了适当的解决。又讨论了剥小麻子皮、割秋草的事，好象不重大，算起来利可大呢。又计划了栽树的事，都是好事嘛。从前田保霖解不开参议会是个啥名堂，老百姓都说是做官，现在才明白，白天黑夜尽谈的怎个为老百姓想办法啦。田保霖从这次才算开了眼界，渐渐地明白了他们，他们活着不为别的，就只盘算如何把老百姓的生活搞好。

因为他又被选为常驻议员，经常来县上开会，他看见杨家畔的石坝修起来了，胡家湾的也修起来了。修水利的农民一天一天地加多，外县外乡的人都到这里来，杨家畔就打了二十多个窑等他们来住。他们在有沙滩的地方修了水道，利用水力，慢慢地不觉地便把那怕人的沙滩冲平。同时农民可以得到十分之八的土地，地主也高兴这种坐享其成的分配法。

"唉，这伙人能成，一个劲儿直干嘛！"

他和参议会的议长，也就是县委书记惠中权同志做了朋友。

"你是顶能干的，为大伙儿做点事吧。咱们把靖边搞得美美儿的。"惠中权只要有机会便劝说他。

"咱是没有占上文化的人，会办个啥？这话怕不顶真吧？"开始他还这么想。但慢慢地他觉得这是实话,他们要做的事太多,简直忙不过来,人心同一起,黄土变成金。他的心活动了,有时甚至觉得很惭愧,觉得自己没意思,人应该象他们一样活着,做公益事情。

"唉,咱能干啥呢?咱是买卖人,别的事解不开嘛。"这样的话他也同惠中权谈了。

现在惠中权又劝他办合作社了。

"你要能办好一个合作社,你对靖边就有一个大功劳。你看咱们新城区老百姓要个啥都得到蒋管区的宁条梁去,到宁条梁去人也好,牲口也好,都还要上什么修城税,物价又贵,又误工;而且咱们要买别人东西,别人就抬高物价,你看春上一匹布才卖八百元,秋后就卖八千元,而咱们的麻子从二千四也不过涨到八千元,至于盐就等于不涨价。你要是在你五乡能办好一个合作社,那咱靖边的合作事业,咱们的经济就有办法,你回去鼓吹,咱尽力帮助你,这个你能成的。"

田保霖便又盘算了,人多不怯力气重,只要政府能帮咱,咱就好好地干出一番事业吧,也不枉在世一场。"对,能行。"他答应了。

于是他踏上了新道路,为建设新民主主义的新靖边而工作了。他是有意识地要和惠中权一道,和共产党一道,热心为人民服务。这是去年二月间的事。

田保霖回到了乡上,十余天他收到了七十四万四百元的股金,有二百四十一户都把公盐代金入了股。老百姓四处传说:"田保霖在做好事了。公盐事小,误工可大,现在他替咱们包运,赶快把钱交给他吧,又省事,又赚钱,明年还可不管呢!"大家知道他有能耐,于是赶牲口来入股的也有,拿麻子粮食来入股的也有,人工也打成了份子。他们去办货,合作社就成立起来,大家选他做了主任。

六月的时候,他们赶着八个牲口出发了,走了盐池又走延安,一个牲口驮着一千一百三十一元的盐,到了延安,这盐便值二万块钱,除去了运费,替合作社赚了一万余元。而他们回来的时候,牲口背上又驮了布匹,又赚一万多。于是他们得不到休歇,把春毛驮上米脂,又把铁锅驮回来。牲口总是驮着人们需要的东西,替合作社赚钱,半年的时间赚了九十六万九千多元。

现在呢,田保霖的运输队发展到七十四头牲口了,没有一个坏牲口。他用的是有经验的干部,运输队长石有光是好的长脚户,他懂得喂养牲口,他参加合作社是份子制,所以他更积极负责。

也有些运输队赔过钱,为什么田保霖会赚钱呢?因为他不但制度好,管理好,自带草料,不但会根据群众需要来调剂货物运销,他最主要的是懂得放青囤盐,上槽卖盐。

接着,油坊也办起来了。宁条梁的人都说:"田保霖是个什么人,为什么不准麻子出口,现在要去采买也不成,老百姓的麻子都卖给合作社了。他妈的,非揍他不可。"但他们是威吓不了的,老百姓愿意把麻子卖给合作社,合作社出的价钱公道,将来要买油也方便。田保霖的油坊一共榨了一百六十四榨,出油一万五千七百四十四斤,赚了二百三十二万七千一百六十元。这个生意使靖边的人都兴奋起来了,今年靖边县政府扩大种麻三万垧,能打一万八千担麻子、九千担油,而宁条梁是不产麻子的。

田保霖替人民办了事,一下便吃开了,他又被选为模范工作者,他出席劳动英雄大会,政府送他匾,老百姓也慰劳他。在会上大家都询问他为什么一下便能集那么多股金。他谦虚地笑着说:"一切替老百姓想,只要于他们有益,他们就拥护,离了他们是办不了事的。"他有了新的经验,人人都说他能行,能办大事。

这个会也讨论到许多生产问题,大家都说靖边县吃亏的是布匹;田保霖一盘算,每人每年至少要穿三丈三,全区一万零九十五个人就要三万三千三百一十三丈五尺,按市价二百六十元一尺计算,共需八千六百六十一万五千一百元,这样大的数目,如何能行呢?可是在乡上开展妇纺实在不容易,就需要有一个会纺的妇女去教,而且这些妇女很怕羞,要叫她们去学,她们一定会当作奇闻扭转头去笑。不过天下无难事,只怕有心人,田保霖下决心要开展这个工作。他一回去,便做了二百四十一架纺车,分配到全区。他找到了一个难民邹老太婆,她会纺线,田保霖便替她把家安置好,首先请到自己家里来教纺线。年轻的婆姨们都笑了,原来这并不难,几天后,大家都学会了。他便又把她请到另一家去教,邹老太婆骑着一头牲口,带着一架纺车在五乡走了这家又那家。邹老太婆得了奖励。纺花的工资很大,纺一斤交半斤,于是妇女们便争着来请邹老太婆,大家说:"描云绣花不算能,纺线织布不受穷。"要是听到谁家的又会了,心里就焦急:"唉,邹老太婆还不来咱们村子,看别人都穿上自己的布了。"这样,在三个月中教会了三十五个。田保霖又要这三十五个再教人。关于邹老太婆,去年就上了报,也成了有名气的人。

　　田保霖听到张清益在关中办义仓,成了边区特等劳动英雄。田保霖说:"咱靖边跌年成更多,年年防荒旱,这是一件大好事,咱合作社也办了吧。"于是他纠合众人开了一百一十五亩荒,又租了一百八十五亩,一共有三百亩,每亩收二斗,便可收六十石,而这个义仓还可推广,还可发展,要是每乡都有一个那就不怕天灾了。

　　因为他曾经向神父磕了八年头,仍然得不到一口饱饭,革命的政权才救了他,所以他格外讨厌他庄子上的关巫神,一看见上坛、下地狱、退煞谢神就恨:"这二流子又在骗人的钱。"他想出了一个治巫神的办法,他找了一个医生来,开一个药铺,四处替人灌羊治病,三个月中治了三百个人,灌羊三千,有病的人都找到合作社来。关巫神说:"田保霖本领大,神神也不敢来了。"

　　五乡的合作社一出了名,新城区的合作社便有了师傅。田保霖的合作社又成了总社。他们常来打听行情,学习方法,也开油坊,也跟着栽树,也跟着赚钱。邹老太婆也到了六乡,还要到三乡去。田保霖合作社在九个月之中,老百姓分到百分之九十的红利,他们笑着把红利又入了股,天天念着田主任的名字。

现在田保霖到延安来了,参加边区合作社主任联席会议。他带着极高的热情,他要见刘建章,他听到过延安南区合作社的各种方法;他要向刘主任学习,学习到能把合作社办成老百姓的亲人一样,人人相信它,依靠它,他也要把他的经验告诉别人,让大家研究。

这个会议马上要开幕了,它一定会把田保霖更提高一步,他的眼界也就更宽广,他一定会更坚定,更耐烦,做更多的事而为人民所拥护。

田保霖是一个爱名誉的人,但他牢牢记得惠中权同志的话:"要好名声只有一条路,替老百姓办好事。"

一九四四年六月

三日杂记

一 到麻塔去

也许你会以为我在扯谎,我告诉你我是在一条九曲十八弯的寂静的山沟里行走。遍开的丁香,成团成片地挂在两边陡峻的山崖上,把崖石染成了淡淡的紫色。狼牙刺该是使刨梢的人感到头痛的吧,但它刚吐出嫩绿的叶,毫无拘束地伸着它的有刺的枝条,泰然地盘踞在路的两边,虽不高大,却充满了守护这山林的气概。我听到有不知名的小鸟在林子里叫唤,我看见有野兔跳跃,我猜想在那看不到边的、黑洞洞的、深邃的林子里,该不知藏有多少种会使我吃惊的野兽,但我们的行程是新奇而愉快的。

这沟将到什么地方为止呢?

快黄昏了,我们要去的麻塔村该到了吧?

果然,在路上我们发现了新的牲口粪,我们知道目的地快到了。不远,我们便听到了吆牲口的声音,再转过一个山坡,错落的窑洞和柴草堆便出现在眼前,已经有炊烟在这村庄上飘漾,几只狗跑出来朝我们狂吠,孩子们远远地站在树底下好奇地呆呆地望着,而我们也不觉地呆呆注视这村庄了。它的周围固然也有很宽广的新辟的土地,但上下左右仍残留着一丛丛的密林,它是点缀在绿色里面的一个整齐的小农村。它的窑洞分上中下三层,窑前的院子里立着大树,一棵,两棵,三棵,喜鹊的巢便筑在那上边。

忽然从窑上面转出了一群羊,沿着小路下来了,从那边树底下也赶出了一群羊,又绕到上边去。拦羊的娃娃用铲子使劲地抛着土块,沙沙地响,只看见好几个地方都是稀稀拉拉挤来挤去的羊群,而留在栏里的羊羔听到了外面老羊的叫唤,便不停地咩咩地号叫,这叫声充满了山沟,于是大羊们更横冲直撞地朝窄狭的门口直抢,夹杂着孩子们的叱骂。我们跟到羊栏边去瞧着,瞧着那些羊羔在它们母亲的腹底下直钻,而钻错了的便被踢着滚出来,又咩咩地叫着跑开,再钻到另外的羊的肚子底下去。

"嘿,今年羊羔下得倒不少,可就前个夜里叫豹子咬死了几个。"忽然一个陌生的声音说话了。

回过头来,我们看见一个六七十岁的老人站在身后,瘦瘦的个子,微微有点伛偻,有着一副高尔基式的面型和胡须,只是眼睛显得灰白和无光,静静地望着拥挤在栏里的羊群。

"豹子?吃了你几个羊羔?"

"唉,豹子。今年南泥湾开荒太多,豹子移民到这搭来了。"

"哈……豹子'移民'到这搭来了。"立刻我们感到这笑的不得当,于是便问道,"这是麻塔村么?我们要找茆村长。"

"这搭就是,我就是村长,叫茆克万,嘿,回来,回窑里来坐,同志!你们从乡上来,走熬了吧?望儿媳妇,快烧水给同志喝!"

二 老村长

"叫兄弟,快快起,拾柴担水把牛喂;鸡儿叫,狗儿咬,庄里邻家听见了;叫大伙,快快起,抬头看,真早哩,急忙起来拿上衣。"

谁在院子里小声唱着呢。我睁开眼睛,窑里还是黑洞洞的,窗户纸上透过一点点淡白。

"老村长！快起来！今天咱起在头里了，哈……"这唱歌嗓子在窗外低低地喊着。

没听到回音，他便又喊了："老村长！老村长！"

"别叫唤了，他老早就起身了，咱们窑里还住得有同志呢，"睡在我身旁的村长婆姨从被窝里把头伸了出来，她的形体，我感到象个小孩子，

"村长起身真早。"我轻轻问她。

"有时还早呢。上年纪了，没有觉。本来还可多躺躺儿，不行，好操心。天天都是不见亮就起身，满村子去催变工队上山，他是队长啦。同志，你多歇会儿，还早。"

"唱歌的是谁？谁教他唱的？"

"是茆丕珍。谁教他，这还要教？茆丕珍是个快活人，会编，会唱，会说笑话，会吹管子，是个好劳动呢。变工队的组长，不错，好小伙子！"

我看不见她，但听她的声音，我猜想她一定又挂出一副羞涩的笑容。我对这年老的残废妇人，心里有些疼，便同她谈起家常来。

这婆姨是个柳拐子，不知道是因为得了病才矮小下去，还是在很小的时候就得了病。她的四肢都伸不直，关节骨在瘦削的胳膊、手指、腿的地方都暴了出来，就象柳树的节一样。她的头发又黄又枯又稀少，不象是因为老了脱落的，象从来如此。她动作也不灵便，下地行走很艰难，整天独自坐在炕头上纳鞋底，纺线线，很少人来找她拉话。但我觉得她非常怕寂寞，她欢迎有人跟她谈，谈话的时候，常常拿眼色来打量人，好象在求别人多坐一会儿。我同她谈久了，不觉在她脸上慢慢捉住了一种与她皮肤、与她年龄完全不相调和的幼稚的表情。

"他是个好人，勤俭、忠厚；命可不济，我跟他没几年就犯了病，

又没有个儿花女花,一辈子受熬煎。望儿是抚养的孩子,十个月就抱了过来,咱天天喂米汤,拉到十七岁上了。望儿拦羊,他媳妇年时才娶过来,十四岁,贪玩,还是个娃娃家,顶不了什么。"

睡在她背后的望儿媳妇也翻了翻身子,我猜她又在笑。她常常憨憨地望着我笑,悄悄地告诉我说她欢喜公家婆姨。接着她坐起来了,摸摸索索地下了炕,准备做早饭。

我也急急忙忙起身要去看变工队出发,可是老村长回来了,他告诉我变工队已经走了,今天到十里外的一个山头上去刨梢。这时天还只黎明,淡白的下弦月还悬在头顶上。

我向他表示了我对他的称赞:他是一个负责任的村长。他谦虚地回答我:

"说不上,咱是个笨人,比不上枣园有劳动英雄。年时劳动英雄在'边区'①和别人挑了战,要争取咱二乡做模范。咱麻塔的计划是开一百二十垧荒地,梢大些个,镢头手也不多,只好多操心,后晌还要上山去看看呢。抓得紧点,任务就完成得快点。笨鸟先飞。咱不爱说大话,吹牛;可也不敢落后。自己的事,也是公家的事嘛!"

老村长六十三岁了,就如同他婆姨所说一样,一辈子种了五十年庄稼,革命后才有了一点地,慢慢把生活熬得好了一点,已经有了三四十垧地安了庄稼,又合伙拦了六十多头羊。但他思想里没有一丝享受的念头,他说:"咱是本分人,乡长怎样讲,咱就怎样办,革命给了我好日子,我就听革命的话。劳动英雄是好人,他的号召也不会错。"因为他人平和、公正、能吃苦,所以全村的人都服他。他们说:"老村长没说的,是好人,咱们都听他。"他人老了,刨不了梢,可是从早到晚都不停,务瓜菜,喂牲口,检查变工队。他是队长。他劝别人勤开地,千万别乱倒生

---

① 指陕甘宁边区政府的劳动英雄大会。

意,一籽下地,万籽归仓,干啥也顶不上务庄稼。他说:"劳动英雄说这是毛主席的意思。毛主席的话是好话,毛主席给了咱们土地,想尽法子叫咱们过好光景,要不听他的话可真没良心。依正人就能做正人,依歪人没下场。"

当我问他们村子里人的情况时,他都象谈到自己的子弟一样,完全了解他们,对每个人都有公正的批评,不失去希望:

"那个纺二十四个头机子纱的叫茆丕荣,有病,掏不了地,婆姨汉两口子都纺线,也没儿子,光景过得不错。心里还不够明白,不肯多下劲,从开年到如今才纺二十来斤。不过,识字,读得下《群众报》,我要他念给大家听,娃娃家也打算让他抽点时间教教。"

说起冯实有家的婆姨,他就哈气,说这村上就她们几个不肯纺线,因为她们家光景好,有家当,劝说也不顶事。他盘算今年在村子上安一架织布机来,全村子人都穿上自己纺自己织的新布衣,看她们心里活动不活动。

他是一个有办法的人。麻塔村年时还有吵架的事,今年就没有了。二十九家人有二十五辆纺车,是二乡妇纺最好的村子,荒地已经开了一百五十垧,超过了三十垧。这数目字是乡上调查出的,靠得住。他立有村规,要是有谁犯了规,盛在家里不动弹,就要把他送到乡上当二流子办。全村人对他领导的意见证明了乡长告诉我的话没有错:"茆克万是二乡最好的一个村长。"

三 娃娃们

望儿媳妇听到外窑里有脚步声音,心里明白是谁,便忙着去搬纺车。一个穿大红棉袄、扎小辫的女娃便站在门旁了;她把手指头含在嘴里,歪着头望着那柳拐子婆姨。

"走！兰道！到你家院子里去。"望儿媳妇把纺车背在肩上走了出来，会意地望着这小女子一笑。

"嘻！"兰道把手指从口中拔了出来，扭头就跟在望儿媳妇身后跑。她们都听到村长婆姨在炕上又咕咕哝哝起来了。她们却跑得更快，而嘴却嘻得更开了。

任香也在兰道家的院子里等着她们。

三个人安置好纺车，便都坐下来开始工作。兰道的妈妈坐在她旁边纳鞋帮，爸爸生病刚好，啥事不做，靠在木柴堆上晒太阳，望着他的小女子兰道，时时在兰道望过来的时候，便给她一个慈蔼的笑。

这女子才九岁，圆圆的面孔，两颗大眼睛，睫毛又长又黑，扎一个小辫子，穿一件大红布棉衣，有时罩一条浅蓝色的围腰。她是父母的宝贝，那两老除了一个带彩退伍的儿子以外就这个小女子了。她在他们的宠爱之下，意味着自己的幸福，因此时时都在跳着，跑着，不安定，总是满足地笑着。

任香也有十四岁了，黑黑的脸孔，高高的鼻子，剪了发，却非常之温和沉静。她和望儿媳妇、兰道都非常要好，每天都把车子搬到这边院子里来纺线线。

本来刚刚吃过饭不久，可是兰道纺不了几下，便又倒在她妈妈怀里哼着。

"妈！肚子饿了！我要吃饭！"

"不，不成！看你才纺那么一点点，又调皮，再不听话就不让你纺了，咱明日格把车子送还合作社去，"

于是她便又跳到爸爸面前，说她没有棉花条了。老爸爸便到窑里替她拿了来。她然后再坐到车子跟前，歪着头，转着车轮，唱起昨天刚学会的：

  杨木车子，溜呀溜的转……
  ……

棉花变成线呀嗯唉哟。

"这猴女子淘气的太,"她妈又告诉我了,"平时看见这庄子上婆姨女子都纺线线,也成天吵着要纺;咱不敢叫她纺,怕她糟蹋棉花。今年吵的没办法,她大才自家掏钱买了十二两棉花,就算让她玩玩,不图个啥利息;不过一个月纺一斤是没问题的,一年也能赚九斗米,顶得上她自己吃的粮……"兰道看见她妈那愉快的笑容,就知道在说她自己,抿着嘴也笑了起来,纺车便转得更起劲。

比兰道还要小也在纺线的有贺光勤家的金豆。金豆才七岁,头发披散着,垂到脖子边,见人就羞得把头低下去,或者跑开了又悄悄地望着人,或者等你不知觉时猛然叫一声来吓唬你。可是她也一定要纺线。看见兰道有了纺车,便成天同她妈吵。她妈忙得连替她去领车子的时间也没有。她等着她妈一离开车子便猴在那上边。她纺得并不坏。我去看她们的时候,贺家的正在勒柳树叶,她赤着脚盘坐在炕上纺线线。

"咱们金豆的线线纺得好,明日格送到延安做公家人去吧,要做女状元啦。"她妈一边拾掇屋子一边笑着同我说。我也顺着她逗金豆玩:"对,明日跟咱们一道走延安去,你妈已经应承下啦!"

金豆回过头来审视了我们一下,便又安心去纺了。

上边窑边还有一个十一岁的三妞,瘦瘦的,不说话,闪着有主张的坚定的眸子,不停手地纺着。纺线对于她已经是一个很沉重的负担了。年时她死了爸,留下她妈、五岁的小妹妹和她自己。她拾柴,打扫屋子,喂猪喂鸡,纺线线,今年已经纺了八斤花了。她全年的计划,别的不算,是四十斤花。按七升一斤计算可得二石八小米,可以解决她的一切用度还有多。她才十一岁,比兰道高不了很多,可是已经是一个好劳动了。她是她妈得力的帮手,全村的人都说这娃成。

四　看谁纺得好

　　还是前年的时候,老村长到南区合作社领了第一部纺车给他婆姨。这时全村只有一个从河南来的瞎子老婆会纺,她便被请到村长家里来当教员了。这事真新鲜,村子上婆姨们都来瞧,村长就劝说,大家便也拿这车子来学,一下便会了六七个人。一连串大家都去领纺车。纺线的热潮就来了。这时的工资是纺一斤线给一斤棉花,纺五斤线合作社还奖一条毛巾。大家都嚷着利大的太,冬天都穿了新棉衣,也换了被头。去年纺的人便更多了。可是今年大家都有了意见,工厂为提高质量把线分成了几等,要头等线才能拿一斗米的工资,而纺头等线的人实在太少。虽然南区合作社又替她们想了办法：只要你入股一万元,便可借到棉花三斤,纺成了线,加点工资仍可换到一匹四八布,不特同去年一样的换布,而且还有红利可分。村长婆姨第一个入了股,别人也跟着入了股。可是大家仍要说工厂把她们的线子评低了,向着我们总是发牢骚,希望我们替她们想出一个好办法来使工厂能"公道"些,把她们的线评成头等。

　　我们看了她们的线,实在不很好,车子欠考究,简直是马马虎虎几根木条凑在一起就算了。于是我们替她们修车子。有的高兴了,有的人觉得车改了样,纺起来不习惯,又把车子弄回原来的样子。我们不得不同老村长商量,如何能提高她们纺线的质量和速度。老村长同意在我们走的前一天,开一个全村的妇纺竞赛会。

　　一吃过午饭,山上的婆姨们挽着柳条篮子下山来了。纺车由她们的娃娃们或者留在家里的老汉替她们背着,象赶庙会一样地笑着嚷着。住在底下一层的婆姨女子们也自己拿着盛棉花条的小盒盒跟在纺车后边,走到山坡坡上茆丕荣家的院子里去。

纺车也是背在娃娃们的肩上。也有自己背纺车的,如望儿媳妇,贺光勤家的。老太婆们也拿着捻线锤子赶来看热闹。村长婆姨已经一年多没出过院子,今天也拿着一个线锤一拐一拐地走来看热闹,她不打算参加比赛,车子让给她望儿媳妇了,望儿媳妇是同婆婆共一架车子的。小孩们更一堆挤在这里瞧,一堆挤在那里瞧。兰道老早已经把她的车子放在许多车子中间,得意洋洋地坐在那里唱:"杨木车子,溜呀溜的转,……"金豆没有车子,不能参加比赛,用小拳头打着她妈。老村长和文化主任很忙碌,清查人数,写名字,点香。我们一边帮着他们写,一边替她们修理车子,卷棉花条,说明那些道理。

老村长讲话了:"……咱们的线纺得不好,工资就低,织的布就不耐穿。今日个大家比赛,看谁家纺得快,纺得匀。咱们要纺得好,就要考究车子,考究门道。纺得好的有奖品,还要她把门道讲给大家听,这几位同志也会帮咱们讲解……"

"哎,纺就得了,还有啥门道呢。"有谁在笑了。

"对着嘛!老村长讲的对,要纺得好的说说她的诀窍嘛。"又有谁赞叹着。

"咱们车子不顶事……"大家又一阵嗡嗡起来。

一听到老村长命令动手,二十五辆车子一同转动起来了。周围看热闹的都退远了些。那二十五个纺车手都紧张地、用心地抽着摇着。有的盘坐在地上,有的坐一个小凳子,这里有纺了很久的,也有今年才学的,贺光勤家是年时由山西敌占区来的难民,她在家里就会纺,她是这村里纺得最好的;可是她的事太多,常常帮她汉子掏地,送饭,车子也顾不上好好修理,纺着纺着,弦线又断了。

茆丕荣的机子在屋子里也踏开了。二十四个头呢,一天就纺二斤。她婆姨也参加了比赛。

车子转动的声音搅成了一片,人们在周围道长论短,娃娃们跑来跳去,喊着妈,哄笑着,闹成一片。香燃过了半截,大家加油啊!看,王升庭家的纺得最快,她的锭子上的线团最大。

时间越短促,大家纺得越起劲,村长宣布香已经熄灭了,才停止下来,轻轻地嘘着气,手与腰肢才得了活动。村长把线团都收了去,一个一个地在小戥子上称,几个人细细地评判。我和妇女们便拉开了。她们笑得好厉害,拿手蒙着脸笑,但她们对这谈话是有兴趣的,咱们拉的是怎样养娃娃,

评判的结果,几个车子修理好了的都有了进步,棉条卷得好的线都纺得比较匀。大家这才相信纺线线有很多门道。大家都争着留我们到她们家去吃晚饭,要我们帮助她们修理车子,卷棉花条。这天下午到晚上,我们都成了这村子上妇女们的好朋友,我们一刻也不得闲。她们把我们当成了知己,一定留我们第二天不走,问我们下次啥时候再来。我们也不由得更加惜别了,心里想着下次一定要再来才好。

五　五月的夜

王丕礼的婆姨以全村最会做饭的能手招待我们吃了非常鲜美的酸菜洋芋糊糊下捞饭,王丕礼很有兴趣地说:"走,找茆丕珍去!""对,咱一道去。"我们都从炕上跳了下来。

"哎,看你!"他婆姨用责怪的调子向他埋怨着,"才吃完饭嘛,烟也没抽,就拉着客人走啦。"又把身子凑近我们,"哎,多坐会,多坐会。没啥吃的,又没吃饱。唉……"

那年轻男人并没理她,径自跨步站到窑外,拦住那两条大狗。

院子里凉幽幽的,微风摆动着几棵榆树和杨柳,它们愉快地发出颤动的声音。隔壁窑门也大开,灯光从里面透出来,满窑升腾着烧饭的水蒸气,朦朦胧胧看见有一群人,他们一定刚谈到一

件顶有趣的事,连女人也在纵声地笑着。

山坡坡上散开的野花可真香,我们去分辨哪是酸枣的香气,哪是野玫瑰的香气和哪是混和的香气。

转过一个小弯,管子①的声音便从夜空中传来,王丕礼加快了脚步:"喂,走哇!"我们跟着他飞步向一个窑门跑去,还没有调好的胡琴声也听到了。

原来已经有好些人都集聚在茆丕珍家里了,炕上坐了四五个人,炕下面还站得有几个娃娃,婆姨们便站在通里窑的小弄里。

我的同伴都是唱歌的能手,他们一跨进窑门便和着那道情的十字调而唱起来了:

　　太阳光,金黄黄,照遍了山岗……

茆丕珍便吹得更有劲了。老高横下那胡琴,挪出空地方来。

这几个青年人都是这庄子上的好劳动,身体结实,眉眼开朗,他们的胳膊粗,镢头重,老年人都欣赏他们的充满朝气,把自己的思想引回到几十年前去。他们又是闹社火的好手,腰肢灵活,嗓音洪亮,小伙子们都乐意跟着他们跑,任他们驱遣。他们心地纯良,工作积极,是基干自卫军里的模范。妇女们总是用羡慕的眼光去打量,因为他们加强了兴致,也因为他们会偶然发现自己丈夫的缺点。

我们刚来时还不很熟悉,他们都带着一种质朴的羞涩说不会唱,但等我的同伴们一开头,他们也就没有什么拘束了。唱了一个又唱一个,唱了新编的又唱旧的。

老高会很多乐器,可惜村子上借不到一个唢呐,只有一把胡琴和一根管子,他不爱说话,只是吹了又吹,拉了又拉,整晚整晚

---

① 芦笛。

地都是如此。他们告诉我说，他的管子就等于每人腰上插的旱烟管，从不离开身子。

这些《顺天游》、《走西口》、《五更调》、《戏莺莺》实在使我们迷醉，使我们不愿离开他们，离开这些朴素活泼而新鲜的歌曲，离开这藏有无穷的歌曲的乡村。譬如茆丕珍唱出这样的情歌，从"好一朵鲜花，好一朵鲜花，满院的花儿赛不过它，我有心采一枝儿戴，恐怕那看花人儿骂……"开始，很细微地述说两人如何见面，相识，相爱，到第九段时便发生了这样的问题："你今儿把奴瞧，明儿也把奴瞧，瞧来瞧去爹娘知道了，大哥哥儿刀尖儿死来，小妹子悬梁吊。"这是中国几千年婚姻不自由，梁山伯、祝英台所不能解决的问题，而哥哥却接下去唱："刀尖上死不了，悬梁上吊不成，不如咱二人就偷走了吧，大哥哥头前走，小妹子随后跟。"于是二人逃走了，过河，爬山，当他们休息在山上时，却："雪花儿飘飘，雪花儿飘飘，雪花儿飘了三尺三寸高，飘下一对雪美人，小妹子怀中抱。"然而歌词的转折，情致的飘逸是如此之新鲜："太阳出来了，太阳出来了，太阳出来雪美人儿消，早知道露水夫妻，你何必怀中抱。……"

王丕礼在唱歌上跟在种地上一样是不愿服输的，所以他也唱了很多山西小调："……半碗碗的红豆半碗碗儿米，端起个饭碗记起你；五黄黄的六月数伏伏的天，为了奴的情人晒了奴的脸……十冬冬的腊月数九九的天，为了奴的情人冻了奴的脸……"

但他们都喜欢唱他们自己编的调子，如："……骑白马，挂洋枪，三哥哥吃的是八路军粮，有心回家去看姑娘，打日本顾不上。……"或者就是："延安府，开大会，各区调咱自卫队，红缨杆子大刀片，保卫边区打土匪。西安省，太原省，毛主席扎在延安城。勤练兵来勤生产，抗战为了救中原，……"

这样的晚上我们只有觉得太短了的，但我们却不能不反而催着他们去睡,因为他们要赶这几天耕完杂田。茆丕珍父亲也提醒那充当变工队小组长的儿子说:"快鸡叫了,明儿还要起早呢。"

他们用管子吹到门口送我们下坡,习习的凉风迎着我们,天上的星星更亮了。我们跨着轻松的步子,好象刚从一个甜美的梦中醒来,又象是正往一个轻柔的梦中去。啊!这舒畅的五月的夜啊!

三天过去了,我们在第四天清早,背着我们的背囊,匆忙地踏上归途,离开了这美丽的偏僻的山沟,遍山漫开的丁香,摇动它紫色的衣裳,把我们送出沟来。

我们也只以默默的注视回报它,而在心里说:"几时让我们再来。"

一九四四年六月

《一二九师与晋冀鲁豫边区》自序

先让我说一段我曾有过的一种感情,我从没有和人谈起,我常常想起来,又压下去,现在,我觉得我需要倾吐出来。

一九四六年九月,我离开张家口到阜平去,主要原因是因为蒋介石发动反人民的内战,进攻解放区。我那时抱着对于进攻张家口的敌军异常愤恨的心情,同时,也抱着对于敌后人民的热爱和对于老解放区的留恋,一步一步往阜平走,走了十几天才到阜平。从灵邱到阜平一百八十里路,我们就走了四天,翻过了名叫南天门的高山,涉过了唐河,但这四天我们走的简直不能说是路,就没有一条可以叫做路的。我们就在没有水的乱石涧里面走,有时也有一点点水,每一步都要注意踩下去,连一个小毛驴的蹄子都不容易找到一块平地。我晚上睡着了也看见石子和高高低低的山岭。我们中午打尖的时候,在一个小茅棚遇见卖煎饼和豆腐的老头子,赶脚的问他要一颗盐他也不给,那老头说,你们想我能有一点盐,是多么不容易呵!这样的道路使我想起陕北,我以为陕北的大岭和大沟都是脚下的天堂,山西的岢岚山峰也只是高寒,这样难走的小路,这样的南天门,真是我从来也没有想到的。但是晋察冀的人民就在这里生活,就在这里与穷苦斗争几千年了,而且就在这里与日本帝国主义进行残酷的斗争,他们牺牲了一切,献出了一切,只为着要保有一个独立民族的品格。这些人,这卖煎饼的老头子,真使我感动,我不能不深深地望着他们,心里拥抱着他们而把眼泪洒在这难走的乱石涧上,洒在南天门,洒在晋察冀的土地上。

我说他们在这里坚持了对日寇的斗争,不是我想象出来的,不是我听来的,而是我亲眼所见,我在这样难走的路上,没有看见一个完整的村子,大半都是烧光了的,那极高的山上,在不当路的地方有两家人家,这两家房子也被烧光了。有的村子已经在旧的地基上盖了些单薄的新房。有的就仍是那样在残破的屋瓦下藏身。沿路的村子我都问过,有的被日本人杀了七个人、八个人的,还有五十多个人的。这些村子都是二三十家的小村,或者是七八十家的大村。日本鬼子在这些地带,他们不能驻下的地带,在"扫荡"时就是实行恶毒的"三光政策"!就是使人民一点也不能存身,他们实行过这种政策的地方是很多的,他们要造成无人区,要立"人圈",日本帝国主义在对付中国人民,在对付有民族气节的人民是不亚于德寇在欧洲所造成的罪恶的。我在这难走的路上,一阵阵涌起仇恨,一阵阵涌起厌恶,我时时要大声喊,日本帝国主义的仇我们还没有报,我们的血债还没有偿还,我们人民实在太宽大了,我们只要敌人投降,只要战争不继续下去,就饶恕了他们,这还不伟大么?我被这种伟大的精神所感动,甚至心痛了!

抗战八年,的确是不容易的,如果没有中国共产党领导的军队开辟了抗日的根据地,坚持敌后游击战争,粉碎敌人一切进攻"围剿"、"扫荡",教育了敌后的人民,团结他们改善生活,领导他们熬过一切困苦,战胜日寇,那末今天解放战争的胜利是不可想象的,今天人民的胜利的保障也是不可想象的。时间过得飞快,历史的车轮好象转了一世纪似的,几百年来盼也不敢盼的事,一下就成功了,人民真真做了国家的主人,我们现在天天走的路已经是柏油马路,这是多平坦多舒服的马路呵!可是我明白这路是中国人民解放军和中国人民用鲜血铺成的,路虽已不因崎岖而难走,可是我却一步一步的更感到沉重!

"八一五"，由于苏联的出兵参战，人民军队的胜利，日寇投降了。可是日本的战犯在麦克阿瑟的保护下，不特没有得到惩罚而且反被培养，国民党反动头子蒋介石不止释放了战犯，而且用战犯作为反人民战争的顾问。事实证明，帝国主义与帝国主义的走狗都是一气的，都是要以反苏反共、反民主、反人民来挑起战争以维持他们极少数人的统治与财富，他们的疯狂与混乱实际只有加速他们的灭亡。最近美帝国主义在台湾，在南朝鲜公开了他的侵略暴行，将其好战的魔掌伸向亚洲，但台湾是我们的，我们一定要将胜利的旗帜插在台湾；而李承晚，却只能向南逃窜。他们是阻挡不了人民的正义的进军的。经过多年革命战争锻炼的中国人民解放军与中国人民，将永远在胜利的大路上迈进！

《一二九师与晋冀鲁豫边区》一文是一九四四年为纪念抗战七周年而写的。我对于这个材料完全是生疏的，可是有很多同志帮助我，蔡树藩同志、杨秀峰同志、陈再道同志、陈赓同志和陈锡联同志。我跟他们谈了几天，记载了一些材料，我觉得学习了很多东西，但是无法动笔。最后，我见到了一二九师的领导人，晋冀鲁豫解放区的创始人之一的刘伯承同志，我把我所知道的，我的初步计划告诉他，立即得到了他的鼓励和赞助，并且他滔滔地同我谈了起来，我听得有趣极了，我以为我已经掌握住他的思想，也就是一二九师的战略思想和创立根据地的政治思想与群众路线。他的了如指掌的谈话给我以大的启发，我充满了信心和感情来动手写作。那时天气热的厉害，窑洞里也闷得很，我躲在一个黑角上一面扇扇子，一面写，有几个地方我边写边笑，如日寇进入娘子关后，国民党军队四散逃窜，官兵相失，汤恩伯四面打电话找救兵，最后找到了刘伯承同志，知道他还在前面抗敌，他大声在电话中说："你还在那里，好极了，好极了，我可以无忧了！"阎锡山一听见人民解放军到了山东,便顿足说:"共产党下齐鲁,如虎生翼,天下事不可为矣!"三天我写完了这篇文章,交给了刘伯承同志,刘伯承同志很快便替我修改了回来,他加了很多材料,我觉得都是应该加的,我以为他是非常仔细和照顾周到的。他删掉了一些我自己认为精彩的地方,那些非常忠实地暴露了国民党的无用、怕死,和对于人民的烧杀抢掠、以及在敌后降日反共的丑态。刘伯承同志信上说:"我们还希望他们抗日,你写的虽都是真的,但不必刺激他们,我们不放弃最后一点希望。"我完全承认他删去这一些是对的,可是心里总不情愿。我依照他修改过的稿子发表了,现在印行的也就是经过修改的。这篇稿子我始终对它有感情,因为在我写它时,的确是对敌后生活一个很好的学习。尤其是刘伯承同志所留给我的,他的广阔而精深的才智和他的认真、细致的工作作风的印象。但这篇文章,从文章本身来说,我自己是不满意的。刘伯承同志本希望我再从头修饰一次,我却以时间关系而没有再加工,现在时隔境迁,想加工也无法加工了。所以只能做一篇实录来看,而并非一篇文艺性的报道,或文学的散文。

最近有朋友同我谈起抗日时代的故事,我们觉得应该多写,那末多的动人心魄的事,那样的艰苦,那样的神奇,我们写得实在太少了,而大部分的中国人民是不太了解这一段历史的。他促使我印行这篇文章。因此我重读了它,我从保存史料的角度,从向年轻人说明历史这一点来看,觉得印行出来还是有好处的。这样就决定印行,以纪念七七抗战十三周年。纪念在抗日战争中,在人民解放战争中为民族的独立与解放而牺牲了的一切烈士,而且我向着一切英勇的人民解放军和人民英雄致以热烈的诚恳的敬礼!

一九五〇年六月三十日

一个真实人的一生[①]

——记胡也频

记得是一九二七年的冬天,那时我们住在北京的汉花园,一所与北大红楼隔河、并排、极不相称的小楼上。我们坐在火炉旁,偶然谈起他的童年生活来了。从这时起我才知道他的出身。这以前,也曾知道一点,却实在少,现在想起来觉得很奇怪,不知为什么他很少同我谈,也不知为什么,我简直没有问过他。但从这次谈话以后,我是比较多了解他一些,也更尊敬他一些,或者更恰当地说,我更同情他了。

他祖父是做什么的,到现在我还不清楚,总之,不是做官,不是种地,也不是经商,收入却还不错。也频幼小时,因为身体不好,曾经长年吃过白木耳之类的补品,并且还附读在别人的私塾里,可见那时生活还不差。祖父死了后,家里过得不宽裕,他父亲曾经以包戏为生。也频说:"我一直到现在都还要特别关心到下雨。"他描写给我听,说一家人都最怕下雨,一早醒来,赶忙去看天,如果天晴,一家大小都笑了;如果下雨,或阴天,就都发愁起来了。因为下雨就不会有很多人去看戏,他们就要赔钱了。他父亲为什么不做别的事,要去做这一行,我猜想也许同他的祖父有关系,但这猜想是靠不住的。也频一讲到这里,他就告诉我他有一个时期,每天晚上都要去看戏。我还笑着说他:"怪不得

[①] 本文为《胡也频选集》(开明书店1951年第1版)的序言。

你对于旧小说那样熟悉。"

稍微大了一点后,他不能在私塾附读了,就在一个金银首饰铺当学徒。他弟弟也同时在另一家金铺当学徒。铺子里学徒很多,大部分都在作坊里。老板看见他比较秀气和伶俐,叫在柜台上做事,收拾打扫铺面,替掌柜、先生们打水、铺床、倒夜壶,来客了装烟倒茶,实际就是奴仆。晚上临时搭几个凳子在柜台里睡觉。冬夜很冷,常常通宵睡不着。当他睡不着的时候,他就去想,在脑子里装满了疑问。他常常做着梦,梦想能够到另一个社会里去,到那些拿白纸旗、游街、宣传救国的青年学生们的世界里去。他厌弃学打算盘,学看真假洋钱,看金子成色,尤其是讨厌听掌柜的、先生们向顾主们说各式各样的谎语。但他不但不能离开,而且侮辱更多地压了下来。夜晚当他睡熟了后,大的学徒跑来企图侮辱他,他抗拒,又不敢叫唤,怕惊醒了先生们,只能死命地去抵抗,他的手流血了,头碰到柜台上,大学徒看见不成功,就恨恨地尿了他一脸的尿。他爬起去洗脸,尿、血、眼泪一齐揩在手巾上。他不能说什么,无处诉苦,也不愿告诉父母,只能隐忍着,把恨埋藏在心里。他想,总有一天要报仇的。

有一天,铺子里失落了一对金戒指,这把整个铺子都闹翻了,最有嫌疑的是也频,因为戒指是放在玻璃盒子内,也频每早每晚要把盒子拿出来摆设,和搬回柜子里,他又很少离开柜台。开始他们暗示他,要他拿出来,用各种好话来骗他,后来就威胁他,说要送到局子里去,他们骂他、羞辱他、推他、敲他,并且把他捆了。他辩白,他哭,他求他们,一切都没有用;后来他不说了,也不哭了,任凭别人摆布。他心里后悔没有偷他们的金戒指,他恨恨地望着那些首饰,心里想:"总有一天要偷掉你们的东西!"

戒指找出来了,是掌柜的拿到后边太太那里去看,忘了拿回来。他们放了他,没有向他道歉。但是谁也没有知道在这小孩子的心里种下了一个欲望,一个报复的欲念。在事件发生后一个月,这个金铺子的学徒失踪了,同时也失踪了一副很重的大金钏。金铺子问他的父母要金钏,他父母问金铺子要人。大家打官司、告状,事情一直没有结果。另一家金铺把他弟弟也辞退了。家里找不着他,发急,母亲日夜流泪,但这学徒却不再出现在福州城里。

也频怀着一颗愉快的、颤栗的心,也怀着那副沉重的金钏,惶惶然搭了去上海的海船。他睡在舱面上,望着无边翻滚的海浪,他不知应该怎么样。他曾想回去,把金钏还了别人,但他想起了他们对他的种种态度。可是他往哪里去呢?他要去做什么呢?他就这样离开了父母和兄弟们吗?海什么都不能告诉他,白云把他引得更远。他不能哭泣,他这时大约才十四五岁。船上没有一个他认识的人。他得想法活下去。他随船到了上海。随着船上的同乡住到一个福州人开的小旅馆。谁也相信他是来找他舅舅的。很多从旧戏上得到的一些社会知识,他都应用上了。他住在旅馆里好些天了,把平素积攒下来的几个钱用光了,把在出走前问他母亲要的几块钱也用光了,"舅舅"也没找着。他想去找事做,或者还当学徒,他一直也没有敢去兑换金钏,他总觉得这不是他自己的东西,他决不定究竟该不该用它。他做了一件英勇的事情,却又对这事情的本身有怀疑。

在小栈房的来客中,他遇到一个比他大不了一两岁的男孩子。他问明白了他是小有天酒馆的少东家,在浦东中学上学。他们做了朋友,他劝他到浦东中学去。他想起了他在家里所看见的那群拿白纸旗的学生来。他们懂得那样多,他们曾经在他们铺子外讲演,他们宣传反对帝国主义,反对卖国条约"二十一条",他们是和金铺子里的掌柜、先生、顾主完全不同的人,也同他的父母是不同的人,虽然他们年纪小,个子不高,可是他们使他感觉是比较高大的人,是英雄的人物。他曾经很向往他们,现在他可以进学堂了,他向着他们的道路走去,向一个有学问、为国家、为社会的人物的道路走去。他是多么地兴奋,甚至不敢有太多的幻想啊!于是他兑换了金钏,把大部分钱存在银行,小部分交了学费,交了膳费,还了旅馆的债。他脱离了学徒生活,他曾经整整三年在那个金铺中;他脱离了一个流浪的乞儿生活,他成了一个学生了。他替自己起了一个名字叫胡崇轩。这大约是一九二〇年春天的事。

他在这里读书有一年多的样子,行踪终究被他父亲知道了。父亲从家乡赶到上海来看他,他不能责备儿子,也不能要儿子回去。也频如果回去了,首先得归还金钏,这数目他父亲是无法筹措的。他只得留在这里读书。父亲为他想了一个办法,托同乡关系把也频送到大沽口的海军学校,那里是免费的,这样他不但可以不愁学膳费,还可以找到一条出路。这样也频很快就变成一个海军学生了。他在这里学的是机器制造。他一点也没有想到他会与文学发生关系,他只想成为一个专门技术人才;同时也不会想到他与工人阶级革命有什么关系,他那时似乎很安心于他的学习。

他的钱快用完时,他的学习就停止了,海军学校停办。他到了北京。他希望能投考一个官费的大学,没有成功。他不能回家,又找不到事做,就流落在一些小公寓里。有的公寓老板简直无法把他赶出门,他常常帮助他们记账、算账、买点东西,晚上就替老板的儿子补习功课。他有一个同学是交通大学的学生,这人是一个地主的儿子,他很会用地主剥削农民的方法和也频交朋友。他因为不愿翻字典查生字,就叫也频替他查,预备功课,也频就常常每天替他查二三百生字,从东城到西城来。他有时留也频吃顿饭,还不断地把自己的破袜子旧鞋子给也频。也频就把他当着惟一可亲的人来往着。尤其是在冬天,他的屋子里是暖和的,也频每天冒着寒风跑来后,总可以在这暖和屋子呆几个钟头,虽然当晚上回去时街道上奇冷。

除了这个地主儿子的朋友以外,他还有一个官僚儿子的朋友也救济过他。这个朋友,是同乡,也是同学;海军学校停办后,因为肺病,没有继续上学,住在北京家里休养。父亲是海军部的官僚。这个在休养中的年轻人常常感到生活的寂寞,需要有人陪他玩,他常常打电话来找也频,也频就陪他去什刹海,坐在芦席棚里,泡一壶茶。他喜欢旧诗,也做几句似通非通的《咏莲花》、《春夜有感》的七绝和五言律诗,他要也频和他。也频无法也就只得胡诌。有时两人在那里联句。鬼混一天之后,他可以给也频一元钱的车钱。也频却走回去,这块钱就拿来解决很多问题。一直到也频把他介绍给我听的时候,还觉得他是一个很慷慨的朋友,甚至常常感激他。因为后来也频有一次被公寓老板逼着要账,也频又害了很重的痢疾,去求他的时候,他曾用五十元大洋救了也频。可惜我一直没有见过,那原因还是因为我听了这些故事之后,曾把他这些患难时的恩人骂过,很不愿意也频再和他们来往;实际也有些过激的看法,由于生活的窄狭,眼界的窄狭,就有了那么窄狭的情感了。

穷惯了的人,对于贫穷也就没有什么恐慌。也频到了完全无法应付日子的时候,那两个朋友一些小小施予只能打发几顿饭、打发一点剃头钱、一点鞋袜而不能应付公寓的时候,他就把一件旧夹袍、两条单裤往当铺里一塞,换上一元多钱搭四等车、四等舱跑到烟台去了。烟台有一个他同学的哥哥在那里做官。他去做一种极不受欢迎的客人。他有时陪主人夫妇吃饭,主人要是有另外的客人,他就到厨房去和当差们一道吃饭。主人看见是兄弟的朋友,不便马上赶他走,他自己也没有什么不安,他还不能懂得许多世故,以为朋友曾经这样约过他的,他就不管。时间很长,他一个人拿几本从北京动身时借的小说到海边上去读。

蔚蓝的海水是那样的平稳,那样的深厚,广阔无边,海水洗去了他在北京时那种嗷嗷待哺、亟亟奔走的愁苦,海水给了他另一种雄伟的胸怀。他静静地躺在大天地中,听柔风与海浪低唱,领会自然。他更任思绪纵横,把他短短十几年的颠簸生活,慢慢在这里消化,把他仅有的一点知识,在这里凝聚。他感到了所谓人生了。他朦胧地有了些觉醒,他对生活有了些意图了。他觉得人不只是求生存的动物,人不应受造物的捉弄,人应该创造,创造生命,创造世界。在他的身上,有了新的东西的萌芽。他不是一个学徒的思想,也不是一个海军学生的思想,他只觉得他要起来,与白云一同变幻飞跃,与海水一道奔腾。于是他敞衣,跣足,遨游于烟台的海边沙滩上。

但这样的生活是不会长久下去的。主人不得不打发他走了。主人送他二三十元的路费,又给了他一些庸俗的箴言,好象是鼓励他,实际是希望他不要再来了。他拿了这些钱,笑了一笑,又坐上了四等舱。这一点点钱又可以使公寓老板把他留在北京几个月。他非常喜欢这些老板,觉得他们都是如何宽厚的人啊!

北京这个古都是一个学习的城,文化的城。那时北京有《晨报》副刊,后来又有《京报》副刊,常常登载一些名人的文章。公寓里住的大学生们,都是一些歌德的崇拜者,海涅、拜伦、济慈的崇拜者,鲁迅的崇拜者,这里常常谈起莫泊桑、契诃夫、易卜生、莎士比亚、高尔基、托尔斯泰……而这些大学生们似乎对学校的功课并不十分注意,他们爱上旧书摊,上小酒馆,游览名胜,爱互相过从,寻找朋友,谈论天下古今,尤其爱提笔写诗,写文,四处投稿。也频在北京住着,既然太闲,于是也跑旧书摊(他无钱买书,就站在那里把书看个大半),也读起外国作品来了;在房子里还把《小说月报》上一些套色画片剪下来,贴在墙上。还有准备做诗人的一些青年人,也稍稍给他一些眼光,和几句应酬话。要做技术专家的梦,已经完全破灭,在每天都可以饿肚子的情况下,一些新的世界,古典文学,浪漫主义的生活情调与艺术气质，一天一天侵蚀着这个孤单的流浪青年，把他极简单的脑子引向美丽的、英雄的、神奇的幻想，而与他的现实生活并不相称。

一九二四年，他与另外两位熟人在《京报》编辑了一个一星期一张的附刊，名为《民众文艺周刊》。他在这上边用胡崇轩的名字发表过一两篇短篇小说和短文。他那时是倾向于《京报》副刊、鲁迅先生的，但他却因为稿件的关系，一下就和休芸芸（沈从文）成了文章的知己。我们也是在这年夏天认识的。由于我的出身、教育、生活经历，看得出我们的思想、性格、感情都不一样，但他的勇猛、热烈、执拗、乐观和穷困都惊异了我，虽说我还觉得他有些简单，有些蒙昧，有些稚嫩，但却是少有的"人"，有着最完美的品质的人。他还是一块毫未经过雕琢的璞玉，比起那些光滑的烧料玻璃珠子，不知高到什么地方去了。因此我们一下就有了很深的友谊。

我那时候的思想正是非常混乱的时候，有着极端的反叛情绪，盲目地倾向于社会革命，但因为小资产阶级的幻想，又疏远了革命的队伍，走入孤独的愤懑、挣扎和痛苦。所以我的狂狷和孤傲，给也频的影响是不好的。他沾染上了伤感与虚无。那一个时期他的诗，的确充满了这种可悲的感情。我们曾经很孤独地生活了一个时期。在这一个时期中，中国轰轰烈烈的大革命运动在南方如火如荼，而我们却蛰居北京，无所事事。也频日夜钻进了他的诗，我呢，只拿烦闷打发每一个日子。现在想来，该是多么可惋惜的啊！这一时期如果应该受到责备的话，那是应该由我来负责的。因为当我们认识的时候，我已经老早就进过共产党办的由陈独秀、李达领导的平民女子学校，和后来的上海大学。在革命的队伍中是有着我的老师、同学和挚友。我那时也曾经想南下过，却因循下去了，一直没有什么行动。

直到一九二七年，大革命失败，"四一二"、"马日事变"等等才打醒了我。我每天听到一些革命的消息，听到一些熟人的消息，许多我敬重的人牺牲了，也有朋友正在艰苦中坚持，也有朋友动摇了，我这时极想到南方去，可是迟了，我找不到什么人了。不容易找人了。我恨北京！我恨死了北京！我恨北京的文人、诗人！形式上我很平安，不大讲话，或者只象一个热情诗人的爱人或妻子，但我精神上苦痛极了。除了小说，我找不到一个朋友。于是我写小说了，我的小说就不得不充满了对社会的鄙视和个人孤独的灵魂的倔强挣扎。我的苦痛，和非常想冲破旧的狭小圈子的心情，也影响了也频。

一九二八年春天，我们都带着一种朦胧的希望到上海去了。开始的时候我们还只能个人摸索着前进，还不得不把许多希望放在文章上。我们两人加上沈从文，就从事于杂志编辑和出版工作。把杂志和出版处都定名为"红黑"，就是带着横竖也要搞下去，怎么样也要搞下去的意思。后来还是因为种种原因不能坚持下去。但到上海后，我们的生活前途和写作前途都慢慢走上了一个新的方向。

也频有一点基本上与沈从文和我是不同的。就是他不象我是一个爱幻想的人，他是一个喜欢实际行动的人；不象沈从文是一个常处于动摇的人，既反对统治者（沈从文在年轻时代的确有过一些这种情绪），又希望自己也能在上流社会有些地位。也频却是一个坚定的人。他还不了解革命的时候，他就诅咒人生，讴歌爱情；但当他一接触革命思想的时候，他就毫不怀疑，勤勤恳恳去了解那些他从来也没听到过的理论。他先是读那些马克思主义的文艺理论，后来也涉及到其他的社会科学书籍。他毫不隐藏他的思想，他写了中篇小说《到莫斯科去！》。那时我们三人的思想情况是不同的。沈从文因为一贯与"新月社"、"现代评论"派有些友谊，所以他始终羡慕绅士阶级，他已经不甘于一个清苦的作家的生活，也不大满足于一个作家的地位,他很想能当一个教授。他到吴淞中国公学去教书了。奇怪的是他下意识地对左翼的文学运动者们不知为什么总有些害怕。我呢,我自以为比他们懂得些革命,靠近革命,我始终规避着从文的绅士朋友,我看出我们本质上有分歧,但不愿有所争执,破坏旧谊,他和也频曾象亲兄弟过。但我也不喜欢也频转变后的小说,我常说他是"左"倾幼稚病。我想,要么找我那些老朋友去,完全做地下工作,要么写文章。我那时把革命与文学还不能很好地联系着去看,同时英雄主义也使我以为不搞文学专搞工作才是革命(我的确对从实际斗争上退到文学阵营里来的革命者有过一些意见),否则,就在文学上先搞出一个名堂来。我那时对于我个人的写作才能多少有些过分的估计,这样就不能有什么新的决定了。只有也频不是这种想法。他原来对我是无所批判的,这时却自有主张了,也常常感叹他与沈从文的逐渐不坚固的精神上有距离的友谊。他怎样也不愿失去一个困苦时期结识的挚友,不得不常常无言地对坐,或话不由衷。这种心情,他只能告诉我,也只有我懂得他。

办"红黑出版处"是一个浪漫的冒险行为,后来不能继续下去,更留给我们一笔不小数目的债务。也频为着还债,不得不一人去济南省立高中教书。一个多月以后,等我到济南时,也频完全变了一个人。我简直不了解为什么他被那么多的同学拥戴着。天一亮,他的房子里就有人等着他起床,到夜深还有人不让他睡觉。他是济南高中最激烈的人物,他成天宣传马克思主义,宣传唯物史观,宣传鲁迅与雪峰翻译的那些文艺理论,宣传普罗文学。我看见那样年轻的他,被群众所包围、所信仰,而他却是那样的稳重、自信、坚定,侃侃而谈,我说不出地欣喜。我问他:"你都懂得吗?"他答道:"为什么不懂得?我觉得要懂得马克思也很简单,首先是你要相信他,同他站在一个立场。"我不相信他的话,我觉得他很有味道。当时我的确是不懂得他的,一直到许久的后来,我才明白他的话,我才明白他为什么一下就能这样,这的确同他的出身、他的生活、他的品格有很大的关系。

后来他参加了学校里的一些斗争。他明白了一些教育界的黑幕,这没有使他消极,他更成天和学生们在一起。有些同学们在他的领导下成立了一个文学研究会,参加的有四五百人,已经不是文学的活动,简直是政治的活动,使校长、训育主任都不得不出席,不得不说普罗文学了。我记得那是五月四日,全学校都轰动起来了。一群群学生到我们家里来。大家兴奋得无可形容。晚上,也频和我又谈到这事,同他一道去济南教书的董每戡也在一道。我们已经感觉到问题的严重性。依靠着我的经验,我说一定要找济南的共产党,取得协助,否则,我们会失败的。但济南的党怎样去找呢?究竟我们下学期要不要留在这里,都成问题。也频特别着急,他觉得他已经带上这样一个大队伍,他需要更有计划。他提议他到上海去找党,由上海的关系来找济南的党,请他们派人来领导,因为我们总不会长期留在济南,我们都很想回上海。我和董每戡不赞成,正谈得很紧张时,校长张默生来找也频了。张走后,也频告诉我们道:"真凑巧,我正要去上海,他们也很同意,且送了路费。"我们不信,他就从口袋里掏出一卷钞票,是二百元。也频说:"但是,我不想去了。我要留在这里看看。"我们还不能十分懂,也频才详细地告诉我们,说省政府已经通缉也频了,说第二天就来捉人,要抓的还有楚图南和学生会主席。何思源(教育厅长)透露了这个消息,所以校长甘冒风险,特为送了路费来,要他们事先逃走。看来这是好意。这个消息来得太突然,三个人都没有什么经验,也不懂什么惧怕。也频的意见是不走,或者过几天走,他愿意明白一个究竟,更重要的是他舍不得那些同学,他要向他们说明,要勉励他们。我那时以为也频不是共产党员,又没有做什么秘密组织工作,只宣传普罗文学难道有罪吗？后来还是学校里的另一个教员董秋芳来了，他劝我们走。董秋芳在同事之中是比较与我们靠近的，他自然多懂些世故。经过很久，才决定了，也频很难受地只身搭夜车去青岛。当我第二天也赶到时，知道楚图南和那学生会主席也都到了青岛，那年轻学生并跟着我们一同到了上海。

上海这年的夏天很热闹，刚成立不久的左翼作家联盟和社会科学家联盟等团体在上海都有许多活动。我们都参加了左联，也频并且在由王学文与冯雪峰负责的一个暑期讲习班文学组教书。他被选为左联的执行委员，担任工农兵文学委员会主席。他很少在家。我感到他变了，他前进了，而且是飞跃的。我是赞成他的，我也在前进，却是在爬。我大半都一人留在家里写我的小说《一九三〇年春上海》。

是八月间的事吧。也频忽然连我也瞒着参加了一个会议。他只告诉我晚上不回来，我没有问他。过了两天他才回来，他交给我一封瞿秋白同志写给我的信。我猜出了他的行动，知道他们会见了，他才告诉我果然开了一个会。各地的共产党负责人都参加了，他形容那个会场给我听。他们这会开得非常机密。他说，地点在一家很阔气的洋房子里，楼下完全是公馆样子。经常有太太们进进出出，打牌开留声机。外埠来的代表，陆续进去，进去后就关在三楼。三楼上经常是不开窗子的。上海市的同志最后进去。进去后就开会。会场满挂镰刀斧头红旗，严肃极了。会后是外埠的先走。至于会议内容，也频一句也没有告诉我，所以到现在我还不很清楚是一种什么性质的会。但我看得出这次会议更加引起了也频的浓厚的政治兴趣。

看见他那一股劲头，我常笑说："改行算了吧！"但他并不以为然，他说："更应当写了。以前不明白为什么要写，不知道写什么，还写了那么多，现在明白了，就更该写了。"他在挤时间，也就是说在各种活动、工作的短促的间歇中争取时间写他的长篇小说《光明在我们的前面》。

这一时期我们生活过得比以前任何时候都艰苦都严肃。以前当我们有了些稿费后，总爱一两天内把它挥霍去，现在不了，稿费收入也减少，有一点也放在那里。取消了我们的一切娱乐。直到冬天为了我的生产，让产期过得稍微好些，才搬了一个家，搬到环境房屋都比较好些的靠近法国公园的万宜坊。

阳历十一月七号，十月革命节的那天，我进了医院。八号那天，雷雨很大，九十点钟的时候，也频到医院来看我。我看见他两个眼睛红肿，知道他一夜没有睡，但他很兴奋地告诉我："《光明在我们的前面》已经完成了。你说，光明不是在我们前面吗？"中午我生下了一个男孩。他哭了，他很难得哭的。他是为同情我而哭呢，还是为幸福而哭呢？我没有问他。总之，他很激动地哭了。可是他没有时间陪我们，他又开会去了。晚上他没有告诉我什么，第二天他才告诉我，他在左联的全体会上，被选为出席苏维埃第一次代表大会的代表。并且他在请求入党。这时我也哭了，我看见他在许多年的黑暗中挣扎、摸索，找不到一条人生的路，现在找着了，他是那样有信心，是的，光明在我们前面，光明已经在我们脚下，光明来到了。我说："好，你走吧，我将一人带着小频。你放心！"

等我出医院后，我们口袋中已经一个钱也没有了。我只能和他共吃一客包饭。他很少在家，我还不能下床，小孩爱哭，但我们生活得却很有生气。我替他看稿子，修改里面的错字。他回来便同我谈在外面工作的事。他是做左联工农兵文学委员会工作的，他认识几个工人同志，他还把其中一个引到过我们家里。那位来客一点也不陌生，教我唱《国际歌》，喜欢我的小孩。我感到一种从来没有过的新鲜情感。

为着不得不雇奶妈，他把两件大衣都拿去当了。白天穿着短衣在外边跑,晚上开夜车写一篇短篇小说。我说,算了吧,你不要写那不好的小说了吧。因为我知道他对他写的这篇小说并不感兴趣。他的情绪已经完全集中在去江西上面。我以为我可以起来写作了。但他不愿我为稿费去写作。从来也是这样的,当我们需要钱的时候,他就自己去写;只要我在写作的时候,他就尽量张罗,使家中生活过得宽裕些,或者悄悄去当铺,不使我感到丝毫经济压迫,有损我的创作心情。一直到现在,只要我有作品时,我总不能不想起也频,想起他对于我的写作事业的尊重和尽心尽力的爱护与培养。我能把写作坚持下来,在开始的时候,在那样一段艰苦的时候,实在是因为有也频那种爱惜。

他的入党申请被批准了,党组织的会有时就来我们家里开。事情一天天明显,他又在上海市七个团体的会上被选上,决定要他去江西。本来商量我送小频回湖南,然后我们一同去的,时间来不及了。只好仍作他一人去的准备。后来他告诉我,如果我们一定要同去的话,冯乃超同志答应帮我们带孩子,因为他们也有一个孩子。这件事很小,也没成功,但当时我们一夜没睡,因为第一次感到同志的友情,阶级的友情,我也才更明白我过去所追求的很多东西,在旧社会中永远追不到,而在革命队伍里面,到处都有我所想象的伟大的情感。

这时沈从文从武汉大学来上海了。他看见也频穿得那样单薄,我们生活得那样窘,就把他一件新海虎绒袍子借给也频穿了。

一月十七号了,也频要走的日子临近了。他最近常常去苏维埃代表大会准备会的机关接头。我们一切都准备好了,只等着走。这天早晨,他告诉我要去开左联执委会,开完会后就去从文那里借两块钱买挽联布送房东,要我等他吃午饭。他穿着暖和的长袍,兴高采烈地走了。但中午他没有回来。下午从文来了,是来写挽联的。他告诉我也频十二点钟才从他那里出来,说好买了布就回来吃饭,并且约好他下午来写挽联。从文没有写挽联,我们无声地坐在房里等着。我没有地方可去,我不知道能够到哪里去找他。我抱着孩子,呆呆地望着窗外的灰色的天空。从文坐了一会走了。我还是只能静静地等着命运的拨弄。

天黑了,屋外开始刮起风来了。房子里的电灯亮了,可是却沉寂得象死了人似的。我不能呆下去,又怕跑出去。我的神经紧张极了,我把一切想象都往好处想,一切好情况又都不能镇静下我的心。我不知在什么时候冲出了房,在马路上狂奔。到后来,我想到乃超的住处,便走到福煦路他的家。我看见从他住房里透出淡淡的灯光,去敲前门,没有人应;又去敲后门,仍是没有人应。我站在马路中大声喊,他们也听不见。街上已经没有人影,我再要去喊时,看见灯熄了。我痴立在那里,想着他们温暖的小房,想着睡在他们身旁的孩子,我疯了似的又跑了起来,跑回了万宜坊。房子里仍没有也频的影子,孩子乖乖地睡着,他什么也不知道啊!啊!我的孩子!

等不到天大亮,我又去找乃超。这次我走进了他的屋子,乃超沉默地把我带到冯雪峰的住处。他也刚刚起来,他也正有一个婴儿睡在床上。雪峰说,恐怕出问题了。柔石是被捕了,他昨天同捕房的人到一个书店找保,但没有被保出来。他们除了要我安心以外,没有旁的什么办法,他们自己每天也有危险在等着。我明白,我不能再难受了,我要挺起腰来,我要一个人生活。而且我觉得,这种事情好象许久以来都已经在等着似的,好象这并非偶然的事,而是必然要来的一样。那么,既然来了,就挺上去吧。我平静地到了家。我到家的时候,从文也来了,交给我一张黄色粗纸,上边是铅笔写的字,我一看就认出是也频的笔迹。我如获至宝,读下去,证实也频被捕了,他是在苏维埃代表大会准备会的机关中被捕的。他的口供是随朋友去看朋友。他要我们安心,要我转告组织,他是决不会投降的。他现住在老闸捕房。我紧紧握着这张纸,我能怎样呢。我向从文说:"我要设法救他,我一定要把他救出来!"我才明白,我实在不能没有他,我的孩子也不能没有爸爸。

下午李达和王会悟把我接到他们家里去住,我不得不离开了万宜坊。第二天沈从文带了二百元给我,是郑振铎借给我的稿费,并且由郑振铎和陈望道署名写了一封信给邵力子,要我去找他。我只有一颗要救也频的心,没有什么办法,我决定去南京找邵力子。不知什么人介绍了一个可以出钱买的办法,我也去做,托了人去买。我又找了老闸捕房的律师,律师打听了向我说,人已转到公安局,我又去找公安局律师,回信又说人已转在龙华司令部。上海从十八号就雨雪霏霏,我因产后缺乏调理,身体很坏,一天到晚在马路上奔走,这里找人,那里找人,脚上长了冻疮。我很怕留在家里,觉得人在跑着,希望也象多一点似的。跑了几天,毫没有跑出一个头绪来。但也频的信又来了。我附了一个回信去,告诉他,我们很好,正在设法营救。第二天我又去龙华司令部看他。

天气很冷,飘着小小的雪花,我请沈从文陪我去看他。我们在那里等了一上午,答应把送去的被子,换洗衣服交进去,人不准见。我们想了半天,又请求送十元钱进去,并要求能得到一张收条。这时铁门前探监的人都走完了,只剩我们两人。看守答应了。一会,我们听到里面有一阵人声,在两重铁栅门里的院子里走过了几个人。我什么也没有看清,沈从文却看见了一个熟识的影子,我们断定是也频出来领东西,写收条,于是聚精会神地等着。果然,我看见他了,我大声喊起来:"频!频!我在这里!"也频掉过头来,他也看见我了,他正要喊时,巡警又把他推走了。我对从文说:"你看他那样子多有精神啊!"他还穿着那件海虎绒袍子,手放在衣衩子里,象把袍子撩起来,免得沾着泥一样。后来我才明白他手为什么是那样,因为他为着走路方便,是提着镣走的。他们一进去就都戴着镣。也频也曾要我送两条单裤,一条棉裤给他,要求从裤腿到裤裆都用扣子,我那时一点常识也没有,不懂得为什么他要这种式样的裤子。

从牢里送一封信出来,要三元钱,带一封回信去,就要五元钱。也频寄了几封信出来,从信上情绪看来,都同他走路的样子差不多,很有精神。他只怕我难受,倒常常安慰我。如果我只从他的来信来感觉,我会乐观些的,但我因为在外边,我所走的援救他的路,都告诉我要援救他是很困难的。邵力子说他是无能为力的,他写了一封信给张群,要我去找这位上海市长,可是他又悄悄告诉旁人,说找张群也不会有什么用,他说要找陈立夫。那位说可以设法买人的也回绝了,说这事很难。龙华司令部的律师谢绝了,他告诉我这案子很重,二三十个人都上了脚镣手铐,不是重犯不会这样的。我又去看也频,还是没有见到,只送了钱进去,这次连影子也没有见到。天老是不断地下雨、下雪,人的心也一天紧似一天,永远有一块灰色的云压在心上。这日子真太长啊!

二月七号的夜晚,我和沈从文从南京搭夜车回来。沈从文是不懂政治的,他并不懂得陈立夫就是刽子手,他幻想国民党的宣传部长(那时是宣传部长)也许看他作家的面上,帮助另一个作家。我也太幼稚,不懂得陈立夫在国民党内究居何等位置。沈从文回来告诉我,说陈立夫把这案情看得非常重大,但他说如果胡也频能答应他出来以后住在南京,或许可以想想办法。当时我虽不懂得这是假话,是圈套,但我从心里不爱听这句话,我说:"这是办不到的。也频决不会同意。他宁肯坐牢,死,也不会在有条件底下得到自由。我也不愿意他这样。"我很后悔沈从文去见他,尤其是后来,对国民党更明白些后,觉得那时真愚昧,为什么在敌人的屠刀下,希望他的伸援!从文知道这事困难,也就不再说话。我呢,似乎倒更安定了,以一种更为镇静的态度催促从文回上海。我感觉到事情快明白了,快确定了。既然是坏的,就让我多明白些,少去希望吧。我已经不做再有什么希望的打算。到上海时,天已放晴。看见了李达和王会悟,只惨笑了一下。我又去龙华,龙华不准见。我约了一个送信的看守人,我在小茶棚子里等了一下午,他借故不来见我。我又明白了些。我猜想,也频或者已经不在人世了,但他究竟怎样死的呢?我总得弄明白。

沈从文去找了邵洵美①,把我又带了去,看见了一个相片册子,里面有也频,还有柔石。也频穿的海虎绒袍子,没戴眼镜,是被捕后的照相。谁也没说什么,我更明白了,我回家就睡了。这天夜晚十二点的时候,沈从文又来了。他告诉我确实消息,是二月七号晚上牺牲的,就在龙华。我说:"嗯!你回去休息吧。我想睡了。"

十号下午,那个送信的看守人来了,他送了一封信给我。我很镇静地接待他,我问也频现在哪里?他说去南京了,我问他带了铺盖没有,他有些狼狈。我说:"请你告诉我真情实况,我老早已经知道了。"他赶忙说,也频走时,他并未值班,他看出了我的神情,他慌忙道:"你歇歇吧!"他不等我给钱就朝外跑,我跟着追他,也追不到了。我回到房后,打开了也频最后给我的一封信。——这封信在后来我被捕时遗失了,但其中的大意我是永远记得的。

信的前面写上:"年轻的妈妈",跟着他告诉我牢狱的生活并不枯燥和痛苦,有许多同志在一道。这些同志都有着很丰富的生活经验,他天天听他们讲故事,他有强烈的写作欲望,相信可以写出更好的作品。他要我多寄些稿纸给他,他要写,他还可以记载许多材料寄出来给我。他既不会投降,他估计总得有那

---

① 邵洵美是当时上海真、善、美派的作家,他和那时的社会人物有交往。

么二三年的徒刑。坐二三年牢,他是不怕的,他还很年轻。他不会让他的青春在牢中白白过去。他希望我把孩子送回湖南给妈妈,免得妨碍创作。孩子送走了,自然会寂寞些,但能创作,会更感到充实。他要我不要脱离左联,应该靠紧他们。他勉励我,鼓起我的勇气,担当一时的困难,并且指出方向。他的署名是"年轻的爸爸"。

  他这封信是二月七日白天写好的。他的生命还那样美好,那样健康,那样充满了希望。可是就在那天夜晚,统治者的魔手就把那美丽的理想,年轻的生命给掐死了!当他写这封信时,他还一点也不知道黑暗已笼罩着他,一点也不知道他生命的危殆,一点也不知道他已经只能留下这一缕高贵的感情给那年轻的妈妈了!我从这封信回溯他的一生,想到他的勇猛,他的坚强,他的热情,他的忘我,他是充满了力量的人啊!他找了一生,冲撞了一生,他受过多少艰难,好容易他找到了真理,他成了一个共产党员,他走上了光明大道。可是从暗处伸来了压迫,他们不准他走下去,他们不准他活。我实在为他伤心,为这样年轻有为的人伤心,我不能自已地痛哭了,疯狂地痛哭了!从他被捕后,我第一次流下了眼泪,也无法停止这眼泪。李达先生站在我床头,不断地说:"你是有理智的,你是一个倔强的人,为什么要哭呀!"我说:"你不懂得我的心,我实在太可怜他了。以前我一点都不懂得他,现在我懂得了,他是一个很伟大的人,但是,他太可怜了!……"李达先生说:"你明白么?这一切哭泣都没有用处!"我失神地望着他,"没有用处……"我该怎样呢,是的,悲痛有什么用!我要复仇!为了可怜的也频,为了和他一道死难的烈士。我擦干了泪,立了起来,不知做什么事好,就走到窗前去望天。天上是蓝粉粉的,有白云在飞逝。

  后来又有人来告诉我,他们是被乱枪打死的,他身上有三个洞,同他一道被捕的冯铿身上有十三个。但这些话都无动于我了,问题横竖是一样的。总之,他一生就这样结束了。他用他的笔,他的血,替我们铺下了到光明去的路,我们将沿着他的血迹前进。这样的人,永远值得我纪念,永远为后代的模范。二十年来,我没有一时忘记过他。我的事业就是他的事业。他人是死了,但他的理想活着,他的理想就是人民的理想,他的事业就是人民的革命事业,而这事业是胜利了啊!如果也频活着,眼看着这胜利,他该是多么的愉快;如果也频还活着,他该对人民有多少贡献啊!

也频死去已经快满二十年,尸骨成灰。据说今年上海已将他们二十四个人的骸体发现刨出,安葬。我曾去信询问,直到现在还没结果。但我相信会有结果的。

文化部决定要出也频遗作选集。最能代表他后期思想的作品是《到莫斯科去》与《光明在我们的前面》,从这两部作品中看得出他的生活的实感还不够多,但热情澎湃,尤其是《光明在我们的前面》的后几段,我以二十年后的对生活、对革命、对文艺的水平来读它,仍觉得心怦怦然,惊叹他在写作时的气魄与情感。他的诗的确是写得好的,他的气质是更接近于诗的,我现在还不敢多读它。在那诗里面,他对于社会与人生是那样地诅咒。我曾想,我们那时代真是太艰难了啊!现在我还不打算选他的诗,等到将来比较空闲时,我将重新整理,少数的、哀而不伤的较深刻的诗篇,是可以选出一本来的。他的短篇,我以为大半都不太好,有几篇比较完整些,也比较有思想性,如放在这集里,从体裁、从作用看都不大适合,所以我没有选用。经过再三思考,决定先出这一本,包括两篇就够了,并附了一篇张秀中同志的批评文章,以看出当时对也频作品的一般看法。

时间虽说过了二十年,但当我写他生平时,感情仍不免有所激动,因为我不易平伏这种感情,所以不免啰嗦,不切要点。但总算完成了一件工作,即使是完成得不够好,愿我更努力工作来填满许多不易填满的遗憾。

一九五〇年十一月十五日于北京

1928年的丁玲

1931年，丁玲在上海

荣获一九五一年斯大林文艺奖金后对苏联塔斯社记者的谈话

我是一个渺小的人，只做了很少很少的一点工作，从来不敢有什么幻想，我爱斯大林，我爱毛泽东。当我工作的时候，我常常想到他们，好象他们站在我的面前一样。但是，我从来连做梦也不敢想到斯大林的名字能和"丁玲"这两个字连在一起。今天，我光荣地获得了一九五一年度文学方面的斯大林奖金二等奖。这个意外的光荣是多么震动了我。我欢喜，却又带着巨大的不安，我无法形容我现在的复杂心情。我重复说：我是一个渺小的人，只做了很少很少的一点工作。可是我却得到无数次和无法计算的从人民那里来的报酬和鼓励。其中也包含着苏联人民对于我的鼓励和帮助。《太阳照在桑干河上》在苏联被译出后，印了五十万普及本，陆续得到各方面来的鼓励，现在更承苏联部长会议宣布授予斯大林奖金。这个光荣是给中国所有作家和中国人民的。这是对全体中国人民和作家的鼓励。一切光荣归于中国人民，归于中国人民的伟大领袖毛泽东。我一定要更加努力，为中国人民的建设、为保卫世界和平尽所有的力量，以无愧于斯大林奖金的获得，无愧于人民给我的教育。

一九五二年三月

中国的春天

——为苏联《文学报》而写

今天,是一九五二年春天的日子,是温和的阳光落在我书桌上的时候,是雪在悄悄融化的时候,是我阔步走在莫斯科广场的时候,是苏联的和平建设、高度的文化教育着我的时候,一个题目来到我的生活里面。它象淡黄色的阳光一样来到我的书案上,它清楚地美丽地被写在我的洁白的稿纸之上,它深刻地印入我的脑子里:啊,"中国的春天",中国的春天啊!

"中国"这个字不就是春天的化身么?当你想起中国的时候,你就看见无处不是新鲜,一切新事物都在绚丽的阳光之下,在温柔的和风之下发芽,蓬蓬勃勃地生长着,四处都感觉得到有一种不可压制的力量。这个力量正如果戈理所形容过的永远追不着的三驾马车,"地面在它底下飞扬着尘土,桥在发吼,一切都留在它的后面。"中国啊!中国正在奔向光明,奔向集体化,奔向毛泽东所指示的方向。

"中国",春天的中国,当我要为你讴歌的时候,从我的心中,好象升起了一股喷泉。我无法清理这些汹涌的热情,也来不及找到恰当的语言。我羡慕莫斯科大剧院的歌手,他们的确能把他们所要表现的,所应该表现的情感,倾泻无余,而又恰如其分地感染着人们的心。但我不管这些,我要欢呼!我要用我的全力欢呼:中国!人民的中国,毛泽东的中国啊!你带来了浓郁的春的气息,百花齐放;带来了生命,活泼有力而且是温暖和幸福！

然而，当我为你讴歌的时候，为你的今天而讴歌的时候，我却不得不想起了你的昨天——严寒的冬天。你曾经用过多么艰难的步子，走了一个长长的历史阶段。你在几十年之中，把九百六十万平方公里的土地，翻了一个身，你使五万万人都自由地站立起来，你打倒了几千年的封建制度，你在自己的领土上消灭了万恶的法西斯、帝国主义侵略者。你发扬了中国人民传统的美德，勤劳和勇敢；你又在肃清资产阶级所留下的腐化的庸俗的思想。中国是在斗争之中长大的，她还在斗争中。她为着她的理想，要战胜一切阻碍她前进的力量。

现在，让我们回到一个古老的时代去吧。是果戈理的时代，是托尔斯泰的时代，是谢甫琴科的时代，是高尔基的童年的时代，我诞生了，诞生在中国的二十世纪的第一个十年中。虽说在俄罗斯已经是"暴风雨中的海燕"时期，有了列宁和斯大林领导的革命，但我出生的那个乡村，有什么不同于果戈理小说中、谢甫琴科的诗句中的情形呢？今天苏联的儿童，戴着红领巾，走到儿童宫去学习科学和艺术。可是，是些什么东西在那时教育着我呢？当我还是一个应当捉迷藏和跳绳的幼年，没有什么旁的，只有封建地主家庭的黑暗腐朽和一切暴政，以及吃人的礼教。人们都是这样。人们得学习着忍受，锻炼坚强的意志，和储蓄着一切反抗的力量。我没有学习到什么，和我同时代的许多人一样，只学到一个思想："旧的应该打毁，要砍断一切锁链！要冲破牢笼，为了光明，为了祖国，要做一个时代的、社会的、家庭的叛逆。"

我也曾有过最可羡慕的青春。我应该充满了生的喜悦。我应该去跳舞，去滑冰。可是我有什么可以骄傲的呢？我只是象一只灯蛾，四处乱闯地飞，在黑暗中找寻光明。我甚至象一个老妇人，伏在地上，亲着潮湿的土地而哭泣。我觉得我的身子太轻了,负载不了这时代的苦痛。我曾在中国有名的杭州住过,这曾为中外诗人们所称赞过的地方。但我只能在山巅上高歌,以排遣我的抑郁。我甚至一点也感觉不到湖山的美丽。我也曾踯躅在旧北京的街头,如一个饕餮者贪馋地去吞食知识,想从西方文化中得到道路。我到今天还不愿仔细地去回忆那可悲的青年时代,应该象春花一样美丽的时代,却填满了忧愁、愤慨、挣扎和反抗。然而我也应该感到愉快,就在这样的年代中,我慢慢地走到了实际,我找到了真理,我和人民在一起,我站在一个多么可爱的人的麾下,毛泽东的麾下,充当一名小小的兵士。我和许多年轻人一样,投身到热烈的革命的火焰当中。我们已经不再醉酒狂歌,而是举起革命的火把,唱着"起来,饥寒交迫的奴隶……"我们已经再不徘徊街头,而是以整齐的步伐,向反动者进军!我们是在毛泽东的指导下,开始了新的生命。曾经是多么困苦的,但走过来了,走在到光明去的大道上了,走到一个有伟大理想的大道上了。我们有马克思列宁主义,我们有斯大林,我们有毛泽东!

中国人民在毛泽东的旗帜下,进行着复杂的、曲折的、异常艰苦的革命斗争。早在一九二六年间我们就曾经胜利过。可是绅士们再也不能酣睡了,他们发抖,他们叫嚣,连知识分子的脸也变白了。于是反动者们出卖了革命,出卖了人民胜利的果实。我们还能忘记一九二七年反动者给予我们的血的教训么?我们走到哪里,哪里都在逮捕和屠杀。四处都布满了白色恐怖。但是,啊!你,毛主席,你把红旗在井冈山上高高升起,你象一线阳光照在人民心头,你象黑夜中海上的灯塔,你指引着革命的方向,鼓舞了人们的斗志,你把希望和信心传播给人们。第二次国内革命战争在南北十几个省份野火般地燃烧起来了!革命的力量聚集起来了,革命的经验在积累着。毛主席!你知道现在的这些老区的人们是多么骄傲地谈着他们的过去,远远近近的人民又多么向往着这革命的圣地啊!

人们最不忘的,永远要被诗人们当作歌颂的题材的,是二万五千里的长征。铁的红军,从江西走到陕北,他们在崎岖的山路上,在惊险的浪涛中,在没有飞鸟也没有野草的雪岭上,在无边无际的草泽中行进。他们还通过一个少数民族区,又通过一个少数民族区。他们前边有敌人,后边有追兵,左边是反动派,右边是地主们的武装,可是没有什么东西可以阻挡这"铁流"。他们创造了一个奇迹又一个奇迹,当一个红军的兵士在月夜的草原上,想起了家乡的歌谣的时候,他跟着就想起了那睡在离他们不远的毛主席。他们就再也不能睡了,他们要守护这块土地。他们就要擦亮他们的枪,为着那个睡在他们不远地方的毛主席去杀敌。二万五千里的长征胜利了。这长征,这胜利,本身就是一首伟大的史诗。诗人们写了,留下了不少的诗篇,可是我们最爱读的,百读不厌的,写出了这气吞山河的长征的诗的,也还是这史诗最重要的创作者,毛泽东同志。我们愿意再温习一下这感情,我们愿意再朗诵这首名诗:

红军不怕远征难,万水千山只等闲。

五岭逶迤腾细浪,乌蒙磅礴走泥丸。

金沙水拍云崖暖,大渡桥横铁索寒。

更喜岷山千里雪,三军过后尽开颜。

中国革命的中心到了陕北,毛主席住在延安。延安这小小的偏僻的山城,便成为世界的名城。抗日的统一战线在这里,抗日战争的胜利也在这里,革命的力量扩大和巩固在这里,马克思列宁主义的理论学习也在这里。延安啊!你曾经培养了多少干部,改造了多少人的思想。你那个大礼堂上,到今天还留着毛主席的题字:"实事求是"。所有在延安住过的人,都曾把你当一个家,惟一的家,都舍不得离开,离开了便永远怀念。陕北的人民,原就是长于歌唱的人民,自从有了毛主席,他们就更会歌唱了,更爱歌唱了。老农民孙万福见了毛主席,口诵了许多的诗,到现在这首歌唱遍了中国二十几个省:"高楼万丈平地起,盘龙卧虎高山顶,解放区的太阳红又红,咱们的领袖毛泽东!"农民李增正唱出了所有人们心中的话:"东方红,太阳升,中国出了个毛泽东,他为人民谋幸福,他是人民大救星。"这个歌,我在莫斯科听到过,在斯大林格勒听到过,在格鲁吉亚的首都梯比里斯也听到过。苏联的朋友们啊!我想你们会懂得我听了这陕北小调后所涌起的无尽的情感啊!

抗日战争胜利了,解放战争胜利了,毛主席引导着我们从一个胜利到一个胜利。胜利的红旗,人民解放的红旗,和平的红旗从北往南插,从东又插到西。全中国解放了。新中国诞生了。从世界的东方,升起了曙光。全世界爱好和平的人们,拍手欢呼。中国的解放,给世界和平增加了多少力量。新中国是站在拥护和平的一面,站在苏联的一面,站在斯大林同志的一面!

那一天,一九四九年的十月一日。北京的天,蓝湛湛的,北京的人们穿着新衣,心里被烧着似的兴奋,心随着歌声,随着"万岁"的呼声飞向一个地方:天安门。人的河流也奔向天安门。天安门前的广场上是一片人的海,旗帜的海。红色的波浪翻滚着。人们重复着一个声音:"毛泽东万岁!"人人仰首望,天安门上也站满了人,人人在人丛中找,啊!那个高大的个子正是人民心上的人,啊!毛泽东!啊,毛主席!我们要永远跟着你,永远服务于人民,做一个不掉队的小兵。这一天,毛主席站出来了,人人都看见了他,他的声音响彻了天安门,响彻了北京,响彻了全中国,也响彻了全世界。他宣布了新中国的诞生,中央人民政府的成立,新的一切,便从这一天开始了。春天来了,中国的春天啊!在春天的中国,人民的生活,起着巨大的变化。天津有一个姚大娘,她曾经这样说过:"我,是一个穷苦老婆子。过去,在日本和国民党统治的时候,挨饿受冻,受尽欺凌侮辱。我男人蹬三轮车,摔坏了腿没钱治,我儿子卖冰,拉大车,赚来的钱不够全家人吃山芋面的。孩子们饿得哭,我生小孩两天没进一口汤水,饿得眼前冒金星,从炕上摔下来……"可是现在呢,她说:"解放后我们的日子一步登了天,我们吃得饱,穿得暖,再也不受气。我两个儿子都在工厂有了工作。"这个姚大娘在镇压反革命运动中,她逮住了一个特务。人民四处表扬了她,她便又说道:"这本来是我分内的事,可是人民却那么热情地拥护我,送我很多锦旗和礼物,请我到各处做报告,报上也登了我。我心里真说不出是怎么个滋味。我黑夜睡不着觉就想:这别是做梦吧,一个穷人还能有今天?连市长见了面还和我握握手。"她猛地坐了起来,看见满屋子悬挂的耀眼的镜子,色彩缤纷的锦旗,她忽然在这些中间看见一张相片,毛主席的相片,她于是兴奋地叹道:"这是真的啊!我有了今天不就是他,毛主席、共产党给我的么?"

人民的生活改善了,人们的要求便也不同了。七十岁的老人们也每天夹着书本去到识字班,他们不愿落在年轻人后边。湖南《大众报》在报纸上讨论土地改革、生产、时事问题,有一千个左右的农民很热情地写稿来参加讨论。全国农业劳动模范李顺达,农业生产合作社的旗帜,他在一九五一年的七月写信给毛主席,说的是他思想认识上的变化。他从一个普通农民懂得了城乡关系,懂得了工人阶级的领导作用,懂得了要关心政治,学习马克思列宁主义!农村里在大量地使用新的技术和新的农具,他们从变工互助慢慢地走到农业生产合作社。他们采用按劳动日计酬的办法,他们还逐渐地增加着公有的生产资料。而且在东北的北满草原上,在松花江的南岸,一个幸福的集体农庄出现了。庄员们按社会主义的原则,各尽所能,按劳分配。他们一年一年地改进了管理方法,他们有丰富的收成。他们过着幸福的生活,他们每家有几间房子,房子里有电灯。他们有过节日的衣裳,书架上摆上了新书。他们读《社会发展史》,他们读《米丘林生平》,有人读《我们的目的是共产主义》,有人读《新文学教程》。这个完全理想的生活实现了,这个新闻正被全国农民注意着,他们正走向苏联农民那样幸福的环境。他们的灿烂的前程,就是我们大家的远景。赶上去啊!全中国的农民啊!这并不辽远,只要我们努力,我们很快便要同他们一样的哪。

工业的成就,数不清。铁路增多了,江河畅流了。人们坐着宽敞的新的列车,飞驰着前进,车窗外展现出那么美丽的肥沃的辽阔的田野。车窗内人们听着音乐,读着书。"一定要把淮河修好"是毛主席的伟大号召,人民响应了这个号召,三百万人组成了一支雄壮的大军,他们要改变历史,要和自然斗争。工人用技术教育着农民,干部团结着技术专家,他们联合在一起展开了和洪水赛跑、和时间赛跑的激烈战斗。淮河修好了,千百年来为灾为害的祸水驯服了。他们有了闸,有了水库,还要有电气化。淮河将要成为一条美丽的河,一条可爱的河了。

工人阶级摆脱了压迫,成为国家的领导阶级后,就自然生发了主人翁的感觉,树立起新的劳动态度,生产率一天天提高,一个新纪录压倒一个新纪录。他们提出劳动竞赛,他们订立爱国公约,他们展开了技术改进和合理化建议运动。劳动模范象雨后春笋地争着出来了。这短短的白纸写不尽他们的新的成绩,和那些光荣的名字。而且他们进工人学校了,进人民大学了,进中央文学研究所了。他们的文章登在《人民日报》上,登在《工人日报》上,登在《文艺报》上,登在《人民文学》上;他们在劳动人民文化宫演了他们自己的戏,《不是蝉》这个戏自石家庄演到太原,又从北京演到上海,工人们爱看,作家们为他们开座谈会。他们要件件事都走在前边。

人们在一切的运动中,迅速地变了样。人们抛弃了自私自利,生长了爱国主义和国际主义。抗美援朝了,人人都起来保卫和平,这里示威,那里游行。年轻人上了前线。老太太们也拿着簿子,征求人们在和平书上签名。我们的志愿军从一九五〇年十月到现在一直是和朝鲜人民军并肩作战,不顾美帝国主义残酷的轰炸和全世界人民反对的细菌武器的袭击。绿山烧成黑山,黑山又被炸成黄山,土地变色了,鲜明的红旗却屹立在阵地上。在最艰难的日子里,他们把来自祖国的香烟盒中的画片钉在战壕里,"祖国啊,我要为你战斗到底!"全中国的老老小小都明白,我们的战士最可爱。他们是人民的战士,是和平的保卫者,他们永远忠于自己的神圣的职责。

中国是胜利了,中国到处都充满了春天的阳光,中国正走在开满鲜花的道路上。喝水的要不忘挖井的人,是谁使我们这样?老百姓都在歌唱,是毛主席的恩情,是共产党的主张,是斯大林同志的教导和苏联人民的帮助。中苏两国人民永远的牢不可破的友谊,成了世界和平的保障。

中国胜利了,中国四处都充满了春天的阳光,中国正走在开满鲜花的道路上。毛主席告诉我们:这只是万里长征走完了第一步。我们还要进行长期的复杂而艰苦的斗争,才能保住我们已得的胜利,才能获得更大的胜利。中国人民一定按照毛主席的指示,逐步进到社会主义和共产主义。

今天,是一九五二年的春天的日子,是中国在原来的成就上更向前飞跃发展的时候。我跟随着中国人民,爬过了一座山,又一座山,渡过了一个浪潮又一个浪潮,到现在走进了这幸福的年代。我越活下去,我就越充满了爱。我爱新生的一切,我爱这朝气勃勃的祖国。我爱新的人民,在毛泽东教养下,一切都变得那样好的人民。我看见我们的妇女都打破了封建的锁链,得到了解放,她们在各种岗位上都和男子们一样。我看见我们的孩子们也戴着红领巾,受着日趋完美的教育。我看见我们的老年人都年轻了,满怀着对世界的希望。我看见落后的正在变好,劳动改造了他们。我们已不再褴褛,过去苍白的面孔上,现在已经充满了血色。中国人是多么漂亮而有精神的人啊!我到处看见的都是阳光,我到处都感觉得到生的气息、生的力量和生的喜悦。我曾经悲叹过的、忧愁过的中国,现在到处都是欢乐,到处都听到雄壮的歌。我曾经以我的笔作为武器,去揭露黑暗,反抗暴力,现在我要以我的笔去歌颂新生活的一切。虽然在我的鬓边,已经悄悄地爬上了白发,但我却觉得好象生命才开始。我同中国一样,同中国人民一样,有的是充沛的力量。我好象成天都在诗的境界,诗的句子常常涌到我的心中,我要为中国而创作,我要为毛主席而创作。我常有一个希望,让春天的中国在我的创作中发芽吧,生长吧。让我好好拥抱着春天的中国!

一九五二年三月写于莫斯科,四月改于北京

粮秣主任

我从河西图书馆走出来的时候,已经不再感到秋天太阳的燥热。一大群年轻人,欢跃地把我送到吉普车旁边。年轻的馆长何莲花,垂着两条小辫,紧紧地握着我的手。有些看书的工人抬起头来送我们走过,有些人也跟着走出来,站在门旁边来看。这一群把我包围了一会的人们,七言八语的,我听不清谁在讲什么,我也不知道该和谁说话。我望着他们笑、挥手,也说了不知什么话吧,后来,我发现自己笑得很傻,我生气了,想再说点聪明话,可是车子已经开动了。我回过头来再看他们。真说不出我对这群年轻人的羡慕。看啊!他们是那样的热情,那样的洋溢着欢欣,洋溢着新鲜的早春之气。

"是不是我们回河东去?快开晚饭了。"司机老罗把我的思想截断了,他这样问我。

"不。"我说,"老罗,你认识李洛英的住处么?我昨天和他约好要去他那里。"

"哪个李洛英?是那个看水位的老头么?听说他住在吊桥下面,河西的陡岩上,可没去过。"

"那么我们就去吧。"我摸了摸口袋,只有两包烟,我便叫老罗把车弯回合作社,买了十几个烧饼和一个罐头。

于是我和老罗又在这条陡的、弯曲的、飞舞着尘土的山路上颠簸了。

不时从对面开来一些十轮卡车,也有装木头,石块的,也有空车,有的车是铁道部的,有的车是官厅水库工程局的,也有燃料工业部的,横竖是吼着,车轮子轧轧地响,喇叭不断地叫,那些象水沫、象雾似的黄尘,从对面的车身后边扑到我们脸上、身上。

车子绕过了一座山,看见了河,又靠着山,沿着河边往下游走。山很陡,路很窄,石子很多,有些地方是刚刚修补好的。前面运器材的车子很多,我们走得又小心,又慢,还常常停住。我们走过了吊桥不多远,老罗就把车子停在路旁一个我一点也没有注意到的小屋旁边。这屋就象一个小岗亭,门临河峡,背后就是路,来往的车子就紧贴着屋子的后墙轧轧地滚去滚来,屋的两边都只能勉强斜放一辆卡车。老罗告诉我可能到了,于是他引我转到屋前,并且高声叫:

"李洛英!"

屋门是大敞开的,李洛英正坐在床铺边,伏在桌子上写字呢。虽说我们离他那样近,如果不是有人大声叫他,他是不会抬起头的样子,他好象很用心,把全部心神都贯注在他填写的本子上。

"哈,老李,咱们来了,你倒好安静!"

他取下了老花眼镜,歪着头,细眯着眼,对我审查地看了一下,才微微一笑:

"嗯!真来了!"接着又答应我,"对,这里就是个静,一天到晚连耳朵都震聋了!"

他站起来张罗了一下,提了一把壶从门前的陡坡上象个年轻人似的直冲下去了。老罗坐在煤炉前去烧火,纸和木材发出微微的烟,我凭着这小屋的窗洞望了出去。

太阳快下山了,对面高山上只留下一抹山脊梁还涂着淡黄。漫山遍岭一片秋草,在微微的晚风中,无力的,偶尔有些起伏。峡谷里流着永定河的水流。更远的地方不断传来炸山的轰隆声,屋后的车轮声与门前的流水声混成一片杂音。我凝视着这熟悉的荒山和听着这陌生的喧闹出神了。

李洛英回来了,他们两人围着炉子烧开水。我舍不得离开窗洞,这山峰、山梁梁、山凹凹,绕过一个山头,又一个山头,这山里面的山,这羊肠小道,这峻巇……这些不都象我在河北、山西、陕北所走过的那些山一样的么?这不也象我所走过的桑干河两岸的山一样的么?那些曾经与我有过关系的远的山,近的山,都涌到我眼前,我的确有很长的时间是在这样的山中转过的,现在我又回到老地方来了。这里虽然也还有荒野、却并不冷僻,各种震响在这包围得很紧的群山里面回荡。

李洛英把开水给我递了过来,并且有心打破我的沉默,他笑道:

"中意了咱们这山沟沟么?"

司机老罗也问道:"怕没见过这大山吧?"

我望着这瘦骨棱棱的老汉,他不多说话,静静地望着我,嘴角上似乎挂着一点似笑非笑的神气,细小的,微微有些发红的眼睛,常常闪着探索和机警的眼光。我问道:

"老李,你们这里有过土改么?是哪一年土改的?"

"土改?搞过,是一九四六年呀!"

"一九四六年土改过?咱那年就在这一带,我就到过怀来,新保安,涿鹿的温泉屯,你看,就差不多到了这里。"

他又笑了,可是那种探索的眼光也看得更清楚了。我就把这一带的一些村名和出产说了很多,我并且肯定地说他一定看过羊,做过羊倌。象他们这地方,地不好,山又多,不正好放羊么。

我对于这山坳的感情,立刻在他那里得到浓烈的反应。他不再眯着眼睛看我了,他也靠近窗洞,把眼光横扫着对面的大山。他轻轻地说,就象是自语似的:

"我不只是个羊倌,而且我还是个粮秣。老丁同志!你看吧,这山上的一草一木,一块石头,我都清楚。我打七八岁就在这山上割草,被狼吓唬过;我的父母就埋在这山上。我十几岁就放羊,走破了多少双鞋子,流了多少汗在上面,咱们担过惊,受过怕,唉!多少年了,我现在还一个人留在这里,守护着山,睡在上面,看着它,哪一天不从这座山跑到那座山去几趟。如今这山上住的人可多了,热闹的时候几万人在这里工作,可是只有我,只有我才真真懂得山,只有我才每天同它说话。哈……总算和它一样,咱们是一个样样的命……"

"一个样样的命!啥命啊!你这是什么意思呢?"

"嘿!老丁同志!你还不懂得么?山和我一样翻身了,咱们全为着祖国建设,全工业化啦!"老粮秣主任搓着手,歪着头,意味深长地望着我,我不觉把眼光落在桌子上他填写的单单上面。那是一张水位记录表,他的确写得很工整呢。

他在屋子里来回走了一个圈,也就是走了两三步,就又踅回到窗洞前边。他用手指着对面山上,叫我和老罗看一个石窑窑。我们顺着他的手指找了半天,看见一团黑凹凹的地方,上边有一道岩石的边缘,可以猜想出那里有一个窑。李洛英说:

"看见了吗?就是那个黑窑窑,我可在那里边住了够二年啦!"

老罗也转入到我们的谈话里边了,他无法理解这句话,他问道:"为什么?"

"嘿,还乡队不断地来嘛,他们哪一次不抢走些东西!他们要粮嘛,你不记得我是一个粮秣么?要给他们抓到了还了得!"

"你是党员么?"我问他。

"当然是党员啦。还有些年头了,一九四四年就入党了。那时还是抗日战争年代啦!"

老罗紧望着他,好象在说:"瞧不出还是老革命啦!"

李洛英又走了开去,屋子太小,他站在门旁朝外望,山色已经变成暗紫色了。可是铿铿的石头被敲打的响声,山在被炸开的响声,运输的大板车轧轧的在屋后一辆跟着一辆过去的声音,仍旧不断地传来。我落在沉思中了。李洛英不安地又走了起来。老粮秣主任啊!你在想什么呢?你的艰苦的一生,奋斗的一生,你所有的愁苦、斗争,危险和欢欣都同时涌现了出来,都在震动着你的心灵吧。我在这个时候什么也不能做,我只想,我不能离开他,我愿意和这个主任同下去,坐在一道,静静地听着外边的嘈杂,和看着渐渐黑了下去的暂时仍然有些荒野的山影。

这时从门外走进来一个年轻人,大约十六七岁吧。他并不注意我们,走到门角落拿起电话就不知和谁说开了,一说完又跑去桌边拿着水位记录表就翻。房子里已经黑下来了,看不清,他就又走到门角落里去按电门,猛的一下,电灯亮了。屋子小,电灯显得特别明亮,年轻人好象忽然发现了我们,就呆住了,跟着也露出一丝笑容,并不是对任何人笑,就好象自己觉得好笑就笑了起来似的。跟着他就又去看水位表,并且问:"李伯伯,你还没有吃饭吧?"

这才把我和老罗提醒了,我们赶快打开烧饼包,老罗又到车上找刀子开罐头。李洛英又去烧开水,房子里立刻忙了起来,空气也就立刻显得活跃而热闹了,李洛英替我介绍了这年轻人,他的名字叫杜新,简称他小杜,是从天镇县来的民工,挑土,挑石头,推斗车,做了半年工,本来该回去了,可是他不愿意,他要求留下来学技术,做工人。水库负责人同意他留下,把他分配在水文站做学员,两个星期轮一次班,同老李一道看水位。每天学习一个钟头文化,两个钟头业务,一个钟头政治和时事。他留在水文站才三个月,可是他穿着制服,戴着八角帽,象一个机关里的公务员,也就是通常说的"小鬼"。李洛英最后还加添说:"年轻人聪明,有前途,水文站上这样的人有三四个,他们轮流来和我搭伴,我看他们年纪轻,瞌睡大,让他们上半夜值班,我管下半夜,白天也是这样,叫他们少管些,好加紧学习。"

年轻人说话了:"李伯伯就睡得少,上半夜他也很少睡,我要和他换,他不干,他怎么说就得怎么做,咱们全得依他,他个性太强了!"他的批评使我们都笑了。

我们慢慢地吃着烧饼和牛肉,李洛英客气了一下,也就吃起来了。小杜跑到崖下边、河边上看水位去了。

李洛英又不安起来,他觉得他没有做主人,而吃着我们带来的烧饼,很过意不去。他又在屋子里走着,时时望着他的床底下,总好象有话想同我们讲,又压抑着自己。我问他要什么。他不说,又坐了下来。最后他把头歪着,细眯着眼望我们,微微笑着说:"老丁同志!你看我总算是老实人,我总想款待你一点东西,我还有小半瓶煮酒,是咱们这地方的特产,可又怕你不吃,又怕你以为我是个贪杯的人。这还是过八月节我外甥替我捎来的,我现在有工作,怎么也不敢吃,就放在床底下。今日个,唉!少有,你也难得来,你在温泉屯呆过,也就算咱们这地方的人了,大家都是一家人,咱没别的,不喝多,喝一杯,老丁同志,怎么样?不笑我吧?"

他迅速地弯下身去,从床底下抽出一个瓶子,做出满不在乎的样子,倒了满满一茶杯,象碧玉一样绿的酒立刻泛出诱人的香气。李洛英把酒推到我面前,又自己倒了小半饭碗,给老罗也倒了小半饭碗。我觉得他的细细的眼睛里更放射出一道温柔的光,他抚摸着绿色的酒,从这个杯子望到那个小碗。我不愿违拂他的意思,我举着茶杯说:"老李!为我们新的生活干杯吧。"

他呷了一口,便又说下去了。他告诉我们在抗日战争时期,咱们的人常常来,一个星期至少走一趟,送报纸,送文件,有时是送干部。他就带他们过铁路,到赤城龙关去。他为我们描写过铁路封锁线的紧张,但是从来也没出过事。他又告诉我什么人住在这里过。可惜没有一个是我的熟人。我也认识几个到察北工作过的人,而他们告诉我走的是南口或者古北口。

官厅村是个穷村,连个小地主也没有,真正够得上富农的也没有。村子只有五十来户人家,都是好人,所以八路军没来多久就建立了村政权和发展了党员。李洛英还不是最先加入的。因为环境较好,所以区乡干部下来了就常常住在这里。有时来弯一夜,有时来几个人商量点事。虽是穷乡僻壤,倒并不落后,村子上也没有汉奸、特务。可是也就是这种村子常为敌人所痛恨,日本帝国主义也好,国民党反动派也好,对于这种游击区的、或者是边缘区的地方是不客气的,过几天就来敲诈一下,特别是国民党反动派。一九四六年以后,他有两年不敢睡在村子里。

老罗、小杜听故事都入了神,这一切事对他们都是很新鲜的。他们不知道从前老区人们的生活,他们不觉对于这粮秣主任增加了敬意,静静地听着。

李洛英已经把他自己碗里的酒喝干了。他的话匣子开了,就象永定河的水似的阻拦不住,他慢悠悠地又叹了一口气:"老丁同志!咱就不愿提起这件事,一九四六年十一月,有一天夜里,天很冷,黑得伸手不见五指。我们山头上的哨,冷得不行,只得来回走走,可是当他再往前走的时候,这时天在慢慢发亮,他猛然看见已经有人摸上村头上的山头了。他赶忙放了一枪就往后山跑,那时咱们都还在睡觉呢,连衣服也顾不上穿好就往外跑。跑得快的就上了山,慢的就跑不出来,敌人已经把村子包围起来了。是还乡团呀!有三百多人。这时有两个区乡干部正好睡在村子里,他们也上了山,可是他们走错了路,走到悬崖上去了。还乡团又追在他们后边。原来是村支书带着他们的,可是天不大亮跑得急,他们没有跟上来,就这样他们走上了绝路。他们看看后边,敌人已经临近了,前边是陡崖,下边是永定河的水,他们不愿当俘虏就跳下去了,就那样跳崖牺牲了。村子里闹得一团糟,还乡团把能吃的都抢走了,咱就从那时候不敢在村子里睡。后来把村子都抢光了,就来一次砸锅,把全村的锅、缸、罐、钵都砸光了,咱们硬有十来天没法烧东西吃……这些事按说也过了许久了,如今咱们谁的生活不过好了?有时也忙得很,想不起这些事,有时也总是朝前边望,娃娃们将来的日子可美咧!可是不知道怎么的,有些事总忘不掉,一想起来心总还是痛。老丁同志!这些该死的反动派,当然也抓到一些,可是总还有逍遥法外的,比如蒋介石这样的人,咱恨,就是恨咧……"

我不知道说什么好,我也想起了温泉屯的几个村干部和积极的农民,他们也就是在那年被反动派杀害了。这几个人的影子也就浮上我的脑际,而且更鲜明。

远处传来一声最大的震响,大约是燃料工业部炸山炸开了一块较大的地方,我们好象又回到现实世界。我走到门口去看,下游修坝的那方,探照灯,水银灯,照得象白天一样,一片雪亮的光。屋后的山路上,电灯也把路照得很明亮。运输车还是不断地驰来驰去。我走回来帮助他们收拾桌子,我对小杜说:"小杜,我们就要象那个碾路的机车,沉沉地压着石头,稳稳地向前走去,我们要永远记住这仇恨,我们用胜利来医治伤痕,你要好好学习,努力工作,听李伯伯的话,他看着你们强,他心就乐了,他就会忘了过去。"

"李治国学得比我好多了,他得过一次学习模范。"小杜告诉我。

"李治国是谁呢?"

"他在泥沙化验室,这工作可要耐心咧,他同我一般大,我们很要好……"

老罗不让小杜再说下去,抢着说:"你为什么不说清他是谁。李治国是老李的儿子,是一个很精明的孩子。他在水文站的时间比你长,当然比你强,过一阵你也赶上他了。"

李洛英脸上忽然开朗了,一层灰暗的愁云赶走了,他甜蜜地望着我笑。我也说:"你好福气啊!就一个儿子么?"

"不,还有一个闺女。"

小杜从抽屉里拿出一张照片,塞给我,这是一个极年轻的姑娘,垂着两条小辫,穿一件花衬衫,正是模仿着现在电影上的农村妇女的装饰,很大方的样子。我问老李他闺女是不是也在水库工程局工作。老李告诉我,关于这件事,他们争论了许久,还开过家庭会议。他的意见是留在官厅工作,学做工,做工人,将来还可以找一个工人做"对象"。可是她的娘不赞成,因为官厅村的人都搬到新保安去了,那里盖了一个新村子,替他们家盖了五间新房,又有了几亩好地,老太婆说都工业化去了,地就没有人种啦,要留着闺女在家种地,她还是想找个农民女婿。我问闺女自己的意见呢,一切都应该由她自己做主嘛。老李更笑开了,他说:"她说得倒好,说过几年农村也要工业化的,她不反对工业化,她将来就留在村子上开拖拉机。你听,说得多好听,哼! 后来才知道,人家已经自己找下'对象'了,还不是一个耍土屹嶝的。"

小杜便又告诉我,李伯伯的堂弟李洛平,和他的侄子李治民都在修配所当工人,他们家还有两个人当水库一修建就参加了工程工作。现在已经离开水库工程局调到别的地方去了。

老李的神情又变了,说不出的心满意足,但仍保持着他的慢悠悠的神气说道:"官厅村一共有二十多个人转了业,都跟着水库的修建转入了工业。都是年轻人,都比我强,他们都不只做工,还学习到技术。那个李洛平一年就学会了掌握车床,如今已经在带徒弟呢!"

我想起了我头一天在修配所见到的一切。那里已经只剩五十几个工人了(因为工程快完,有些人调到别的地方去了)。只有几个是老工人,都是青年,还有两个女民工也在那里学习,李洛平就负责一个女民工的技术学习。李洛平穿着翻毛皮鞋,蓝布工人装,就象一个中学生来做工,一点也没有农村孩子的土气。我简直没有想到他就是原来官厅村这穷农村的孩子。我一边说我看见过他,同意他们对他的赞许,一边心里惊奇这种变化。时代的脚步跨得太大了,我仿佛听到这种声音,虽然我不是今天才听到的,虽然我时时都合着这音节行走,可是我仍然经常要为着这紧凑的节奏、激烈的音响而震动。

天太晚了,我不愿太妨碍他们的工作,我向他们告辞,洛英不等我说完,就陪着我走出了小屋,而且首先跨进了吉普车。他说他要送我回去,他要到工地去,他说他喜欢在那里走。那明亮、那红火是他做梦也梦不出的地方,他把那里形容成天堂一般。

我们的车又沿着山,在窄窄的路上往回开。因为是晚上,喇叭就响得更厉害,这时什么声音都听不清了。几处断崖的地方扎着木架子,这种架子只有北京扎天棚的工人才能扎,他们可以悬空高高的扎着,可是非常结实,能载重,人在架上爬上爬下非常方便。晚上他们也不停工,打着探照灯,人挂在架子上工作着,架子上的影子,图案似的贴在悬崖上,真是多么雄伟的镜头啊!

车慢慢朝着最热闹的地方,最亮的地方走,已经听到扩音器里放送的音乐,听到混凝土搅拌机喀喀喀喀的声音。老头沉不住气了,他在我后面把头俯过来,大声说:"老丁同志!你看呀!这就是咱们的老地方呀!看现在是个什么样子。看人们使多大的劲来改变这地方!"

车子走到拦洪坝的头前停下了,已经不能前进。我的住处在河东,我要经过坝(现在还是工地)走回去,我要从这二百九十米长的坝面上走回去。我要穿过几千人,要穿过无数层挑土的、挑沙子的、背石头的、洒水的、打夯的阵线,我要绕过许多碾路车,我常常找不到路,迷失在人里边。我每天出来都要通过这个坝,这是一个迷宫，我一走到这里就忘记了一切，就忘记了自己，自己也就变成一撮土，一粒沙那样渺小，就没有了自己。"

握别了老罗，李洛英和我用同样的心情走到了工地，他紧紧地拉着我，怕人们把我们冲散，但两人在一起对别人的妨碍更大些，所以还是常常得分开。

年轻的小伙子们，在夜的景色中，在电灯繁密得象星辰的夜景中，在强烈的水银灯光下，在千万种喧闹声融合在一个声音中，显得比白天更有精神，他们迈着大步，跑似的，一行去一行来，穿梭似的运着土、沙……他们跟着扩音器送来的音乐，跟着打夯的吆喝，跟着碾路机的轧轧声跑得更欢了。他们有的穿着买来的翻领衬衫，有的穿着雁北所流行的惹人注意的大红布背心。他们有时同认识的人打招呼，有时鼓励着旁人，和人挑战似的呼喊着。这些人大都是河北各县的农民，可是我觉得他们又同我熟识，又同我不熟识了。他们虽然是在挑土，在推斗车，可是他们脸上浮着活泼的气息，他们并不拘谨，他们灵活，他们常常有一种要求和人打交道的神气，他们热烈，他们并不想掩饰自己的新的欢乐和勇敢。有些人认识老李，又看见老李同我走过，就和老李说话，问我是谁。有个别认识我的，就朝着我笑。我又要看这些人们，又要注意不碰着人，又要注意脚底下，一会儿走在碎石路上，一会儿走在沙子路上，一会儿又踩着湿泥。我们也好象参加了劳动，参加了战斗似的紧张地走过。

虽说走过来了，我们到了坝的东头，站在溢洪道起点的地方，但这里也还拥挤着人们。李洛英和我抬头四望，在这时我们没有谈话，连眼色也没有交换，但我们彼此很了解。我们在这样的场面底下，只有低头。李洛英仍然忍不住冲破了这沉默，他用那种轻声的调子，慢悠悠的好象是自语似的说道：

"老丁同志！你知道我们是站在什么地方么？我们的脚底下，

就是往日的官厅村,就是我从小住的地方。你看,现在这村子没有了,连一点影子也没有了。你以为我该怎么想?嘿!老丁同志,彻底的把那些贫穷,把那些保守,把那些封建都连根翻了。这里是混凝土,后边是新官厅村,说不上高楼大厦,可是整齐,刷刷新,里边住着建设幸福的人们。你再看,这永定河两面,这是什么世界啊!电灯比星星还多,比水晶还亮,参观的人们说这象上海,象重庆……我没有到过那些地方,也许那里是繁华的,可是这里是些什么人啦?是些什么事?是移山倒海,是些没有自己、一股子劲为了祖国的建设的好汉们。这里有享受吗?劳动就是享受;这里有荣誉吗?劳动就是荣誉;这里有爱吗?劳动就是爱。老丁同志!我从那个世界,旧的世界到了现在,眼看着变,你说我这心里是个什么滋味?"

我没有看他,也没有说话,我不愿打断他。过了一会,李洛英又说了,他的声音高亢起来:"什么是共产党,我讲不全,因为我没念过什么书,可是我懂得,党就是要人人都有幸福,为了人人的幸福,尽量把自己的东西、把自己的力量拿出来。咱老了,咱现在看水位,仅仅看看水位是不够的,咱还要学习,还要提高,还要帮助人,我要把咱这几根老骨头拿出来,不能让年轻的走在头里。我已经看见官厅村变了样,它明年还会好起来,它后年还会更好起来,我在这里,我的家在这里,也会越过越好。可是假如将来有人问起我,你使了什么力量呢?我要答得上来,我要我心里不难受,觉得我没有吝啬过,我同许多人一样,我不是空着手走过来的。你别看我这样子又干又瘦,这都是过去受的罪,我今年才五十六岁。我心里快活,我还有许多年为人民服务呢。老丁同志!时间不早了,我再送你一段路,你也该休息了。"

不知为什么,我觉得我太兴奋了。我一点也不想回去,我望得远远地,望到这口子外边,望到远远的蒙蒙茫茫的一片地方,我想:

"是的,旧的官厅村,穷苦的,经过了多年斗争的官厅村没有了,压根儿没有了。这里有的是更广阔的,新的,幸福的世界。湖山变得更美丽,人变得更可爱;粮秣主任艰难的生活过去了,李洛英成为更加有生气的,充实的,懂得生活的水位看管人……"

我回头再望他,他是多么亲切地站在我旁边,凝视着坝上的人群,有时又望望我。我最后说:"咱们俩谁也不送谁。过天要有时间我再去你那儿。"

李洛英同意我的提议,我们分手了。我却没有走,我望着他的后影,他被人群遮住了,可是又看见了,我好象永远看见他精灵瘦削的身子在人群中隐现,他用他那微微闪烁的、带着一些潮湿的眼睛,抚摸着很多人。

什么时候我回到了自己的住处,我不知道。

一九五三年十一月九日

记游桃花坪

天蒙蒙亮的时候,隔着玻璃窗户望不见一点红霞,天色灰暗,只有随风乱摆的柳丝,我的心就沉重起来了。南方的天气,老是没一个准,一会儿下雨,一会儿天晴,要是又下起雨来,我们去桃花坪的计划可就吹了。纵使去成了,也会减低很多兴趣的。不知道为什么,那种少年时代等着上哪儿去玩的兴头、热忱和担心,非常浓厚地笼罩着我。

我们赶快起身,忙着张罗吃早饭。机关里很多见着我们的人,也表示担心说道:"今天的天气很难说咧。"好象他们都知道了我们要出门似的。真奇怪,谁问你们天气来着,反正,下雨我们也得去。不过,我们心里也的确同天色一样,有些灰,而且阴晴不定着咧。

本来昨天约好了杨新泉,要他早晨七点钟来我们这里一道吃早饭,可是快八点了,我们老早把饭吃好了,还不见他来。他一定不来了,他一定以为天气不好,我们不会去,他就不来了,他一定已经兀自走了,连通知我们一声也不通知,就回家去了。这些人真是!我一个人暗自在心里嘀咕,焦急地在大院子里的柳树林下徘徊。布谷鸟在远处使人不耐地叫唤着。

忽然从那边树林下转出来两个人。谁呢?那走在后边的矮小个儿,不正是那个桃花坪的乡支部书记杨新泉么?这个人个子虽小走路却麻利,他几下就走到我面前,好象懂得我的心事一样,不等我问就说起来了。"丁同志,你没有等急吧?我交代了一点事才来。路不远,来得及。"他说完后不觉地也去看了看天,便又补充道,"今天不会下雨,说不定还会晴。"他说后便很自然地笑了。

不知怎么搞的,我一下就相信了他,把原来的担心都赶走了。我的心陡然明亮,觉得今天是个好天气。正象昨天一样:昨天下午我本来很疲乏了,什么也不想干,但杨新泉一走进来,几句话就把我的很索然的情绪变得很有兴致;我立刻答应他的邀请。他要请我吃粑粑,这还是三十年前我在家读书的时候吃过的,后来在外边也吃过很多样子的年糕,但总觉得不如小时吃的粑粑好。杨新泉他要请我吃粑粑,吃我从前吃过的粑粑,那是我多么向往着和等待着的啊!

我们一群人坐汽车到七里桥。七里桥这地方,我小时候去过,是悄悄地和几个同学去看插秧的,听说插秧时农民都要唱秧歌,我们赶去看了,走得很累,满身大汗,采了许多野花,却没有听到唱歌。我记得离城不近,足足有七八里,可是昨天杨新泉却告诉我一出城就到。我当时想,也许他是对的,这多年来变化太大了,连我们小时住的那条街都没有了,七里桥就在城边是很可能的。可是我们还是走了好一会儿,才走到堤上。这堤当然是新的,是我没见过的,但这里离城还是有七八里路。我没有再问杨新泉。他呢,一到堤上就同很多人打招呼,他仿佛成了主人似的抢着张罗雇船去了。

我们坐上一个小篷篷船。年老的船老板仰着头望着远处划开了桨,我们一下就到了河中心。风吹着水,起着一层层鱼鳞一样的皱纹。桨又划开了它。船在身子底下微微晃动,有一种生疏的却又亲切的感觉。

我想着我小时候有一次也正是坐了一个这样的小篷篷船下乡去躲"反",和亲戚家的姑娘们一道,好象也正是春天,我们不懂得大人们正在如何为时局发愁,我们一到船上就都高兴了起来,望着天,望着水,望着岸边上的小茅屋,望着青青的草滩,我们有说不完的话,并且唱了起来。可是带着我们去的一个老太太可把我们骂够了,她不准我们站在船头上,不准我们说话,不准唱歌,要我们挤坐在舱里。她说城里边有兵,乡下有哥弟会,说我们姑娘们简直不知道死活呢……可是现在呢,我站在船头上,靠着篷边,我极目望着水天交界的远处,风在我耳边吹过,我就象驾着云在水上漂浮。我隔着船篷再去望船老板,想找一点旧日的印象,却怎么也找不到。他好象对划船很有兴致,好象是来游玩一样,也好象是第一次坐船一样,充满着一种自得其乐的神气。

船转过了一个桥,人们正在眺望四周,小河却忽然不见了,一个大大的湖在我们面前。一会儿我们就置身在湖中了,两岸很宽,前面望不到边。这意外的情景使我们都惊喜起来,想不到我们今天来这里游湖。可是也使我们担忧今天的路程,哪里会是杨新泉所说的只一二十里路呢。于是有人就问:"杨新泉,到你们家究竟有多远?"

"不远。过湖就到。"

"这湖有多少里,船老板?"

"这湖么,有四十里吧。"

"没有,没有。"杨新泉赶忙辩说着,"我们坐船哪一回也不过走两个多钟头。"

"两个多钟头?你划吧,太阳当顶还到不了呢。"

杨新泉不理他,转过脸来笑嘻嘻地说道:"丁同志,我包了,不会晚的,你看,太阳出来了,我说今天会晴的。"

我心里明白了,一定是他说了一点小谎,可是他是诚恳的。这时还有人逼着问,到底桃花坪有多远。杨新泉最后只好说,不足四十里,只有三十七里,当他说有三十七里的时候,也并不解释,好象第一次说到这路程似的,只悄悄地望了一望我。

他是一个很年轻的人,二十三岁,身体并不显得结实,一看就知道是受过折磨的,他的右手因小时放牛,挨了东家的打,到现在还有些毛病,可是他很精干,充满了自信和愉快。你可以从他现在的精明处想象到他的多变的、灾难的幼年生活,但一点也找不到过去的悲苦。他当小乞丐,八岁就放牛,挨打,从这个老板家里转到那个老板家里,当小长工。他有父亲、母亲、弟弟、妹妹,他却没有过家,他们不是当长工,就是当乞丐。昨天他是多么率直地告诉我:"如今我真翻身翻透了,我什么都有啦,我翻身得真快啊!我的生活在村子里算不得头等,可是中间格格,你看,我年前做粑粑都做了不少米啦。"

我告诉同去的几个人,他是到过北京,见过毛主席的。大家都对他鼓掌,便问他去北京的情形。他就详细地讲述他参观石景山钢铁厂,参观国营农场的感想。我问船老板知道这些事情不,他答道:"怎么会不知道?见毛主席那不是件容易事。杨新泉那时是民兵中队长,我们这一个专区,十来个县只选一个人去,去北京参加十月一号的检阅。毛主席还站在天安门上向他们喊民兵同志万岁。几十万人游行,好不热闹……"大家都听笑了,又问他:"你看见了么?"他也笑着答:"那还想不出来?我没有亲眼得见,我是亲耳听得的,杨新泉在我们乡做过报告,我们是一个乡的啦!"

当杨新泉同别人说到热闹的时候,船老板轻轻地对我说:他看着他长大的,小的时候光着屁股,拖着鼻涕,常常跟着他妈讨饭,替人家放牛,很能做事,也听话,受苦孩子嘛,不过看不出有什么出息。一解放,这孩子就参加了工作,当民兵,当农会主席,又去这里又去那里,一会儿代表,一会儿模范,真有点搞不清他了。嘿,变得可快,现在是能说能做;大家都听他,威信还不小呢。

我看杨新泉时,他正在讲他怎样参加减租退押工作,怎样搞土地改革。他的态度没有夸耀的地方，自自然然，平平常常。可是气势很壮，意思很明确。

太阳已经很高了，我们都觉得很热，可是这个柳叶湖却越走越长。杨新泉这时什么也不说，他跨到船头，脱去上身的小棉袄，就帮助划起桨来。他划得很好，我们立刻赶过了几只船，那些船上的人也认得他们，和他们打招呼，用热烈的眼光望着我们。

还不到十二点，船就进了一个小汊港，停泊在一个坡坡边。这里倒垂着一排杨柳，柳丝上挂着绿叶，轻轻地拂在水面。我们急急地走到岸上，一眼望去，全是平坦坦的一望无际的水田，田里都灌满了水，映出在天空浮动的白云。一大片一大片的油菜地，浓浓地厚厚地铺着一层黄花，风吹过来一阵阵的甜香。另一些地里的紫云英也开了，淡紫色的，比油菜花显得柔和的地毯似的铺着，稍远处蜿蜒着一抹小山，在蓝天上温柔地、秀丽地画着一些可爱的线条。那上边密密地长满树林，显得翠生生的。千百条网似的田堰塍平铺了开去。在我们广阔的胸怀里，深深地呼吸到滋润了这黑泥土的大气，深深地感到这桃花坪的丰富的收成，和和平的我们人民的生活。我们都呆了，我们又清醒过来，我们不约而同地都问起来了：

"你的家在哪里？"

"桃花坪！怎么没有看见桃花呀？"

"你们这里的田真好啊！"

杨新泉走在头里，指着远远的一面红旗飘扬的地方说道："那就是我的家。我住的是杨家祠堂的横屋，祠堂里办了小学。那红旗就是学校的。"

我们跟在他后边，在一些弯弯曲曲的窄得很不好走的堰塍上走着。泥田里有些人在挖荸荠，我们又贪看周围的景致，又担心脚底下。温柔的风，暖融融的太阳，使我们忘却了时间和途程。杨新泉又在那里说起了他的互助组。他说：

"咱们去年全组的稻谷平均每亩都收到七百斤。我们采用了盐水选种。今年我们打算种两季稻，每亩地怎么样也能收一千斤。那样，我们整个国家要多收多少呀，那数目字可没法算，那就真是为国家增产粮食啊！对于农民自己也好呀！"

他又答复别人的问话："要搞合作社呢，区上答应了我们，这次县上召集我们开会，就是为了这事。我今年一定要搞起来，我要不带头那还象话，别人就要说话啦，说我不要紧，是说共产党员呀！"

有人又问他的田亩，又算他的收成，又问他卖了多少粮给合作社。他也是不假思索地答道：

"我去年收了不少。我们全家八口人有十七亩来田，没有旱地，我们收了八千来斤谷子，还有一点别的杂粮。我还了一些账，把余粮卖给合作社一千五百斤。"他说到这里又露出一丝笑容。他不大有发出声音的笑，却常常微微挂着一丝笑。我总觉得这年轻人有那么一股子潜藏的劲，坦率而不浮夸。

走到离祠堂很近时，歌声从里面传了出来，我们看见一个长得很开朗的，穿着花洋布衫的年轻的妇女匆匆忙忙从祠堂里走出来，望了我们几眼赶快就跑进侧面的屋子去了。杨新泉也把我们朝侧屋里让，门口两个小女孩迎面跑出来，大的嚷着："大哥哥！大哥哥！你替我买的笔呢？"小的带点难为情的样子自言自语地念道："扇子糖，扇子糖。"

这屋子虽是横屋，天井显得窄一点，可是房子还不错。我们一进去就到了他们的中间堂屋，在原来"天地君亲师"的红条子上，贴了一张毛主席像，纸条子的旧印子还看得见。屋中间一张矮四方桌子，周围有几把小柳木椅子，杨新泉一个劲儿让大家坐。我们这群同去的人都不会客气，东张西望的。有人走进右手边的一间屋子里去了，在那里就嚷道："杨新泉，这是你的新房吧？大家来看，这屋子好漂亮啊！"

我跟着也走了进去，第一眼我看见了一个挂衣架，我把衣朝上边一挂，脑子里搜索着我的印象，这样的西式衣架我好象还是第一次在农村里看见。我也笑起来了："哈哈，这是土改分的吧？你们这里的地主很洋气呢。"于是我又看见了一张红漆床，这红漆床我可有很多年没有看见了，我走上这床的踏板，坐在那床沿上。杨新泉的床上挂了一幅八成新的帐子，崭崭新的被单，一床湘西印花布的被面，两个枕头档头绣得有些粗糙的花，还有一幅帐檐，上面也有同样的绣花。这床虽说有些旧了，可是大部分的红漆还很鲜明，描金也没有脱落，雕花板也很细致，这不是一张最讲究的湖南的八步大床，可也决不是一个普通人家能有的东西。这样的床我很熟悉，小时候我住在我舅舅家，姨妈家，叔叔、伯伯家都是睡在这样的床上的。我熟悉这些床的主人们，我更熟悉那些拿着抹布擦这个床的丫头们，她们常常用一块打湿了的细长的布条在这些床的雕花板的眼里拉过去拉过来，她们不喜欢这些漂亮的床。我在那些家庭里的身份应该是客人，却常常被丫头们把我当知心朋友。我现在回来了，回到小时候住过的地方，谁是我最亲爱的人？是杨新泉。他欢迎我，他怕我不来他家里把四十里湖说成二十里，他要煮粑粑给我吃，烧冬苋菜给我吃，炒腌菜给我吃。我也同样只愿意到他们家里来，我要看他过的日子，我要了解他的思想，我要帮助他，好象我们有过很长的很亲密的交情一样。我现在坐在他的床上，红漆床上，我是多么地激动。这床早就该是你们的。你的父亲做了一辈子长工，养不活全家，让你们母子挨打受骂，常年乞讨，现在把这些床从那些人手里拿回来，给我们自己人睡，这是多么的应该。我又回想到我在华北的时候，我走到一间小屋子去，那个土炕上蹲着一个老大娘正哭呢。她一看见我就更忍不住抱着我大哭，我安慰她，她抖着她身旁的一床烂被，哼着说："你看我怎么能补呀,我找不到落针的地方……"她现在一定也很好了,可是尝过了多么长时间的酸苦呀!……

我是不愿意让别人看见我流眼泪的,我站了起来问杨新泉道:"你的妈呢,你的爹呢,他们两位老人家在哪里?你领我们去看他。"

我们在厨房里看见了两个女人。一个就是刚才在门外看见的那个年轻穿花衣裳的,是杨新泉去年秋天刚结婚的妻子。一个就是杨新泉他妈。他妻子腼腼腆腆地望着我们憨笑,灶火把她的脸照得更红,她的桃花围兜的口袋里插着国语课本。我们明了她为什么刚刚从小学校跑出来的原因了。她说她识字不多,但课本是第四册。她不是小学校学生,她是去旁听的。

我用尊敬的眼光去打量杨新泉的妈,我想着她一生的艰苦的日子,她的粗糙的皮肤和枯干的手写上了她几十年的风霜,她的眼光虽说还显得很尖利,她的腰板虽说还显得很硬朗,不象风烛残年,是一个劳动妇女的形象,但总是一个老妇人了。我正想同她温存几句,表示我对她的同情。可是她却用审查的眼光看了一看我,先问起我的年龄。当她知道我同她差不多大小,她忽然笑了,向她媳妇说道:"你看,她显得比我大多了吧,我一眼就看出来了。"她马上又反过脸来笑着安慰我,"你们比我们操心,工作把你们累的。唉,全是为了我们啊!现在你来看我们来了,放心吧,我们过得好咧。"是的,她的话是对的。她很年轻,她的精神是年轻的,她一点也不需要同情,她还在安排着力量建设她的更美满的生活,她有那样小的孩子,门口那两个孩子都是她的小女儿。几十年的挣扎没有消磨掉她的生命力。新的生活和生活的远景给了她很大幸福和希望。她的丈夫也很强壮,今天又去十里以外的地方打柴去了;儿子是这样的能干,在地方上出头露面,给大家办事;她又有了媳妇。她现在才有家,她要从头好好管理它,教育子女。她看不见,也没有理会她脸上的皱纹,和黄的稀疏的头发。我一点也没有因为她的话有什么难受,我看见了一个健康的、充满活力的灵魂。我喜欢这样的人,我赞美她的精力,我说她是一个年轻的妇女,我鼓励她读书,要她管些村子上的事。

我们又到外边去玩,又去参观学校。这个小学校有五个教室,十来个班次,有五个教员,二百多学生。这个乡也同湖南其他的乡一样,一共有三个小学校。看来学龄儿童失学的情形是极少有的了。我们去时,孩子们刚下课,看见这一群陌生人,便一堆堆地跟在后面,一串串地围上来,带着惊喜和诧异的眼光,摸着我的同伴的照相机纷纷问道:

"你们是来跟我们打针的?"

"不是打针的?那你们是来帮助生产的?"

"我知道,你们是来检查工作的!"

杨新泉那个小妹妹也挤在我们一起来玩了。她扎了一根小歪辫子,向我们唱儿歌,那些多么熟悉的儿歌啊!这些歌我也唱过的,多少年了,现在我又听到。我忽然在她的身上看见了我自己,看见了我的童稚的时代。我也留过这样的头,扎个歪辫子,我也用过这样的声调讲话和唱儿歌,我好象也曾这样憨气,和逗人喜欢。可是我在她身上却看见了新的命运,她不会象我小时的那样生活,她不会走我走过的路,她会很幸福地走着她这一代的平坦的有造就的大路,我看见她的金黄色的未来,我紧紧地抱着她,亲她,我要她叫我妈妈,我们亲密地照了一个相。

我的同伴们又把杨新泉的一些奖状从抽屉里翻出来了。原来他曾参加过荆江分洪的工程,他在那里当中队指导员,当过两次劳动模范。工作开始的时候,他的劳动力是编在乙等的,我们从他的个子看也觉得只能是乙等。可是他在乙等却做甲等的工作。他的队在他的领导下也总是最先完成任务。他讲他的领导经验时也很简单:"吃苦在前,不发脾气,帮助别人解决困难。"他最后又加添说,"我相信共产党,我的一切是中国人民翻了身才有的,我要替人民做事。我要把一切事情都做得最好。"从荆江回来他就参加了党。

我们也读到报纸读者和《湖南青年报》写给他的信,问他卖余粮的数目,问他如何参加总路线的学习和怎样宣传的。人民不只鼓励着他,而且监督着他:"杨新泉!你的生活过好了,你当了干部,可是你怎样走下去,你走哪条路呢?"

杨新泉说:"那不行呢,我们去年冬天学习了总路线,到县上开了十天会,从会议上才懂得,发财的思想还是很普遍呢。要是没有党的思想教育,要是我们又走错了路,我们闹了几十年运动,改革别人,结果自己又去剥削别人,你看多蠢,多冤枉!我有时想,毛主席怎么那么神明,别人都说毛主席象太阳,太阳只能照得见看得见的东西,毛主席却看见旁人看不见的东西,他把全世界的人和事情都看透了,他就这样一步一步地引导着我们。我不能那样想,我不能走错路呢。我今年一定要好好搞合作社,区上会帮助我的。要不然我对不起'他',谁都知道我是见过'他'的。"他又那样微微挂着一丝笑。

我们又看了他学习总路线的笔记。我们很奇怪他记得那么好,他写字虽说不很熟练,却很整齐。他过去只读过一年书,这完全是解放后工作中学习得来的。他那样一个小小个子,怎么能有这样大的精力,仅仅只在四年多中间,做了那么多的事,学了那么多的东西,把一个简单的没有文化受压迫的青年农民,一下变成这样一个充满了活力,懂得很多事,也能承担各种事的党员和农村干部了。我从他一个人的身上看到整个国家的改变,真是多么地惊人啊!

我们吃了一顿非常好吃的饭,没有鸡(他们要杀的,我们怎么也不准他杀），没有肉（这里买不到），只有一条腊鱼；可是那腌菜，那豆腐乳，那青菜是多么地带着家乡风味；特别是粑粑，我还是觉得那是最好吃的。

饭后我们又和他谈了一些关于合作社的问题。已经四点钟了，他还要去乡政府开会，我们计算路程，也该回去了。他怎么样也要送我们到河边。我们便又一道走了回来。这时太阳照到那边山上，显得清楚多了，也觉得更近了一些，我们看见一团团云彩一样的白色的东西浮在山上。那是什么呢？杨新泉说："那里么，那是李花呀！你们再仔细看看，那白色的里面就夹着红色的云，那就是桃花呀！以前我们这里真多，真不枉叫桃花坪。不过我们这里桃花好看，桃子不好，尽是小毛桃，就都砍了，改种了田，只有那山上和靠山边的地方就还留得不少。现在你们看见桃花了吧？"

小船还系在柳丝下，船老板一个人坐在船艄上抽旱烟。

我们只在这里呆了几个钟头，却有无限的留恋。我们除了勉励这青年人还有什么话说呢？杨新泉也殷殷地叮嘱我们，希望我们再来。他说："丁同志！别人已经告诉我你是谁了。你好容易才回到几十年也没有回来过的家乡，我从心里欢迎你来我家里，看看我们的生活，我怕你不来，就隐瞒了路程，欺骗了你。我还希望你不走呢，你就住在我们这里吧，帮助我们桃花坪建设社会主义吧。"

我们终于走了。这青年人在坡上立了一会，一转身很快就不见了。他是很忙的，需要他做的事可多呢。他能做的。他是新的人！我虽说走了，不能留在桃花坪，可是我会帮助他的，我一定会帮助他的。

太阳在向西方落去，我也落在沉思中。傍晚的湖面显得更宽阔。慢慢月亮出来了，多么宁静的湖啊！四周围一点声音都没有。渔船上挂着一盏小小的红灯，船老板一个劲地划着。我轻轻地问他："你急什么呢？"我是很舍不得这湖，很舍不得这一天要过去，很希望他能帮助我多留一会儿,留住这多么醉人的时间!

船老板也轻轻地答应我:"我还要赶到城里去看戏呢,昨天我没有买到票,今天已经有人替我买了,是好戏,《秦香莲》呢。我们很难得看戏,错过了很可惜。我们还是赶路吧,我看你们也都很累了。"

这样,我们就都帮助他荡桨,小船很快就到了堤边。我们并不累,我们很兴奋,我们明天有很多别的事,新的印象又要压过来,但我们永远也忘不了这一天。这里不只是有了湖南秀丽的山水,不只是有了明媚的春光,不只是因为看见了明朗热情的人,而且因为一切都是新的!一切都使我充满了欣喜,充满了希望,使我不得不引起许多感情。世界就是这样变了,变得这样的好!虽说我们还能找出一些旧的踪影来,可是那是多么的无力!我们就在这样的生活之中,就在这样的新的人物之中,获得了多少愉快,增加了多少力量啊!我怎么能不把这一次的游玩记下来呢,哪怕它只能记下我的感情的很少一部分。桃花坪,桃花坪呀,我是带着无比的怀恋和感谢的激情来写到你,并且拿写你来安慰我现在的不能平静的心情。

一九五四年三月十日

《旗帜》杂志编辑部给我的鼓励

友谊的开端

《太阳照在桑干河上》决定在《旗帜》杂志上发表,这个消息使我觉得又欢喜又担心。中国的小说被登载在苏联的文学杂志上,它一定将被人注意,这是非常光荣的,可是,苏联读者们会拿它当作代表中国的作品之一来读,这就使我不安了。我重新发现作品中的很多缺点,甚至有些自己原来认为还好的地方,也开始怀疑起来。正在这时,宝兹列耶娃跑来告诉我,《旗帜》编辑部请我去谈一次话,他们有一些问题想问问我,他们有三个编辑都读过这本书,他们研究得很仔细。宝兹列耶娃重复地告诉我,这是苏联的习惯,他们对于工作,一向是这样负责的。

我是下午去的,宝兹德涅耶娃和另一位老太太陪我一道去,宝兹列耶娃替我担任翻译。

《旗帜》编辑部的地方很小。进门以后在一个小过道里脱了夹大衣。一位非常淑静的女人用甜蜜的微笑从里面走出来欢迎我。她给我的印象非常深,我一点也不以为她是一个外国人,我象老朋友似地走到她面前,她把我带进里面一间屋子,已经有好几个人在这里,跟着又出来一群人。屋子顿时显得很挤。有人向我介绍一些人,我一时没有办法记,只想大家都在看着我,我已经成了"众矢之的",我怎样来开始这个谈话呢?

杂志的主编科热夫尼科夫是一个很有名的小说家,写得有《三月至四月》。他非常温和地说,他们杂志准备刊载我的小说,他们编辑部的人对中国知识很差,因此有些问题要问我,希望我答复他们,帮助他们。

我要求先说几句话,表示我对他们的感谢,说明这本书有很多缺点,请他们指教。主编只说今天的会是请我帮助他们而不是他们批评我。于是三位看小说稿子的编辑便坐得近了一些。其中有李昂季耶夫和拉索莫芙斯卡娅,李昂季耶夫给我的印象是热情、明朗,而拉索莫芙斯卡娅是比较严肃能干的女子。

他们问我为什么在我的书里面,有很多女人都没有名字,有名字的人,在许多地方也不用她的名字,只说什么家的,或者谁的老婆,譬如钱文贵老婆、赵得禄老婆、李子俊老婆、顾长生娘……他们说这将使俄国读者读起来很不习惯、很困难,他们问我可不可以给每个人取个名字。

我说:"我怎么能替她们取名字呢?中国女人,尤其是农村的妇女,只在小时候有一个小名,如'黑妮',这是小名;等她们年纪大了,出嫁了,就没有名字了,小名也不大用,慢慢就完全不用了。等到地区解放了,建立了新的民主政权,农村妇女翻了身,她们参加妇女会,就要有一个名字了,如董桂花、周月英,但在平时,人们还是不叫她名字的。"我告诉他们我的意见还是不加名字好,这样更能显出中国农村的封建习惯来。

他们谈到这本书里面的人物太多,有些人出场少,印象不深,如胡泰……为使读者方便起见,是否可以减少几个人,或者就取消他的名字,只说谁的父亲,谁的什么……

我听到这个问题时,心中说不出的惶恐,我觉得这正是这本书的缺点,人物太多,有些人就不能写得很详细。我想他们并不是拿这点来批评我,只是同我商量如何挽救这个缺点,我是又感激又惭愧的。我向他们承认这是缺点,但我很抱歉不能在莫斯科修改这本书,因为我没有时间。

这时说话的人太多了,他们很直率地谈问题,我也很坦然地答复他们,我们全忘记了客套。有些意见我不同于他们时,我也如同在国内和我极熟的人那样毫无拘束地谈论。拉索莫芙斯卡娅说:"我很不同意你给章品以批评,章品是一个新的人物,是一个优秀的共产党员,你爱他,你拿他当一个最正确的人物写的,但你却批评他还没有学会耐烦地和各个人详细商量的工作作风。"我说章品的确会有这样缺点的,因为他年轻,他是在敌人占领区做开辟工作的,他经常一个人在敌人据点里跑进跑出,他经常在极复杂的环境里独断独行。因为那种工作需要他机灵、敏捷、勇敢、果断,如果他是在解放区做群众工作的,那就会有更耐烦的作风了。拉索莫芙斯卡娅也笑了。

有时他们也问一两句关于生活细节的地方,他们说到书中的人物时,好象说他们很熟的朋友一样,这使我惊奇。我想他们绝不只读一遍,他们是研究过了的,我还没有看见我们的编辑部有这样的情形。我个人当编辑时,就很少这样仔细看过稿子。

他们不只从描写的技巧上、从生活上提出问题,而且从政策的角度提出问题,这更使我佩服。他们的意见是对于顾涌的处理,他们说顾涌是一个很好的农民,如果把他当富农写,是不应该这样写的,如果是当一个富裕中农写,开头就没有写明确。他们问我,他究竟是富农还是中农?

我告诉他们这问题问得好极了。我坦白地告诉他们,我写这本书时,我认为象顾涌这种人是好的,但那时我们一般都把他划成富农了。我认为把这种人当作富农,与地主一样看待,是不当的。但我不敢把他划成中农,那时还没有富裕中农这个划分的办法。我又没有理论足以支持我的看法,敢于对当时一般做法有所批评,因此我的思想就不够明确。一年以后,中央关于划阶级的文件出来了,我读了以后高兴极了,我觉得解决了我这个问题,我认为顾涌应该是富裕中农。我在书的后边,加上了一段干部们因为时局和秋收的紧张,划成分划得很潦草。对于顾涌就只添了这样几句:"以前有几家是定错了的,大伙对于他的成分,争论很多,有人还想把他定成地主,有人说他应该是富裕中农,结果把他划成了富农……"这样说显然还是不够的。我从头就应该有些字句的修改,或者对于这样划成分有比较明显的批评。我觉得他们看稿子实在仔细,他们不特把问题看了出来,而且把作者的不敢十分肯定的思想也看出来了,我承认我后来没有详细修改的缺点,我感谢他们对我的帮助。他们这时却很友好地笑了,又替我做起解释来。这本书在今年重版时,我根据他们的意见有了些修改。

问题提完之后,茶与点心都拿上来了。大家都欢笑地称赞起来,他们还在不厌倦地谈起书中的人物,这已经不是问题,而是欣赏了。我感觉小组会已经完结,现在是茶话了。空气已经由严肃转到活泼了。他们问起中国文艺界,问我的历史,对于我带领西北战地服务团感到特别有兴趣。这时那位淑静的女人,坐在我对面;她问的问题最多,她不象别人显得那么热烈欢乐,可是却特别亲切。我知道她是一位写批评文章的人,名字叫史诃尼洛。

谈话预定结束的时候已经到了,宝兹德涅耶娃催了我几次,可是他们还不停止,他们对中国的问题是这样有兴趣;我知道他们很忙,同时我也还有别的事情,我如果不走就会妨碍他们的工作,我告辞了几次,他们总有人把我拦住。最后才把我送了出来。他们送给我一个很精致的莫斯科式的四方塔形盒子。后来我才知道里面装满了贵重的糖。

一出门,宝兹德涅耶娃的女朋友,那位老太太便把我抱住了,她在我脸上亲吻,连连地说:"你答得非常好,他们很满意,很喜欢你,他们对你提出来很多问题,这些问题里面,有的也含有批评的成分,那是因为要刊载你的文章。他们不是把你当一个中国作家,而是当一个他们的自己人。你要明白,他们是把你当成他们自己人,他们喜欢你。"我记起老太太在杂志社时一句话也没有说,她只远远地坐着,望着我,象个祖母似的;现在她不由人分说,在我脸上亲了又亲,也不怕街上有人瞧见;我真觉得好笑。她把我亲了一阵以后就告别了,她走另一条路回家。我和宝兹德涅耶娃挽着手在大街上慢慢地踱步,找卖烟的铺子。我好象重新温习了我少年时代的感情,觉得那时也曾有过这样舒适的心情在街头漫步,我对于这陌生的马路就如同家乡一样的熟稔。

　　使我愉快的不是我听到一些赞词,而是我坐在他们当中被考问时我所体会的同志间的关系。我觉得这种直爽的态度,在国内的文艺圈子里是不容易碰上的,我当时曾想,从这一点看,做一个苏联作家是幸福的,他们经常得到同志的批评和鼓励。这次见面给我的收获绝不只是他们所提示给我的我书中的缺点,而是使我更明确地懂得为什么写作,为什么作品是属于大众的,作家应该如何严肃地对待自己的写作和每个人对于一篇作品的责任感。苏联的编辑们是这样地读来稿和对待一个作家,这不值得我好好学习吗?这种精神是不容易成为习惯、成为天性的!

这是给我们全体的

　　我第二次去《旗帜》编辑部是在同年(一九四九)的冬天,那是我第三次去莫斯科的时候。十一月十六日下午,苏联妇女反法西斯委员会的女翻译把我送到门口,我走进了那个熟悉的小过道。已经有几个人在那里等着,好象等她们出门了的家里人一样;她们不待我脱衣就把我拥抱起来了。她们都向我说话,我也向她们说话,都忘记了我们是谁也不懂谁的语言,可是我们还是那样自然地说下去。她们帮我脱了大衣,我在她们当中又走进了那间不大的小会议室。我看见满满一屋子人,我一个一个和他们握手。我看见了科热夫尼科夫,看见了拉索莫芙斯卡娅,看见了史诃尼洛,我握紧了他们的手,他们也紧紧握着我的手,我忍不住大声说:"我要告诉你们,我非常高兴又来到这间屋子,可是你们不懂我的话,没有翻译怎么行,我们都要变成聋子了!"

忽然一个中国话的声音在人群中响起:"丁玲同志,你放心,我替你翻译。"这句中国话说得是这样好,我奇怪极了,也欢喜极了。他走到我身边,并且说:"我向你介绍我自己,我的名字叫艾德林。"这个名字我知道,他翻译过白居易的诗。因为我们的工作关系这样亲密,所以很自然的就象一个老朋友了。

大家就座以后,科热夫尼科夫站起来开始了他作为主人的开场白,我愿意照直记录他的话,不过是经过翻译和我的记录而简化了的。他说:"我们很感谢丁玲的小说,它在我们杂志上刊载出来,得到了苏联读者的注意和称赞。因为这小说表现了中国人民的革命运动,这个革命运动也是世界人民的运动,所以它是有世界影响的,这就是它有价值的地方。这本小说除了它的思想意义以外,在描写的创作才能上是很有天才的。俄国人民无论何时都关心中国,爱中国人民,只有沙皇是压迫中国人民的,但那时的人民仍是关心的,现在更爱中国人民。我们创造社会主义,我们艰难地走了这一段途程,我们希望中国人民有我们同样的幸福。今天中国人民胜利了,我们知道中国的胜利是不容易的。这本小说帮助我们了解中国人民的生活与斗争,我们看见中国农民思想的聪明与美丽,它帮助我们明白历史的过程,所以我们很快地第一次出版了这本有世界意义的小说。这本书受到很多读者欢迎。它在工厂里被工人关心着,他们组织讨论会,作政治报告时也要提到这本书,很多读者打电话来催我们快快出版。他们爱这本书,爱书中的人物,尊敬中国人民,这就是给你的爱,爱丁玲。我们对这本书的翻译编辑工作,是很努力的,拉索莫芙斯卡娅给了不少帮助。我再说感谢你,祝贺你。我们知道你不只是一个著作家,你还做许多组织工作,希望你给我们更多的长篇小说,新的长篇小说,我们把你当作自己中间的一个。"

科热夫尼科夫给我这样多的夸奖,我觉得他是真诚的,但我听起来,感到惭愧。我在大家没有发言之前,又简单地说了我的感激和希望。

我说我实在觉得欢喜和光荣,我感谢他们对一个中国作家的爱。我告诉他们中国也有批评会,我要求他们给我批评;奖励只有使我不安,而批评对我将是一种荣耀。

跟着讲话的是列宁格勒《星》杂志的主编,他说:"我们真羡慕《旗帜》,因为它登载了你的小说,你这本书在列宁格勒是受到欢迎的,我知道有学生、有科学社都开过讨论会,因为他们都想知道中国人民的斗争。我个人觉得这和伟大的鲁迅所描写的小说有了很大的不同,这本书中的乡村和农民已经完全不是那个时代的乡村和农民了。我明白你的小说是继续了他的传统的,而且我以为你在学习苏联文学上也得到了经验,你的小说非常有趣地描写生活,你的成绩我们是了解的。"

薇娜·英倍尔是苏联有名的女诗人,她写了关于列宁格勒的保卫战的长诗《蒲尔柯夫子午线》、日记《将近三年》。《蒲尔柯夫子午线》是得斯大林奖金的作品。她个儿不大,有一双敏锐的眼睛,坐得离我很近。我不能在短时间内观察出她的诗人的热情,我觉得她是一个很有理智的人。她说:"欢迎你,不只是欢迎自由中国的人民,而且是欢迎一个战斗的中国妇女。我们很满意你的长篇小说,它对于我们不只是文艺作品,因为它指出了中国人民生活的道路,我们可以从这里面学习中国生活。

以前我们对中国是不大了解的。俄国话里有一句话,说中国字是最困难的。现在你的小说解开了这个困难,给我们看见了很近的生活内容。读你的书时,虽然那些人物是中国名字,可是我总以为人还是我们的,很象我们。现在我对你的要求是写中国妇女的长篇小说。这并不否认你这本小说中有很好的反封建的女人,可是是乡村的,你还要写城市,有了很大变迁的城市。"

英倍尔讲完以后,我还来不及思索,另一位年轻的女作家尼古拉耶娃以极感兴趣的态度来说话了。她刚刚完成了一部以农村为题材的长篇小说。她说:"我非常高兴,能够见到你,我还是第一次看见中国女人呢。我读你的书非常仔细,因为我也是写农村的。我写的是今天的俄国农村,而你呢,是写中国。我读起来觉得有很多地方同十月革命时的俄国一样。我真关心你的生活,我很喜欢知道你怎样成为一个作家的。"她和英倍尔的风度完全两样,英倍尔是一个较年长、一看就是一个成熟的、有见解的女诗人,而她却充满了新鲜和热情。

莱茵果利德是另外一个典型的妇女。她是斯大林汽车工厂图书馆主任。她告诉我他们工厂有五个图书馆,有很大的俱乐部,工人们常常在这里聚会,有讲演,有讨论座谈;中国现状、中国人民的生活经常成为很重要的题目。现在正在成立中国部,有书籍,有图片。她并告诉我,我的书在这里受到欢迎,工人们借去阅读,开会讨论。她说:"他们欢迎你,也就是欢迎中国人民,欢迎中国的胜利。他们提议要向你致谢,而且请你去。"她的话虽说得简短,可是我特别感动,苏联工人这样地对待中国作品,这将是如何地给予中国人民和中国作家以鼓励呵!

这时《绿色的街》的作者苏洛夫站了起来。科热夫尼科夫为我介绍这部作品。我知道这个剧本正在莫斯科艺术剧院上演,我们还准备去看呢。这是写工人伟大创造的剧本,这戏的演员也是艺术剧院最好的演员。苏洛夫大约经常接近工人,所以他证实莱茵果利德的话说道："嗯，斯大林汽车工厂，我去了，我知道他们讨论你的小说，我在工人的宿舍里也看到过你的小说。他们向我说，谢谢你使他们知道中国人民的生活，可惜他们没有料到我可以看见你，否则他们会告诉我许多要向你说的话。苏联的工人们都是这样热烈地关心中国的。不久以前，我去过莫斯科大学，他们也象工人一样在读你的书，非常满意。我很羡慕翻译你的书的人和出版者，以不能帮助你为憾。我很希望你能给我们剧本，写毛泽东或者朱德，我更希望我能学习中国文字。"

《消息报》编辑谢米诺夫曾经写过一篇评《太阳照在桑干河上》的文章在《消息报》上发表，因此他不愿意重复他的意见，只告诉我他的文章很受读者重视，这是因为它批评了一篇中国小说。他给我提了两个缺点，我非常高兴地听到有人来说缺点，但他说得很少。第一，书中显示的农村的革命运动，发展得太慢了，也许这是事实，但你应该克服这个缺点；第二，是人物繁多，有的写得很详细、很好，有的却写得不够，印象不深。谢米诺夫的直率态度，使我觉得我们的关系更接近，加以他是黑发黑眼睛，很象中国人。我告诉他他给我很好的印象，并且感谢他。至于他所说的农村斗争发展太慢，因为时间关系，未能告诉他中国农村特有的情况，不过我承认文章在开头时是进行得较慢。

波列伏依是《真正的人》的作者，这部电影片我在匈牙利看过。这本书中的主人公，深深地教育了读者和观众：俄国人民是如何地坚毅和热爱祖国。他是这样告诉我的："读者在未读你的书之前，就很关心，读了以后很满意，更具体地详细地知道了这个变迁。你的书是真实的，现实主义的，因此对我们更有意义。我感觉作者很爱劳动人民，不是袖手旁观的态度，而是参加到人民斗争中去的，描写出来的乡村，也总是有味的。愿意你写新的小说，写更有意思的中国工人。"

一个老年人站起来了,开始他们没有介绍。这老人所表现的沉静与和气吸引了我,我即刻请问他的名字,他们告诉我,他是巴甫连科。他对于中国的读者是不生疏的,我告诉了他这种情况。他说:"读你的书好象读老朋友的一封信,有什么长处?长处就象一封信的长处,新鲜而亲切;可是缺点也在这里,还不够完全。因为我们太关心了,就总会感觉不够。我很希望你回去时不只是我们的人,而且是我们的代表,引起中国的作家来参加我们的杂志。并且欢迎你写报道和短篇。"

我曾经以为拉索莫芙斯卡娅会给我意见的,因为我知道她读得最多,她负责校阅这本书,可是她没有说话,而是那位可亲的批评家史诃尼洛说话了。她真显得幽雅,她那样亲切地说她是如何高兴我们第二次的见面。她说:一个国家的文化程度的标准,主要是看那个国家妇女的文化情况;从这本书中可以明白中国有很高的文化思想;这本书对我们最有意思的是指出了一个新的世界。我们所不知道的,第一次看见离我们很远的人,而其思想感情却是如此之近!我们从这一段生活中,看见中国农村新的变化、新的生活,因此我就更希望能看见写中国领导干部的小说,如果是女的就更好。

在座还有没有发言的,不过时间已经很长了,所以科热夫尼科夫站起来结束这次谈话。他的话是:"今天我们讨论的是丁玲的小说。我们的要求不只是对丁玲而是对中国所有的作家的。这证明我们两个伟大民族的相爱,还说明两个伟大国家的作家的责任。现在苏联人民虽然都知道丁玲、赵树理……的名字,但我们对你们的了解还很差,不如你们对我们的了解。我们一定要学习中国文学,一年后一定要做到同你们一样好。今天所有发言的人都说得好,说得真实,这就是我们对你们的友谊。我们不只说明了你的优点,而且还有批评。我们有这样的习惯;一定要批评。你是我们伟大斗争的朋友,所以希望我们都武装得更好。欢迎你——作家,中国女人,向你致敬!"

最后又轮到我说话了。我简直不知怎样说才能把我的感情说得清楚,我不知要怎样才能报答他们给我的鼓励,但是我却一定要说,而且不能说得太多、太啰嗦。我说:"同志们,你们今天给我的鼓励太多了,我明白这不是因为我有什么成绩,这是因为你们对中国的爱,对中国作家的爱。我回国后一定要把你们这番好意告诉中国的作家、中国的人民。这都是因为他们的努力和胜利博得你们这样地友好,这样地热情,而我却感到惭愧。你们各方面都是我们的老师,我们要向你们好好学习。"

在我讲话的时候,走进屋来一个灰发的老头,他悄悄地坐在靠门的椅子上。我认识他是爱伦堡。他第一次给我的印象就是很象一个中国老头儿。我不是说他的外貌象中国人,而是我对他的感觉就象我在中国农村里对于张大伯或李老爹一样。我读他的文章时,决不会以为他是这样一个动作有些迟缓、那样平易近人的老头儿。我讲完话,好几个人都同时说:"请爱伦堡发言!""爱伦堡来晚了应该多讲话。"爱伦堡站了起来,他说道:"我不是批评家,也不能是批评家,我没有话讲。而且我对于这本书没有批评,所以也就不必发言,如果我要谈到它的技巧方面的成绩和我的爱好,我以为只有和作家两个人来说才有意思,可惜我又不会说中国话,这真叫做没有办法了。"

大家都笑了起来,会议就在笑声中结束了。这时爱伦堡走过来和我握手,并且同我说笑道:"翻译简直是叛徒,他愿意怎样替我们说话,就得让他怎样说。"艾德林照直翻给我听。我说我不敢那样说,我是非常感谢艾德林的,不过我确实感到不会说俄语的痛苦,我不能听到爱伦堡同志的话;就是批评也是两个人直接谈好。我表示,如果我学不会俄文,而爱伦堡又不能学中文,那就将永远成为憾事了。而爱伦堡却说他很想学习中文。

巴甫连科拿了一本书给我看,这是光华书店印行的他的短篇小说集《幸福》。版样很不好看，但他很尊重、很宝贵地又把它藏起来了。

外文书籍出版局的苏卡尼崖送给我几本精装的《太阳照在桑干河上》。有些人问我要，我便去签字。巴甫连科告诉我那相片不好。拉索莫芙斯卡娅和史诃尼洛都走过来，我们都感觉得我们是老朋友了。可是苏联妇女反法西斯委员会的那位女翻译来接我回去了，而且催促我。我不得不告辞。她们几乎都用同样的话来送我："希望不久读到你的新的长篇小说！"

我以极兴奋的心情回到旅馆，把当时的情形告诉中国的一些同伴。我即刻又忙于别的事去了，不能更多地思索、咀嚼这样丰美的款待。可是只要我闲下来的时候，我便会想起来，想起苏联作家们是用多么伟大的爱来鼓励中国作家，他们所有对我的好意，并非对我个人，而是对我们全体。不过因为遇见了我，恰好又因为我的书较早被翻译成俄文。以我个人的成绩来谈，那是够不上的，但我却成为一个整体的代表，那就应该以崇高的敬意来接受这些热情，并用这热情作为对我们的鞭策。因此不管怎样，我觉得应照实写出来告诉中国的作家和中国人民，因为这友谊不是给我一个人的。这是我们大家的荣耀和愉快。让我们以最大的敬意和努力于人民的创作，来回答《旗帜》杂志编辑部和苏联作家、读者们对我们的无比的革命热忱。

一九五八年十月

我的中学生活片断①

——给孙女胡延妮的信

亲爱的小延:

许久没有给你写信。你考取了上海市重点中学,学习好,有上进心,我心里非常喜欢。我现在讲点奶奶上中学的故事给你听。

一九一八年,我满十四岁的那年,小学毕业了。暑假中,我的妈妈亲自送我到桃源县考第二女子师范学校。桃源离常德约九十里,是乘轮船(小火轮)去的。学校校舍很整齐,临沅江,风景很好,运动场也大,我非常高兴。我妈妈住了一天,把我托给学校的一个女管理员(像现在学校里的生活指导员),并且交给她一个金戒子。妈妈说没有钱交保证金(如果我考取了就要交十元保证金,这个保证金要到毕业时才能退还),这个戒子留下,如果我考取了,开学时,妈妈有钱就寄来;如果没有,就请这位女管理员代卖代交;如有多的,就留给我零用。我难受了两天,因为我妈妈只剩我一个女儿,这年春天我弟弟死了,妈妈是很伤心的。我怕她一个人时想我弟弟,心里很难过。但学校里很热闹,我同几十个等待考试的新生同住一个大屋子,所以很快就不那么忧愁了。

住了一个月才考试。在等待考试时,同学们都很用功地准

---

① 该信曾经删改发表。此乃全文,选自《丁玲全集》。

1938年初,丁玲在山西

1949年的丁玲

备功课,只有我比较爱玩。我常常在楼上寝室的窗口一站半天,从疏疏密密的树影中看沅江上过往的帆船,听船工唱着号子。拉纤的、撑篙的船夫都爱唱,那歌声伴着滔滔的江水和软软的江风飘到窗口,我觉得既神往,又舒畅。我还喜欢在大运动场上散步。这个运动场周围都是参天大树,运动场的远端还有一个分隔开了的晒衣场,我们洗的衣服也都晒在那里。我同几个年龄差不多的同学常在这一带,坐在分隔两个场子的短墙上谈天,各人讲各人家乡的故事。有两个溆浦县的年龄较大的同学,因为溆浦县小学的校长向警予同志是我妈妈的好朋友,我们也就好像有点沾亲带故,彼此关切多些。她们常叫住我,要我复习功课,她们说我自信心太强,要小心些,要努力些,并且拿我妈妈的希望来勉励我。这两个同学我至今记得她们,感谢她们对我的好意。其实,我就是自信心很足。因为我从七岁就读书,我妈妈亲自教我读《古文观止》,什么《论语》、《孟子》在十来岁时就读过了。很小的时候,还从我妈妈的口授中背得下几十首唐诗,古典小说也不知看了多少部,比一般同学要懂得多,在小学时,又经常是考头名的。所以我信心十足,不把考试放在心里。又因为我过去生活都只在一个狭小的圈子里,常常住在家规很严的舅父家里或者同我妈妈住在一个古庙改用的小学校里。现在在一个风景很好,建设在乡间的大学校中,实在觉得自由。同学们又都是沅江上游各县来的人,比较直率开朗,所以我就尽情享受这悠然自得的新生活。

不久就考试了,果然我取得了第一名。同乡,几个常德人的高年生都庆贺我,别的同学也为我高兴。那位管理员给了我三元多钱,叮嘱我不要乱花,说我妈妈生活很艰苦。我拿着这三元多钱(我以前从来没有拿过这么多钱),想着我们母女困苦的生活,眼眶都红了,我小心地把它放在小木箱子里,用换洗衣服压着,小木箱就放在我的床下。这钱,我一直没有花,在寒假回常德时才用了几角钱做路费。

我在桃源省立女子第二师范念了一年书。我在这里是非常快乐的,我是常常受鼓励的学生,我的功课比较全面。我好像什么都爱好,各种功课都得百分,只有语文和写字常常只有八十多分。我的同学们的作文为什么比我得分多?因为她们常抄那些什么作文范本,所以文章条理好,字句通顺,之乎者也用得都是地方。我不愿抄书,都是写自己的话,想的东西多,联想丰富,文章则拉杂重叠,因此得分少,也不放在玻璃柜内展览。可是老师总喜欢在我的文章后边加很长很长的批语,这是那些得百分的人所羡慕而且不易得到的。特别是学校的校长,一位姓彭的旧国会议员代课时,常常在我的文章后边写起他的短文来。他分析我的短文,加批、加点,鼓励很多,还经常说我是学校的一颗珍珠,但也总是要说我写得拉杂的原因是太快,字又潦草,要我多用心。他对我的批评,即使到现在我看仍然是有用的。

我喜欢画画。我的每幅画都要放在玻璃柜里的。有些同学常常找我代画,我很愿意,画了一张又一张,而且把每张画画得稍微不同点,好使老师看不出来是出于我的手笔。因此常常玻璃柜里摆的五六张、七八张画,名字虽不同,其实都是我画的。我看到后,心里可得意咧!

我也喜欢唱歌和体育。我们班每天早晚都做点柔软体操,都是我喊口令,有时是别人值班,总也常常托我代喊。开运动会时,也是我带队喊口令。我妈就曾当过体育教员,我对喊口令的事,看得很平常。

算术(现在叫数学)是我最喜欢的课,作文得八十分,我不怎样,但数学如果得了九十八分,我就得流眼泪,恨自己疏忽了。至于其他的功课,那就不花什么脑子,随随便便就过去了!学期考试,也总是第一名。

那时候的师范学校是政府供给,除了十元保证金以外,一切食、宿、书籍纸张都不花钱。学生大半是中产阶级的子女。因为富有的人家,认为女子不需要读书,能找个有钱的丈夫就行。真正贫苦人家又连小学也进不去。这些中产人家的子女,学师范也还是只想有一个出路,可以当小学教员。同学中有发奋的人,但那时所谓人生观、革命等等,头脑里都是没有的。我个人的思想,受我妈的影响,比较复杂一点。对封建社会、旧社会很不满意。有改造旧社会的一些朦胧的想法,但究竟该怎样改、怎样做都是没有一定的道路的。我妈的好朋友向警予常常路过常德时,就住在我妈那里,两个人彻夜深谈,谈论国家大事、社会、时事。她常向我妈介绍一些新书、新思想,我妈对她很佩服。因此对我也有影响。我妈常同我讲秋瑾的故事,也讲法兰西革命的女杰罗兰夫人的事迹。所以我常常对旧社会不满,对革命的新社会憧憬。我是一个乐观的孩子,但由于我小时生活太受压迫(我舅舅的家给的),有时我又伤感。常感母女相依为命,孤苦伶仃。我特别对我的婚姻问题不满。我在很小的时候,就由外祖母把我订给我表哥,而我却万分不愿在他家做媳妇,苦于无法摆脱。这件事在我幼小的心灵中,就像一根刺扎得很深,即使在快乐的时候也会忽然感到。所以我虽读书的成绩很好,但常常要为挣脱这些枷锁而烦心。

正是我这一年的学习快结束时,"五四"运动爆发了,学校里卷入这一运动,本科三年级二年级的同学发起成立了学生会。学生会天天集会讲时事,宣传爱国,反对帝国主义,封建主义,到街上游行,在学校讲演,有全校的,也有各班自行组织的。我也投入了这场斗争,在同一天,我们同学就有五六十人剪了发辫,我也剪了。学生会又办了贫民夜校,向附近贫苦妇女宣传反帝反封建,给她们上识字课等等。我在夜校里教珠算。因为我年龄最小,学生们都管我叫"崽崽先生"。我们那位当国会议员的校长,很不赞成这些,他有时也在会上讲话,可是都被那时几个长于辩论的同学,如三年级的杨代诚(后来的王一知,全国解放后在北京一〇一中学当校长)、二年级的王淑璠(又名王剑虹,曾是瞿秋白的爱人,早死)所驳倒。彭校长看见我这个她最喜欢的学生也跟着她们跑,就对我摇头叹气。可是爱国的热潮,反帝反封建的"逆"流是不可阻挡的,他只有用提前放假劝我们回家的办法来破坏这个运动。学校放假了,年轻的女孩子们回家了,学校里纵留得少数学生,也闹不出什么名堂。我也就回常德来了。

首先我看到舅父舅母,他们家离码头较近,我妈的学校较远。他们一看见我剪了发,就怒火冲天。我舅父哼了一声:"哼!你真会玩,连个尾巴都玩掉了!"我舅妈冷冷地说道:"身体发肤,受之父母,不可毁伤。"这时我已经不像过去温顺了,我直对我舅父答道:"你的尾巴不是早已玩掉了吗?你既然能剪发在前,我为什么不能剪发在后?"又对我舅母说:"你的耳朵为何要穿一个眼,你的脚为什么要裹得像个粽子?你那是束缚,我这是解放。"他们夫妇真是气得两个眼睛瞪得很大,不敢打我,只是哼哼不已,我就走出他们的家直看我妈去了。

我妈听我说我们学校的各种新鲜事儿。她也告诉我她领着学生游行喊口号的各种活动。她除了去年暑假创办的俭德女子小学以外,又在东门外为贫苦女孩办了一个小小的"工读互助团"。学生虽不多(限于校舍),却可以不交学费学文化,学手艺,还可以得点工资以辅助家庭。我妈看见我有头脑,功课好,不乱花钱,不爱穿等等,非常喜欢。我看见她热心公益,为公忘私,向往未来,年虽四十出头,一生受尽磨难,却热情洋溢,青春饱满,也感到高兴、放心。这年暑假我们住在我妈的好朋友蒋毅仁家里,过了一个月的舒服日子。

这时我向我妈提出一个要求,希望转学到省城长沙周南女子中学去。这个女子中学是湖南有名的学校,向警予、蔡畅都是这个学校出来的。"五四"运动期间,这所学校的活动也很出名。周南女中的校长朱剑凡是我妈在长沙念书时,第一女师的校长。现在周南的管理员陶斯咏是我妈在长沙第一女师的同学,也是新学家。这个要求提出来,我妈自然同意,只是这所学校要学费、膳宿费、书籍纸张费,这在我母亲微薄的薪金中,自然是问题,但她考虑后仍然答应了我,并且又亲自送我去长沙。

我们到长沙后,径直到了周南学校,见到了陶斯咏。她是一个极为热情的阿姨。当天就把我送到寝室,我妈住在她那里。最使我惊奇的是当晚我就进行考试,我是插班生,只有一个人考。主考的是中学二年级的语文老师陈启民,又名陈书农。考试地点就在二年级课堂,考试题目是:"试述来考之经过"。在一盏煤油罩子灯下,我坐在这边写文章,他坐在那边看报。我根本没有写经过,只写了我对周南女中的希望。我是为求新知识而来,写了我的志愿,要为国家而学习,要寻找救国之路。他当场看了,批准我在二年级学习,并且问了我过去学习的情况。我简直高兴极了,我认定了这是个好老师。当晚我就把这些印象、经过都告诉我妈了。我妈高高兴兴地把我托给陶阿姨,第二天就匆匆忙忙赶回常德,为她的学校开学的事而忙去了。我在周南又学了一年。

我是一个插班生,同学们,她们彼此都是从小学就在一道升上来的,非常熟稔。只有我是一个新来的,又是一个外地来的,没有省城人那样会说,功课也不显得突出,我不为同学们所重视。她们看见我没有辫子,剪了发,还奇怪地问:"啊!你们桃源第二女师也有剪发的呀!"好像这种新现象,只有省城的人才能有。我的同班中只有两个剪了发的,那些能言善道的人却仍然把辫子盘在头上。最使我讨厌的人是数学老师,据说他是一个有经验的老师,但他对待学生不公平,怕硬欺软。我是一个新生,他不特不照顾,反而先是诧异,好像哪里来了一个"丑小鸭",后是歧视,对我冷淡极了。我也就不大理他,常常在上课时看小说,他发现后,狠狠地批评我,我就装没听见。因此我一时在这里很不得意。只有语文老师对我很好,他要我去他宿舍,我便同几个同学一道去看他。他说我那篇把陶渊明写的《桃花源记》改为白话文的作文很好,说我有《红楼梦》的笔法,问我要不要借书看,他说他的书架里的书都可以借给我读。我看了他书架上的文学书、古典小说,都是我看过了的。只有一本《二十年目睹之怪现状》一书未读,我就借了这一本。他惊奇我读书之多,便劝我道:"你可以读梁启超的《饮冰室文集》,和吴稚晖的《上下古今谈》,这样你的文章将会比较雄浑。"因此我后来又向他借了这两本书。可惜我那时年幼,对这两本书还不能理解,没有看完又退还给他了。我却常常读他画了红圈圈的一些报头文章和消息,这都是外边和省城的一些重要的社会活动。他鼓励我多写,因此,我第一学期就写了三本作文、五薄本日记。还有两首白话小诗,他拿走了,说要放在《湘江评论》或《湘江日报》发表,我不知道是不是就是毛主席编的那张《湘江评论》。陈启民是第一师范毕业,与毛泽东同志同过学,当时他是他们一派,是新民学会会员,是一名思想先进的教师,后来他留法了,思想大约也变了。他留法回国时在上海来看过我,我已在写文章,是一个有点小名气的作家。一九五四年我回湖南时,他在湖南大学教课,还在文物研究所任职,捎信给我说想来看我。我就到他家里去看望他。他提到《太阳照在桑干河上》一书。我说我的语文还是不够好,请他指教。

再说我念书的时候,因他常在班上公开鼓励我,这样那几个高傲的同学也嘻嘻哈哈宣扬我是本班的八大文豪之一,我对她们的假推崇并不在意,不过我对功课却有了偏爱。我对文学发生了真正的兴趣,而对数学却敷衍了事。

我的最好的朋友叫吴绍芳,她没有父亲,只有母亲,而母亲患精神病。虽有哥哥弟弟,但只像是为了管束她。她非常聪明,感觉敏锐,爱好文学,常为我吟诵宋人词曲,她特别爱读李后主、李清照的词。我们两人常于月下坐在学校的石桥边,泪泪的流水,伴着悠扬的低吟,使我如醉如痴。但她孤芳自赏,不愿与流俗为伍,也不愿在人前显示自己,班上几乎无人知道她的能耐。她愿向我吐露她的孤寂的身世,倾泻她对文学作品的评论与欣赏。她是很有见地的。只是她是一个悲观者,年纪只十七岁,可是好像有载不动的忧怨。不过只从她的外表来看,也只像是一个不太有心计的、戆直而冷漠的姑娘。我们性情不一样,彼此却很容易理解。星期天,我常常在她家里、她的卧室里度过半天,看一点小说,读几首诗,谈谈别人或个人的心情,偶尔也听几张唱片,大半是梅兰芳的《天女散花》、《黛玉葬花》。这个半天是我们文艺的享受,我们两个人都能静静地等待时光消逝。后来,一九二三年,我从上海回家时,绕路到长沙看她,她已毕业,没有升学,待嫁闺中,极端苦闷。我们约好我再出去时,再绕道她家,设法让她逃走,同我一同去上海,但不慎我的信被她兄长发现,将她幽禁在家,不准外出,且嘱咐看门人,不准我去她家。她设法通知了我,这次出走只好作罢。全国解放后,她找到全国文联宿舍来看我。几乎相隔三十年,彼此相见,仍似当年一般,知道她也参加了一九二七年的大革命,在武汉活动,结识了她现在的爱人,是一个医生,她自己也是医生。但后来她再也没来了,我们又失去了联系,但我一直是关怀着她的。

还有另一朋友叫王佩琼,她对我极为照顾,直到后来一九二四年、一九二五年在北京时仍对我一片赤诚。由于我对她不十分满意,说不出的,大概是气质上不是十分相投,所以一般虽很亲近,在精神上却有疏远之感,反不如同吴绍芳的关系密切。

第二学期或是第二年,就是一九二〇年上半年或下半年,我记不准了,我在学校里更为寂寞,因为陈启民被解职,换来一位冬烘先生。教室里那种融融之气没有了。想起陈启民老师教我们读都德的《最后一课》，秋瑾的"秋风秋雨愁煞人"等时的光景，和他在宿舍谈《今古奇观》、《儒林外史》、《红楼梦》，以及当时《新潮》上的一些时兴的白话文小说等的情趣一点也没有了。经常对我的作文日记的鼓励也没有了。我虽然常写点日记，却只压在宿舍桌子的抽屉里，而不上交了。同学间的气氛也换了。据说校长朱剑凡的思想又有点反过来了，他原是比较进步的，现在忽然对学生的要求变了，很不同意同学参加社会活动，把两个在学生中有威信，常常宣传"五四"新精神的好老师都解聘，而换了两个不管国家大事、咬文嚼字的老先生。同学们都在底下嘀咕，但周南是私立的，一切都由校长做主。校长是有名人物。我们的校址就是他家的花园，亭台楼阁，大厅长廊，小桥流水，富丽堂皇，曲折多姿，应有尽有，难道这样热心公益的名流，是容易反对的吗？因此我就更沉湎于小说之中，而吴绍芳对这方面的供应是不发愁的，她有能力去买一点书。

"五四"之后有一股复旧的逆流。朱剑凡原是向着新的道路走的，但这时他又回过头来。学生中不满者多。于是暑假中，一些比较要求进步的学生，自己组织，由男子第一师范的部分教员和毕业生协助办了一个多月的暑期补习班。补习班设在王船山先生书院。还说毛润之先生也要来给我们讲课。我是这时知道毛泽东同志的。但他始终未来讲课，而补习班也是在毛泽东同志支持之下办起来的。杨开慧、杨开秀（开慧的堂妹）都在这里，也都在暑期班学习，我也参加了。暑期班结束之后，一部分人又都转读岳云中学。岳云是男子中学，这次接受女生在湖南是革命创举。我也进入岳云中学。一道去的有许文煊、周毓明、王佩琼、杨开慧、杨没累、徐潜①等。

---

① 徐潜一名有误。应为徐静涵，乃徐特立长女。——编者注

在岳云的这几人中,杨、许、周比较接近。她们是直接和毛泽东同志联系的。许文煊与那时协助毛泽东同志工作的易礼容结了婚,周也同一个姓戴的结婚。杨开慧在这学期结束前也同毛泽东同志结婚,婚后就少来了,许、周似乎也很忙。我那时忙于功课,因为岳云的功课要比周南紧些,特别是英文课完全用英语讲授,课本是《人类如何战胜自然》,是书,而不是普通课本,文法也较深。但我对学习的前途,学什么,走什么道路,总是常常思考,愿意摸索前进的,而且也仍然感到有些彷徨和苦闷。那时文化书社卖一些翻译书,有唯物辩证法的译著,也有郭沫若等的诗作。但对理论书因读不懂,畏难,没有读下去。

岳云这学期读完后,我回家看我妈妈了。在年底我看到原来在桃源第二女师的王剑虹从上海回来,我们一见,如同久别的挚友(过去并不十分接近),谈起社会革命,谈起文学,谈到理想,我们无所不谈,特别相投。因此我又停止去岳云继续读书,放弃可以得到的毕业文凭,而和她,还有另外几个人,一同远去上海,开始我自由飞翔的生活了。感谢我妈对我的信任和支持。不管我以后有什么成就,走了多少曲折的道路,但我妈的信任是永远对我的鼓励,我永远为她而战斗不息,不敢自息。

小延!我的这段故事就讲到这里。也许你看起来很无意思,没有兴趣。或许还不理解。但我总算讲完了。我总结一下:

我的中学学习是不好的,是没有成绩的。其中有很多原因。第一,我们那时的客观条件差,中学的教育就不好,不能使学生学得有趣。第二,我们学习的目的不明确。第三,缺少正确的指导。学校教师既不能,我妈虽对我有热切的希望,但她也囿于环境的狭小,苦于找不到明确的指导。第四,我个人也有很大的缺点。刻苦、坚持都不够,闯劲也差,比如,当时毛泽东同志离我那么近,我就未能直接取得他的指导和帮助。你现在的客观条件不知比奶奶那时好多少倍,你一定会有成绩的。奶奶不能给你许多帮助,奶奶只能学习她的妈妈,给你以无限的信任与支持。你有什么需要,我将尽力为之,完了。

  奶奶 一九七八年中秋节写完于太行山麓

又及:

  信写完了,再看一次,觉得其中有应该说明的,又有漏掉的,现补写于下:

  一、关于朱剑凡校长,他的确仍是一个新人物。他参加了大革命。他的子女都参加了革命。在抗日战争时期,他的次女朱仲芷,他的排行第七的儿子,都在延安,参加工作。他的最小的女儿,我在周南时她还很小,约五岁样子,大家都叫她八八的,就是朱仲丽同志,也在延安做医务工作,她的爱人就是王稼祥同志。

  二、在周南时,我还参加了两次社会活动。第一次是英国著名教育家罗素来华讲演。他在长沙青年会讲过几次。我每次去听。在听讲中认识了第一女子师范的几位同学,并随她们到第一女师去玩,互相探讨教育问题。第二次是我们全校参加反对张敬尧的运动。是由学生会领导的。我们整队游行,包围省政府。后来知道,这次驱张运动也是由毛主席领导的。我们班的代表是周敦祜。

  三、交代几个我前边提到的同学。历史就是剧烈的波涛,同是一样的女孩子,可是由于时代、环境、教育、个人努力,各个人的生活途境都是不一样的。

  王剑虹,已简单叙述,但我将另写一文来述她。

  王一知,也交代过,不过将来还可以补述。

  许文煊,在周南时代,是比较进步的,她和杨开慧较亲近。岳云毕业后,在毛主席的清水塘自修大学学习。参加过一九二七年革命,与易礼容(当时是毛主席战友)结婚。大革命失败后,易礼容在国民党做官了。许与他离了婚。许在上海昆仑书店当校对。杨开慧牺牲后,好像她带领过毛岸英兄弟。解放战争时,她进入延安,见到毛主席;毛主席对她有照顾。胡宗南攻打延安时,她到了晋察冀,我们在阜平见到了。她的女儿也在阜平,身体很差。全国解放后,也见到她过。据说现仍健在,住在北京。

周毓明,是一个颇能说话的女子,也是自修大学学生。与一姓戴的共产党员结婚。后来她的情形我不知道了。

王佩琼,岳云毕业后,考入北京女师大学习。一九二四年我们在北京见过,后来情况不知道了。

杨没累,一九二四年也在北京,与唯情哲学家朱谦之同居。一九二九年死于杭州西湖。该时我正在杭州西湖,死前死后都去看过她。她是一个唯心主义者。与朱谦之同居六年,直到死时,两人仍如朋友一般。虽挚爱甚,然无两性关系。该时青年,崇尚精神恋爱,为现代人所不能理解。葬在西湖风景最佳处,栖霞山上。

徐潜,与岳云一男同学结婚,以后不详。

周敦祜,一九二一年亦弃学去上海,一九二二年去北京,为北大正式旁听生。与一陈姓者结婚,陈某为北大学生,属无政府主义者。后来两人都在南京国民党工作。全国解放后,周来北京,由同乡人介绍到革命大学学习。卒业后分配在全国妇联工作。参加了土改工作队,回来,到我处,说身体不行,工作较繁重,希望到一个小单位做点工作。我因为看见文学研究所缺乏安心行政工作的人,与田间、康濯商量,他们都同意找这样一个人来。我还没有正式去调,妇联知道,即写了介绍信来。周敦祜到了文研所,我们看了档案材料,才知道她丈夫曾任国民党的福建某县县长,周亦为妇女干事。这样,就只叫她做点总务科杂事,不敢叫她负责什么。一九五七年作协批斗我的党组扩大会上,阮章竞三番五次、不厌重复地指责我包庇反革命分子周敦祜罪状,即是此人。以后不知她的状况,最近有人告诉我们,她仍健在,住在北京。可能她比我的遭遇还会好点。世事常常有出人意外者,有何说乎!

奶奶　九月十七日

"七一"有感

党呵,母亲!我回来了,今天,我参加了政协的党员会。

整整二十一年了,我日日夜夜盼望着这一天。为了今天,我度过了艰难险阻;为了今天,我熬尽了血泪辛愁。我常常在早晨充满希望,昂首前进,但到了晚上,我又失望了。何时能见到亲娘呵!哪年"七一",周围的同志们都兴高采烈,簇拥着去开会,庆祝党的诞辰。每当这时,我就独自徘徊在僻巷树荫,回想那过去战斗的幸福年月,把眼泪洒在长空,滴入黑土。在那动乱的日子里,我是饱受磨难。好心人对我说:"你死了吧,这日子怎么过?"我的回答:"什么日子我都能过。我是共产党员,我对党不失去希望。我会回来的,党一定会向我伸手的。海枯石烂,希望的火花,永远不灭。"

二十一年过去了,我看见一代代人的降生,一代代人跨进党的行列,可是山高路遥,我什么时候才能回到党里来啊?!

二十一年了,我被撵出了党,我离开了母亲,我成了一个孤儿!但,我不是孤儿,四处有党的声音,党的光辉,我可以听到,看到,体会到。我就这样点点滴滴默默地吮吸着党的奶汁,我仍然受到党的哺养,党的教导,我更亲近了党,我没有殒殁,我还在生长。二十一年了,我失去了政治地位,但我更亲近了劳动人民。劳动人民给我以温暖,以他们的纯朴、勤劳、无私来启发我,使我相信人类,使我更爱人民,使我全心全意,以能为他们服务为幸福。今天,我再生了,我新生了。我充满喜悦的心情回到党的怀抱,我饱含战斗的激情,回到党的行列,"党呵!母亲,我回来了!"

  二十一年来,党也不是一帆风顺的,党经过曲折,遭受蹂躏。今天,摆在党面前的,是一条艰难的旅程,但我坚信:有着五十多年战斗经历的党,有许多耿耿忠心、前仆后继的老战士,有千千万万朝气蓬勃的新生力量,有党中央的英明领导,有马列主义、毛泽东思想这一指路明灯,我们的事业必胜,是任何力量也阻挡不住的。我这个新归队的小兵,将振奋我的永不消逝的活力,向同志们学习,刻苦努力,为实现四个现代化贡献力量。

一九七九年七一前夕

"牛棚"小品

窗　后

　　尖锐的哨声从过道这头震响到那头,从过道里响彻到窗外的广场。这刺耳的声音划破了黑暗,蓝色的雾似的曙光悄悄走进了我的牢房。垂在天花板上的电灯泡,显得更黄了。看守我的陶芸推开被子下了炕,匆匆走出了小屋,反身把门带紧,扣严了门上的搭袢。我仔细谛听,一阵低沉的嘈杂的脚步声,从我门外传来。我更注意了,希望能分辨出一个很轻很轻而往往是快速的脚步声,或者能听到一声轻微的咳嗽和低声的甜蜜的招呼……"啊呀!他们在这过道的尽头拿什么呢?啊!他们是在拿笤帚,要大扫除;还要扫窗外的广场。"如同一颗石子投入了沉静的潭水,我的心跃动了。我急忙穿好衣服,在炕下来回走着。我在等陶芸,等她回来,也许能准许我出去扫地。即使只准我在大门内、楼梯边、走廊里打扫也好。啊!即使只能在这些地方洒扫,不到广场上去,即使我会腰酸背疼,即使我……我就能感到我们都在一同劳动,一同在劳动中彼此怀想,而且……啊!多么奢侈的想望啊!当你们一群人扫完广场回来,而我仍在门廊之中,我们就可以互相睑望,互相凝视,互相送过无限的思念之情。你会露出纯静而挚热的、旁人谁也看不出来的微笑。我也将像三十年前那样,从那充满了像朝阳一样新鲜的眼光中,得到无限的鼓舞。那种对未来满怀信心、满怀希望,那种健康的乐观,无视任何艰难险阻的力量……可是,现在我是多么渴望这种无声的、充满了活力的支持。而这个支持,在我现在随时都可以倒下去的心境中,是比三十年前千百倍地需要,千百倍地重要啊!

没有希望了!陶芸没有回来。我灵机一动,猛然一跃,跳上了炕,我战战兢兢地守候在玻璃窗后。一件从窗楞上悬挂着的旧制服,遮掩着我的面孔。我悄悄地从一条窄窄的缝隙中,向四面搜索,在一群扫着广场的人影中仔细辨认。这儿,那儿,前边,窗下,一片,两片……我看见了,在清晨的、微微布满薄霜的广场上,在移动的人群中,在我窗户正中的远处,我找到了那个穿着棉衣也显得瘦小的身躯,在厚重的毛皮帽子下,露出来两颗大而有神的眼睛。我轻轻挪开一点窗口挂着的制服,一缕晨光照在我的脸上。我注视着的那个影儿啊,举起了竹扎的大笤帚,他,他看见我了。他迅速地大步大步地左右扫着身边的尘土,直奔了过来,昂着头,注视着窗里微露的熟识的面孔。他张着口,好像要说什么,又好像在说什么。他,他多大胆啊!我的心急遽地跳着,赶忙把制服遮盖了起来,又挪开了一条大缝。我要你走得更近些,好让我更清晰地看一看:你是瘦了,老了,还是胖了的更红润了的脸庞。我没有发现有没有人在跟踪他,有没有人发现了我……可是,忽然我听到我的门扣在响,陶芸要进来了。我打算不理睬她,不管她,我不怕她将对我如何发怒和咆哮。但,真能这样吗?我不能让她知道,我必须保守秘密,这个幸福的秘密。否则,他们一定要把这上边一层的两块玻璃也涂上厚厚的石灰水,将使我同那明亮的蓝天,白雪覆盖的原野,常常有鸦鹊栖息的浓密的树枝,和富有生气的、人来人往的外间世界,尤其是我可以享受到的缕缕无声的话语,无限深情的眼波,从此告别。于是我比一只猫的动作还轻还快,一下就滑坐在炕头,好像只是刚从深睡中醒来不久,虽然已经穿上了衣服,却仍然恋恋于梦寐的样子。她开门进来了,果然毫无感觉,只是说:"起来!起来洗脸,捅炉子,打扫屋子!"

于是一场虚惊过去了,而心仍旧怦怦怦地跳着。我不能再找寻那失去的影儿了。哨音又在呼啸,表示清晨的劳动已经过去。他们又将回到他们的那间大屋,准备从事旁的劳动了。

这个玻璃窗后的冒险行为,还使我在一天三次集体打饭的行进中,来获得几秒钟的、一闪眼就过去的快乐。每次开饭,他们必定要集体排队,念念有词,鞠躬请罪,然后挨次从我的窗下走过,到大食堂打饭。打饭后,再排队挨次返回大"牛棚"。我每次在陶芸替我打饭走后(我是无权自己去打饭的,大约是怕我看见了谁,或者怕谁看见了我吧),就躲在窗后等待,而陶芸又必定同另外一伙看守走在他们队伍的后边。因此,他们来去,我都可以站在那个被制服遮住的窗后,悄悄将制服挪开,露出脸面,一瞬之后,再深藏在制服后边。这样,那个狡猾的陶芸和那群凶恶的所谓"造反战士",始终也没能夺去我一天几次、每次几秒钟的神往的享受。这些微的享受,却是怎样支持了我度过最艰难的岁月,和这岁月中的多少心烦意乱的白天和不眠的长夜,是多么大地鼓舞了我的生的意志啊!

书　简

陶芸原来对我还是有几分同情的。在批斗会上,在游斗或劳动时,她都曾用各种方式对我给予某些保护,还常常违反众意替我买点好饭菜,劝我多吃一些。我常常为她的这些好意所感动。可是自从打着军管会的招牌从北京来的几个人,对我日日夜夜审讯了一个月以后,陶芸对我就表现出一种深仇大恨,整天把我反锁在小屋子里严加看管,上厕所也紧紧跟着。她识不得几个字,却要把我写的片纸只字,翻来捡去,还叫我念给她听。后来,她索性把我写的一些纸张和一支圆珠笔都没收了,而且动不动就恶声相向,再也看不到她的好面孔了。

没有一本书,没有一张报纸,屋子里除了她以外,甚至连一个人影也见不到,只能像一个哑巴似的呆呆坐着,或者在小屋中踱步。这悠悠白天和耿耿长夜叫我如何挨得过?因此像我们原来住的那间小茅屋,一间坐落在家属区的七平方米大的小茅屋,那间曾被反复查抄几十次,甚至在那间屋里饱受凌辱、殴打,那曾经是我度过多少担惊受怕的日日夜夜的小茅屋,现在回想起来,都成了一个辉煌的、使人留恋的小小天堂。尽管那时承受着狂风暴雨,但却是两个人啊!那是我们的家啊!是两个人默默守在那个小炕上,是两个人围着那张小炕桌就餐,是两个人会意地交换着眼色,是两个人的手紧紧攥着、心紧紧连着,共同应付那些穷凶极恶的打砸抢分子的深夜光临……多么珍贵的黄昏与暗夜啊!我们彼此支持,彼此汲取力量,排解疑团,坚定信心,在困难中求生存,在绝境中找活路。而现在,我离开了这一切,只有险恶浸入我寂寞的灵魂,死一样的孤独窒息着我仅有的一丝呼吸!什么时候我能再痛痛快快看到你满面春风的容颜?什么时候我能再听到你深沉有力的语言?现在我即使有冲天的双翅,也冲不出这紧关着的牢笼!即使有火热的希望,也无法拥抱一线阳光!我只能低吟着我们曾经爱唱的地下斗争中流传的一首诗:"囚徒,时代的囚徒,我们并不犯罪。我们都从那火线上扑来,从那阶级斗争的火线上扑来。凭它怎么样压迫,热血依然在沸腾……"

一天,我正在过道里捅火墙的炉子,一阵哨音呼啸,从我间壁的大屋子里涌出一群"牛鬼蛇神",他们急速地朝大门走去。我暗暗抬头观望,只见一群背上钉着白布的人的背影,他们全不掉头看望，过道又很暗，因此我分不清究竟谁是谁，我没有找到我希望中的影子。可是，忽然，我感觉到有一个东西，轻到无以再轻地落到我的脚边。我本能地一下把它踏在脚下，心怦怦地跳了起来，多好的机会啊，陶芸不在。我赶忙伸手去摸，原来是一个指头大的纸团。我来不及细想，急忙把它揣入怀里，趱进小屋，塞在铺盖底下。然后我安定地又去过道捅完了火炉，把该做的事都做完了，便安安稳稳地躺在铺上。其实，我那时的心啊，真像火烧一样，那个小纸团就在我的身底下烙着我，烤着我，表面的安宁，并不能掩饰我心中的兴奋和凌乱。"啊呀！你怎么会想到，知道我这一时期的心情？你真大胆！你知不知道这是犯法的啊！我真高兴，我欢迎你大胆！什么狗屁王法，我们就要违反！我们只能这样，我们应该这样……"

不久，陶芸进来了。她板着脸，一言不发，满屋巡视一番，屋子里一张桌子，一把椅子，没有引起她丝毫的怀疑。她看见我一副疲倦的样子，吼道："又头痛了？"我嗯了一声，她不再望我了，反身出去，扣上了门扣。我照旧躺着。屋子里静极了，窗子上边的那层玻璃，透进两片阳光，落在炕前那块灰色的泥地上。陶芸啊！你不必从那门上的小洞洞里窥视了，我不会让你看到什么的，我懂得你。

当我确信无疑屋子里真正只剩我一个人的时候，才展开那个小纸团。那是一片花花绿绿的纸烟封皮。在那被揉得皱皱巴巴的雪白的反面，密密麻麻排着一群蚂蚁似的阵式，只有细看，才能认出字来！你也是在"牛棚"里，在众目睽睽下生活，你花了多大的心思啊！

上面写着："你要坚定地相信党、相信群众、相信自己、相信时间，历史会作出最后的结论。要活下去！高瞻远瞩，为共产主义的实现而活，为我们的孩子们而活，为我们的未来而活！永远爱你的。"

这封短信里的心里话，几乎全是过去向我说过又说过的。可是我好像还是第一次听到，还是那么新鲜，那么有力量。这是冒着大风险送来的！在现在的情况底下，还能有什么别的话好说呢？……我一定要依照这些话去做，而且要努力做到，你放心吧。只是……我到底能做什么呢？我除了整天在这不明亮的斗室中冥想苦想之外，还能做什么呢？我只有等着，等着……每天早晨我到走廊捅炉子，出炉灰，等着再发现一个纸团，等着再有一个纸团落在我的身边。

果然，我会有时在炉边发现一叶枯干了的苞米叶子，一张废报纸的一角，或者找到一个破火柴盒子。这些聪明的发明，给了我多大的愉快啊！这是我惟一的精神食粮，它代替了报纸，代替了书籍，代替了一切可以照亮我屋子的生活的活力。它给我以安慰，给我以鼓励，给我以希望。我要把它们留着，永远地留着，这是诗，是小说，是永远的纪念。我常常在准确地知道没有人监视我的时候，就拿出来抚摸、收拾，拿出来低低地反复吟诵，或者就放在胸怀深处，让它像火一般贴在心上。下边就是这些千叮嘱、万叮嘱，千遍背诵，万遍回忆的诗句：

"他们能夺去你身体的健康，却不能抢走你健康的胸怀。你是海洋上远去的白帆，希望在与波涛搏斗。我注视着你啊！人们也同我一起祈求。"

"关在小屋也好，可以少听到无耻的谎言；没有人来打搅，沉醉在自己的回忆里。那些曾给你以光明的希望，而你又赋予他们以生命的英雄；他们将因你的创作而得名，你将因他们而永生。他们将在你的回忆里丰富、成长，而你将得到无限愉快。"

"忘记那些迫害你的人的名字，握紧那些在你困难时伸过来的手。不要把豺狼当人，也不必为人类有了他们而失望。要看到远远的朝霞，总有一天会灿烂光明。"

"永远不祈求怜悯，是你的孤傲；但总有许多人要关怀你的遭遇,你坎坷的一生,不会只有我独自沉吟,你是属于人民的,千万珍重!"

"黑夜过去,曙光来临。严寒将化为春风,狂风暴雨打不倒柔嫩的小草,何况是挺拔的大树!你的一切,不是哪个人恩赐的,也不可能被横暴的黑爪扼杀、灭绝。挺起胸来,无所畏惧地生存下去!"

"我们不是孤独的,多少有功之臣、有才之士都在遭难受罪。我们只是沧海一粟,不值得哀怨!振起翅膀,积蓄精力,为将来的大好时机而有所作为吧。千万不能悲观!"

"……"

这些短短的书简,可以集成一个小册子,一本小书。我把它扎成小卷,珍藏在我的胸间。它将伴着我走遍人间,走尽我的一生。

可惜啊!那天,当我戴上手铐的那天,当我脱光了衣服被搜身的那天,我这惟一的财产,我珍藏着的这些诗篇,全被当作废纸而毁弃了。尽管我一再求,说这是我的"罪证",务必留着,也没有用。别了,这些比珍宝还贵重的诗篇,这些同我一起受尽折磨的纸片,竟永远离开了我。但这些书简,却永远埋在我心间,留在我记忆里。

别　离

春风吹绿了北大荒的原野,天气一天比一天暖和,按季节,春播已经开始了。我们住在这几间大屋子、小屋子里的人,一天比一天少了。听说,有的已经回了家,回到原单位;有的也分配到生产队劳动去了。每个人心中都将产生一个新的希望。

五月十四日那天,吃过早饭,一个穿军装的人,来到了我的房间,我意识到我的命运将有一个新的开始。我多么热切地希望回到我们原来住的那间小屋,那间七平方米大的小茅屋,那个温暖的家。我幻想我们将再过那种可怜的而又是幸福的、一对勤劳贫苦的农民的生活啊!

我客气地坐到炕的一头去,让来人在炕中间坐了下来。他打量了我一下,然后问:"你今年多大年纪?"

我说:"六十五岁了。"

他又说:"看来你身体还可以,能劳动吗?"

"我一直都在劳动。"我答道。

他又说:"我们准备让你去劳动,以为这样对你好些。"

不懂得他指的是什么,我没有回答。

"让你去××队劳动,是由革命群众专政,懂吗?"

我的心跳了一下。××队,我理解,去××队是没有什么好受的。这个队的一些人我领教过。这个队里就曾经有过一批一批的人深夜去过我家,什么事都干过。但我也不在乎,反正哪里都会有坏家伙,也一定会有好人,而且好人总是占多数。我只问:"什么时候去?"

"就走。"

"我要清点一些夏天的换洗衣服,能回家去一次吗?"我又想到我的那间屋子了,我离开那间小屋已经快十个月了,听说去年冬天黑夜曾有人砸开窗户进去过,谁知道那间空屋现在成了什么样子!

"我们派人替你去取,送到××队去。"他站了起来,想要走的样子。

我急忙说:"我要求同 C 见一面,我们必须谈一些事情,我们有我们的家务。"

我说着也站了起来,走到门边去,好像他如不答应,我就不会让他走似的。

他沉吟了一下,望了望我,便答应了。然后,我让他走了,他关上了门。

难道现在还不能让我们回家吗？为什么还不准许我们在一道？我们究竟犯了什么罪？自从去年七月把我从养鸡队（我正在那里劳动），揪到这里关起来，打也打了，斗也斗了，审也审了。现在农场的两派不是已经联合起来了吗？据说要走上正轨了，为什么对我们还是这样没完没了？真让人不能理解！

实际我同C分别是从去年七月就开始了的。从那时起我就独自一人被关在这里。到十月间才把这变相的牢房扩大，新涌进来了一大批人，C也就住在我间壁的大"牛棚"里了。尽管不准我们见面，碰面了也不准说话，但我们总算住在一个屋顶之下，而且总还可以在偶然的场合见面。我们有时还可以隔着窗户瞭望，何况在最近几个月内我还收到他非法投来的短短的书简。现在看来，我们这种苦苦地彼此依恋的生活，也只能成为供留恋的好景和回忆时的甜蜜了。我将一个人到××队去，到一个老虎队去，去接受"革命群众专政"的生涯了。他又将到何处去呢？我们何时才能再见呢？我的生命同一切生趣、关切、安慰、点滴的光明，将要一刀两断了。只有痛苦，只有劳累，只有愤怒，只有相思，只有失望……我将同这些可恶的魔鬼搏斗……我决不能投降，不能沉沦下去。死是比较容易的，而生却很难；死是比较舒服的，而生却是多么痛苦啊！但我是一个共产党员（尽管我已于一九五七年底被开除了党籍，十一年多了。我一直是这样认识，这样要求自己和对待一切的），我只能继续走这条没有尽头的艰险的道路，我总得从死里求生啊！

门呀然一声开了。C走进来。整个世界变样了。阳光充满了这小小的黑暗牢房。我懂得时间的珍贵，我抢上去抓住了那两只伸过来的坚定的手，审视着那副好像几十年没有见到的面孔，那副表情非常复杂的面孔。他高兴，见到了我；他痛苦，即将与我别离，他要鼓舞我去经受更大的考验，他为我两鬓白霜、容颜憔悴而担忧;他要温存,却不敢以柔情来消融那仅有的一点勇气;他要热烈拥抱,却深怕触动那不易克制的激情。我们相对无语,无语相对,都忍不住让热泪悄悄爬上了眼睑。可是随即都摇了摇头,勉强做出一副苦味的笑容。他点了点头,低声说:"我知道了。"

"你到什么地方去?"我悄然问他。

"还不知道。"他摇了摇头。

他从口袋里拿出来一张钞票,轻轻地而又慎重地放在我的手中。我知道这是他每月十五元生活费里的剩余,仅有的五元钱。但我也只得留下,我口袋里只剩一元多钱了。

他说:"你尽管用吧,不要吃得太省、太坏,不能让身体垮了。以后,以后我还要设法……"

我说我想回家取点衣服。

他黯然说道:"那间小屋别人住下了,那家,就别管它了。东西么,我去清理,把你需要的捡出来,给你送去。你放心好了。我一定每月给你写信。你还要什么,我会为你设法的。"

我咽住了。我最想说的话,强忍住了。他最想说的话,我也只能从他的眼睛里看到。我们的手,紧紧攥着;我们的眼睛,盯得牢牢的,谁也不能离开。我们马上就要分别了。我们原也没有团聚,可是又要别离了。这别离,这别离是生离呢,还是死别呢?这又有谁知道呢?

"砰"地一下,房门被一只穿着翻毛皮鞋的脚踢开了。一个年轻小伙瞪着眼看着屋里。

我问:"干什么?"

他道:"干什么!时间不早了,带上东西走吧!"

我明白这是××队派来接我的"解差"。管他是董超,还是薛霸,反正得开步走,到草料场劳动去。

于是,C 帮助我清理那床薄薄的被子,和抗战胜利时在张家口华北局发给的一床灰布褥子,还有几件换洗衣服。为了便于走路,C把它们分捆成两个小卷,让我一前一后地那么背着。

这时他迟疑了一会,才果断地说:"我走了。你注意身体。心境要平静,遇事不要激动。即使听到什么坏消息,如同……没有什么,总之,随时要做两种准备,特别是坏的准备。反正,不要怕,我们已经到了现在这种地步,还有什么可怕的呢?我担心你……"

我一下给他吓傻了,我明白他一定瞒着我什么。他现在不得不让我在思想上有点准备。唉,你究竟还有什么更坏的消息瞒着我呢?

他见到我呆呆发直、含着眼泪的两眼,便又宽慰我道:"什么事也没有发生,都是我想得太多,怕你一时为意外的事而激动不宁。总之,事情总会有结局的。我们要相信自己。事情不是只限于我们两个人。也许不需要很久,整个情况会有改变。我们得准备有一天要迎接光明。不要熬得过苦难,却经不住欢乐。"他想用乐观引出我的笑容,但我已经笑不出来了。我的心,已为这没有好兆头的别离压碎了。

他比我先离开屋子。等我把什么都收拾好,同那个"解差"离开这间小屋走到广场时,春风拂过我的身上。我看见远处槐树下的井台上,站着一个向我挥手的影子,他正在为锅炉房汲水。他的臂膀高高举起,好像正在无忧地、欢乐地、热烈地遥送他远行的友人。

一九七九年三月中旬于北京友谊医院

向警予同志留给我的影响

一九一〇、一九一一年的时候,是一个大革命的时代。在我们湖南那个小县城常德,也酝酿着风暴。几个从日本学习法政回国的年轻人成了积极的活动分子,他们同外地联系,在县城里倡导许多新鲜事物,参与辛亥革命的前奏,女子要读书成了时代的呼声,经过筹备,一九一一年新年刚过,常德女子师范开学了。

那时我随着守寡的母亲在这里肄业。三十岁的母亲在师范班,七岁的我在幼稚班。这事现在看来很平常,但那时却轰动了县城。开学那天,学生们打扮得花枝招展,有的坐着绿呢大轿,有的坐着轿行的普通的小轿,一乘一乘鱼贯地来到学校的大门内、二门外停下来。围着看稀罕的人很多。我们幼稚班也排成队,挤在礼堂两边。我母亲穿得很素净,一件宝蓝色的薄羊皮袄和黑色的百褶绸裙。她落落大方的姿态,很使我感到骄傲呢。她们整齐地排列着,向"至圣先师孔子"的牌位叩头万福,向校里一群留着长须、目不斜视、道貌岸然的老师叩头。空气严肃极了。

这以后,我、表姐、表哥、表弟都随着我母亲步行上学、下学。街道两边常常有人从大门缝里张望我们。有些亲戚族人就在背后叽叽喳喳,哪里见过一个名门的年轻寡妇这样抛头露面!但我母亲不理这些,在家里灯下攻读,在校里广结女友。常常有她的同学到我家里来,她们总是谈得很热闹,我们小孩家也玩得很起劲。

到了春天，舅舅花园里的花几乎都开了的时候，一天，母亲的朋友们又来做客了，七个人占坐了整个书楼。她们在那里向天礼拜，分发兰谱。兰谱印着烫金的花边和文字，上边写着誓约，大意是：姐妹七人，誓同心愿，振奋女子志气，励志读书，男女平等，图强获胜，以达到教育救国之目的。七个人中，年龄最大的是我母亲，最小的便是后来参加共产党的著名妇女领袖向警予同志。向警予同志那时才十七岁，长得非常俊秀端庄，年龄虽小，却非常老成，不苟言笑。我母亲比她几乎大一倍，却非常敬重她，常常对我说："要多向九姨（向警予在家里排行第九）学习。"

她们向天叩拜后，互相鞠躬道喜，我舅妈也来向她们祝贺。她们就在书楼上饮酒，凭栏赏花，畅谈终日，兴致淋漓，既热闹，又严肃，给我们小孩留下了终生难忘的印象，使我们对她们充满了敬爱和羡慕。从这以后，我这个孤儿有了许多亲爱的阿姨。这在我的童年生活中，留下了许多温暖。

辛亥革命那几天，借宿在学校里的向警予阿姨和另外几个阿姨都住在我们家里，一同经受那场风暴中的紧张、担心、忧郁、哀悼、兴奋和喜悦。不久放寒假，再开学时，母亲带着我们到长沙，住进稻田第一女子师范学校，向警予等六位阿姨也来了，都住在这个学校。我在小学一年级，课余常常到她们师范部去玩。那时我家生活是较贫困的，母亲把被子留给我和弟弟，自己只剩一床薄被。向警予同我母亲挤在一张床上，盖两床薄被。她还送过我们两听牛肉罐头，每餐我可以吃上几丁丁。

母亲在长沙只待了一年，因为没有钱继续念下去，托人在桃源县找到一个小学教员的缺位，便带着弟弟去桃源，把我留在长沙，寄宿在第一女师的幼稚园里。每天放学回来，幼稚园里静悄悄的，我常独个流连在运动场上，坐会儿摇篮，荡会儿秋千。这时,向警予阿姨就来看我了,带两块糕,一包花生,更好的是带一两个故事来温暖我这幼稚的寂寞的心灵。

后来,我又随母亲转到常德女子小学,母亲担任学监。遇到寒暑假,向警予同志每次回溆浦或去长沙,都必定要经过常德。从溆浦到常德坐帆船,从常德到长沙坐小火轮,在等候班轮的时候,就可以在常德住一两天或三四天,这时向警予大都是住在母亲的学校里。向警予同志就像一只传粉的蝴蝶那样,把她在长沙听到的、看到的、经历过的种种新闻、新事、新道理,把个人的抱负、理想,都仔细地讲给我母亲听。母亲如饥似渴地把她讲的这些,一点一滴都吸收过来,指导自己的行动,并且拿来教育我和她的学生们。原来她们结拜为姐妹时,无非是要求男女平等、教育救国等等。这时我母亲已把这位最小的阿姨看作一位完全的先知先觉,对她言听计从,并且逐渐接受她介绍的唯物史观、解放工农等这些最先进的理论。

一九一八年,向警予同志决定去法国勤工俭学,赴长沙途中路过常德,曾向我母亲宣传。我母亲也为之心动。但她是靠薪水维持生活的,路费无法筹措,而且还有我的牵累。这事不仅使我母亲心动,连我刚从小学毕业,准备投考师范的这颗年轻的心,也热过一阵。我们没有能随向警予同志远渡重洋,但我们对她的远行却寄予了无限的希望和美好的祝愿。

这年夏天,我考入了桃源第二女师。向警予同志在溆浦的学生朱含英等也同时考入。我们是同班同学,她们对我如同亲姐妹,经常对我讲向警予校长如何教育学生,走访学生家庭,对学生少责备,只是以身作则,严肃不苟,博得了学生的敬爱。我听了就更加懂得,为什么我母亲能和她那样行径一致,而那时她是多么年轻啊!因此,除了我母亲以外,那时我最信奉的便是九姨了。

她在法国经常给我母亲来信,介绍外面世界的一些新思潮,寄来了她和蔡和森同志并坐阅读马克思主义书籍的照片,还有她和蔡大姐等女同志的合影。她远行万里,有了新的广大的天地,却不忘故旧,频通鱼雁,策励盟友,共同前进。我母亲就因为经常得读她的文章书信,又读到《向导》、《新青年》等书刊,而积极参加社会工作。

一九二三年暑假,我在上海又见到向警予同志了。她像过去一样,穿着布短衫,系着黑色的褶裙,温文沉静。她向我描述她回国时的一段情景,那神态声音,至今还留在我的记忆中。她说:"我刚到广州,踏上码头,就围上来许多人说:'来看女革命党呀!'那时广州的女子很少剪发,都梳成∽形,横在后脑上,吊着耳环,穿着花短衫和花长裙,看我这副样子,确是特别。我当时一看,围拢来的人这样多,不正是宣传的好机会么。我不管他们是否听得懂我的话,就向他们讲解起妇女解放的必要来了。居然有人听懂了,还鼓掌咧!"听到这些,我对她真是佩服极了。当时我是做不到的。我和一些同学们因为剪发和朴素的服装而经常招来一些人的非议和侧目,这只能引起我的反感和厌恶,走避惟恐不及,哪里还会有心在众目睽睽之下,向他们宣传演讲呢?

但她并不是喜欢说话的人。有时她和蔡和森同志整天在屋里看书,静静的就像屋子里没有人一样。尽管那时我对某些漂浮在上层、喜欢夸夸其谈的少数时髦的女共产党员中的熟人有些意见,但对她我是只有无限敬佩的,认为她是一个真正革命的女性,是女性的楷模。

我不是对什么人都有说有笑的。我看不惯当时我接触到的个别共产党员的浮夸言行,我还不愿意加入共产党。自然就会有人在她面前说我是什么无政府主义思想,说我孤傲。因此她对我进行了一次非常委婉的谈话。她谈得很多,但在整个谈话中,一句也没有触及我的缺点或为某些人所看不惯的地方。她只是说:"你母亲是一个非凡的人,是一个有理想、有毅力的妇女。她非常困苦,她为环境所囿,不容易有大的作为,她是把全部希望寄托在你身上的……"她的话句句都打到我的心里。我知道我是我母亲精神的寄托,我是她惟一的全部的希望。我那时最怕的也就是自己不替她争气,不成材,无所作为;我甚至为此很难过。我真感谢向警予同志,我永远不会忘记她的话,不会忘记她对我的教育和她对我母亲的同情、了解。可是,当时我什么也没有说。我固执地要在自由的天地中飞翔,从生活实践中寻找自己的道路。自然,一个时期内,我并没有很好地如意地探索到一条真正的出路,我只是南方、北方,到处碰壁又碰壁。我悲苦,我挣扎,我奋斗。正在这时,大革命被扼杀了,在听到许多惨痛的消息的时候,最后却得到九姨光荣牺牲的噩耗。这消息像霹雳一样震惊了我孤独的灵魂,像巨石紧紧地压在我的心上。我不能不深深地回想到,当我还只是一个毛孩子时就有了她美丽的崇高的形象;当我们母女寂寞地在人生的道路上蹒跚前行时,是她像一缕光、一团火引导着、温暖着我母亲。尽管后来,她忙于革命工作,同我母亲来往逐渐稀少,但她一直是我母亲向往和学习的模范。我想到我母亲书桌上的几本讲唯物主义的书和《共产党宣言》,就感到她的存在与力量。虽然我对她的活动没有很多的了解,但她的坚韧不倦的革命精神总是在感召着我。有的人在你面前,可能发过一点光,也会引起你的景仰,但容易一闪而逝。另外一种人却扎根在你的心中,时间越久,越感到他的伟大,他的一言一行都永远令人深思。向警予同志在我的心里就是这样的。我没有同她一块工作过,读她的文章也很少;在她的眼中,我只是一个不懂事的小孩子,但她对我一生的做人,对我的人生观,总是从心底里产生作用。我常常要想到她,愿意以这样一位伟大的革命女性为榜样而坚定自己的意志。我是崇敬她的,永远永远。

一九七九年十月于北京

一块闪烁的真金

——忆柯仲平同志

一九六四年的秋天,西北陨落了一颗明亮的诗星——柯仲平。老柯被迫害致死了。可是当时我一点都不知道。陈明把报纸藏起来,把死耗对我隐瞒着。后来是"文化大革命",随后又是五年的监狱,使我成为与世隔绝的人。直到一九七五年,我到山西之后,陈明才把这一噩耗告诉我。我并没有因此而埋怨陈明。老柯啊!多少年来,我是处于如何压抑之下,只有陈明知道我,在我那脆弱的心灵上是不能再承受任何一点点哀戚的。你的不幸,你的逝世将引起我无限的思绪,和无法排遣、无能为力的愤怒。然而我终于知道了,我也可以揣测到一些引起祸端的根苗,果真写英雄有罪!这种千古奇冤,怎能出于我们自己的阵营里呢?我能猜到一些,但我也只能忍耐着悬想着,把一切压在心里,因为那时正处在"四人帮"封建法西斯统治下,我仍然是与世隔绝的。我无法打听到更多的消息。

过去,鲁迅先生说过,人一死了,必定有些人要跑来谬充知己,把死者夸奖一番,也把自己夸了进去。我不愿这样,而且深以为耻,但我对你确有不能忘却的感情。一九三八年我们就认识了,但没有深谈过。一九三九年底,中央组织部调我到边区文化协会协助艾思奇同志主持工作。你那时领导民众剧团,也住在文协。我搬到文协来时,你以一种长兄加同志的态度欢迎我,把你住的窑洞让给了我,在我处世不深、工作经验又少的时候,这种毫无私心的大气派,是如何震动过我的心弦。后来你下乡了,你又回来了,你又下乡了,你们剧团搬到延安南门外的山头去了。但我们还常常见面。我常常看你们的戏,听你的朗诵,听你讲乡下见闻。我们一同歌唱(虽然我不会唱歌),我们一同豪饮(虽然我酒量很小)。我们一块含笑颂扬我们的领袖,我们的将领,讲他们的故事,讲他们的言行,讲他给我们的教益。我们一同讲和革命共生死的边区老百姓。对群众,对农村,你比我深入得多。我曾看见过你坐在延河边的沙石滩上捉虱子,你羞愧地对我说:"没有办法,回来了也难肃清啊!"我说:"我也一样,常常得用煤油洗头发。"你同我谈民间艺人李卜,我就写李卜。你是在一九三八年,在延安文艺座谈会以前,在一些专家们把大都市的剧目带到延安的时候,就下乡演出了。当大、洋、古的剧目充斥在延安的土台子上的时候,你们的民众剧团却拿你们的《十二把镰刀》、《血泪仇》走遍了陕北的沟沟壑壑。文艺为工农兵、为工农兵的干部、为人民的大多数服务,你们是走在前边的。利用旧形式、改造旧形式、用郿鄠秦腔宣传革命道理,推陈出新,你们也是走在前边的。尽管那时有极少数"洋"文人、"洋"艺术家看不起这些土玩艺,常常对你加以讽刺,可是边区的老百姓,是了解你们的。老百姓是喜欢"咱们的老团长"老柯的。你横眉冷对这些阴暗角落里刮来的不正之风,你坚持了文艺的正确方向。

多么使人深情怀念的那些洋溢着热情的窑洞啊!微弱的胡麻油灯光,温暖的炭火盆,悠扬的"信天游",尽情抒发的各种各样的艺术见解……是的,我们也曾为那些无端的嘲笑,有意的排斥,为一些窃窃私语、带笑的谗言而愤懑过。

啊!我不能不记起当年,当我被诬为反党集团头头、大右派的时候,我真正担心过老朋友,老柯,你会不会受到株连?千幸万幸!你不在北京,我们又已阔别好几年了!老柯!以前我没有告诉你,也不会告诉你,我的确亲耳听见有人亲口对我说:"你、我、他、他……都曾是为人所戒备的一群!"我真不懂,这是为什么呢?我们专心写作,勤恳工作,我们有时不得不偶尔吐露几句"不平之鸣",说几句真话,此外,我们还有什么呢?可是我们不堕入这个罗网,就得陷入那个深渊!你写真正的英雄,写得好艰难啊!诗稿改了又改。你住在颐和园那段时间,我是看见了的,你苦于胃病,每次饭后,都不能即时伏案。偶得佳句,则雀跃如小儿。这到底有什么罪过,为什么要受到如此折磨呢?一个人有多少精力,能承担多方袭来的棍棒?"四人帮"横行之日,连死了的也不饶过,还要把你的几根尸骨,逐出烈士陵园,真是骇人听闻啊!但环顾海内,在当时的一代才人,文武功勋,不受屈的能有几人?!

沉暗中一声惊雷,黑云里露出阳光。春风化雨,"四人帮"垮台了!党真英明!历史上谁有这样的魄力,敢如此承担责任:"有错必纠","全错全纠"。党一再申述:"党的政策,必须落实,必须彻底纠正一切冤、假、错案。"老柯!你有幸了!压在你头上的一顶顶帽子,一块块石板可以掀掉了!同志们的奔走,亲人们的诉说,使你在政治上总算得到昭雪,你的尸骨重新安置在革命烈士陵园。我那时不能亲临古都,一洒沉痛之泪,但当读到王琳同志的悼念文章,于悲愤中稍感安慰。老柯!你总算得一知己,虽然她对你的遭遇是无能为力的。她不能救你,保护你,但她却与你一同品尝了这人世的艰辛,写出了一个革命者为人民鞠躬尽瘁的一生。你的为人将留在人民中间,多少年轻的诗人,也将为你的热情诗句动心!《边区自卫队》和许多歌颂解放的豪迈的词曲都是不朽的诗篇!历史是不允许任意篡改的。是非自有公论,曲直自在人心。

但是,世界上少了你,我们之间少了你,总是令人悲伤的。不过,老柯!死,实在是不幸,却又似乎还是有幸。你,总算把人生这副重担卸了下来,再不必为人世担心了。活着的是幸存。活,也实在不容易!活着就得有力量,在被林彪、"四人帮"造成的恶劣风气下,革命者得有比过去更多的力量,来正视光明里的黑暗,忍受帮派余孽的挤压,同一切封建残渣继续作艰苦的斗争。老柯啊!你是爱护过我的,你曾像一个长兄似的关怀过我的工作和生活。可是现在我能到什么地方去找你呢?能再同你开怀畅饮、纵谈衷曲,听到你的琅琅吟诵呢?你是一个真正的诗人,一个热情的豪客,一个诚挚的共产党人!我永远怀念你,悼念你。诗坛上少了你,就缺少了一份光辉。我们,我和陈明少了你,心灵中就永远留下了一块伤疤。让那些嘲讽过你的继续嘲讽你吧,你是一块闪烁的真金。实践是检验真理的唯一标准,你是经得起考验的,你的诗也是经得起考验的,你和你的诗永远属于人民。

一九七九年十月

序《到前线去》

前些日子,我为四川人民出版社,或者毋宁说为一位热情而能干的编辑同志编选这本小集时,一种甜蜜的感情涌上来,充塞在我心头。多么令人怀念的过去呵!一个人一生要经历各种各样的感情。我这一生也经历了各种各样的感情。欢乐的、幸福的生活总是使人感觉轻松,好像浮在五彩缤纷的而又透明的纱似的云雾上;而痛苦则使人如堕入黑暗的深渊,背负着重载爬行。天呵!编辑同志!我真感谢你让我回到我仅有的、为时不多的一段日子里。那是一九三六年冬天,我在党的帮助下,逃出了黑暗的南京,投奔到光明的苏区,当时党中央的所在地——保安。

保安,党中央驻的这个寨子,是被反动地主武装烧毁过的,只剩有一座比较整齐的大院——是外交部的所在地,李克农同志住在这里。我同几个从白区来的年轻人也住在这里。中央首长和工作干部都住在靠山的大小窑洞里。我第一次见到毛主席、周副主席等领导同志,就是在一间大窑洞里举行的欢迎我的晚会上。这是我有生以来,也是一生中最幸福、最光荣的时刻吧。我是那末无所顾虑、欢乐满怀的第一次在那末多的领导同志们面前讲话。我讲了在南京的一段生活,就像从远方回到家里的一个孩子,在向父亲母亲那末亲昵的喋喋不休的饶舌。后来我又走进了毛主席的窑洞,周副主席的窑洞,林老的窑洞,徐老的窑洞,听徐老给我们讲长征的故事。毛主席问我:"丁玲!

你打算作什么呀?"我回答:"当红军。"毛主席说:"好呀!还赶得上,可能还有最后的一仗,跟着杨尚昆他们领导的前方总政治部上前方去吧。"我的心都飞了。"啊!上前线去,当红军,打最后一个仗……"

当红军也不是那末简单的,临起程的那天早晨,参谋部送来了一匹马,有一只脚是跛的;一个饲养员,这个人在我的记忆里,没留下什么印象。到了前方,任弼时同志送了我一匹枣红色的草地马,我这才尝到骑马的滋味,后来我又把它留在前方了。任弼时同志还问我几次要不要把它送回来,我那时不懂得有马的好处,谢绝了。还派来一个勤务员(十二岁),行军常常掉队,每到宿营地,我都站在村口等他。半路上他洗脸,把我的脸盆弄丢了,我就得自己跑到司令部借用任弼时同志的脸盆。这些我都不在意。只是欢欢喜喜地跟在队伍里面,一天走六七十里。脚打泡了,学老红军的样子用根线蘸点油穿过去。第二天照样走。有时候,管理员说我和另一个从白区来的小汪没有建制,就没有给我们号房子。管它呢,我们有时住在伙房,有时住在马号,通夜通夜听着马嚼草,或是半夜里弄火煮饭。我也从不介意。中午,管理员也常常忘了给我们发干粮,我看见大家都在吃东西,就躲开了。有人问我为什么不吃,我就说不饿,不想吃。几天之后,到了前方,我要求给我分配工作,答复是:你没有组织介绍信。我很奇怪,难道我是一个什么人你们都不知道吗?我不是毛主席叫来的吗?怎么还要介绍信?说老实话,那时我对红军的生活,连队党的组织生活,什么也不懂。老红军同志对我这个人也的确不了解,甚至有些人会看不惯。好在我自得其乐,既无具体工作,我就四处串门,谈谈讲讲。这时期虽说我写得很少,但对我一生却留下了不易磨灭的印象,和很深刻的教育。

一九三七年春天,我陪同史沫特莱从前线回到了延安。毛主席又问我,你还打算作什么,我说还是当红军。毛主席又同意了。亲自写了一封信给后方总政治部罗荣桓同志,指定我担任中央警卫团政治部的副主任。这是多么难得的好条件啊!我实在应该从这里开步走,好好当红军。毛主席教导我首先要认识人,一个一个地去认识。我在政治部当了一个月的副主任,那里的团长、政委、主任同我朝夕相处,我至今仍然记得他们的音容笑貌。这一个月,尽管我什么也没有做,什么也不会做,也做不好,但这一个月的经验,却在我以后的工作中产生了影响。我在搞土改工作时,就是按照一个一个地去认识人,去了解人开始的。这时我在感情上开始了很大的变化。

我真正当兵是在一九三七年秋天到三八年秋天的一年多时间里。不过不是红军,而是八路军了。我是十八集团军西北战地服务团的主任,后来又兼任党支部书记。我们是八路军,是兵,我们随军开赴抗日前线,我们不打仗,只做着许多为兵服务的工作。在山西,曾经有一个作家在西北战地服务团住过几天,他有所感地对我说:"你就这末天天行军、搭舞台、拆舞台吗?"是的,我那时就是那末单纯的、神圣的,愉快的同一群年轻人,天天行军,搭舞台、拆舞台、开会、讲话、演戏、唱歌……做着许多我过去不曾做过的事,做着为兵服务的事。一九三八年西安生活书店出版了一套西北战地服务团编的战地丛书(约十来册),详细纪录了那一年中的生活。

四十多年逝去了。生活的重载年复一年,我的确有了点年纪了。现在重新整理这些早已淡忘了的片断记载,真像翻看夹在书页中的瓣瓣落花,不仅引起了甜蜜的回忆,而且还重温旧时的余香。我感谢编辑同志。我编这本小集时,几乎忘了现实,而重回到我的青年时代,我一生很可贵的那段幸福的时代。

这本集子里的前部分,是一九三六年至一九三七年我当兵时的生活记录。《记左权同志话山城堡之战》，当时曾在苏区的一个文艺刊物上发表，西安的一个文艺刊物（当时是柳青当编辑）转载过。

一九四二年七月，抗战处在艰苦阶段，为了纪念抗战五周年，朱德总司令约了几位在延安的作家到桃林（总司令部）去看电报。总司令对我们说："这里不知有多少好材料，都是千真万确的事，请你们看吧，看了好写。"我在那里读了两天，说实在的，我从来不赞成作家没有生活，仅从文字中摄取材料来写小说，那是不易写好的。但我读了两天，前方那样多的英雄事迹，确实是很感动人的。我就不考虑我的小说的成功与否而选中了其中的一段故事，写成了《十八个》这篇短文。

延安文艺座谈会后，一九四三年冬天，中央党校发动部分学员写秧歌剧。我听了许多故事，从冀中平原回到延安的王凤斋同志讲了一个又一个，生动极了，我就试写了一个《万队长》。春节时，中央党校秧歌队去南泥湾慰问三五九旅，演出了两场。后来连底稿也丢了。《二十把板斧》也是这时写的。

一九四四年，我到了边区文协。为纪念抗战七周年，《解放日报》博古同志分配我写《一二九师与晋冀鲁豫边区》一文，这对我真是一个极好的学习机会，我访问了蔡树藩、杨秀峰、陈赓、陈再道等同志，他们提供了许多生动材料。特别是当我在浩繁的材料面前，无法动笔的时候，刘伯承师长热情地给我明确指示和具体帮助，他的高超的军事指挥艺术，创造性地执行党的政策，在二万五千里长征中，在建立、巩固、和发展敌后抗日根据地的战斗中所建立的丰功伟绩，早已名驰中外，有口皆碑的了。在指导我写这篇文章时，他表现出来的才智、细致，对于干部的爱护，对人民的负责，更给了我清晰的印象和深刻的教育。

这本集子从艺术上看，我觉得是不成熟的，体例也不一致。

但如果能从这本书里,稍稍体会到当年我们红军、八路军的艰苦的生活,卓绝的斗争,团结、紧张、严肃、活泼的革命作风,我也就能稍稍自慰了。这也许就是四川人民出版社刊印这本小集的用意吧。

一九七九年八月

1952年3月,荣获斯大林文艺奖金时的丁玲

1978年,丁玲在长治嶂头村

我所认识的瞿秋白同志

——回忆与随想

王 剑 虹

我首先要介绍的是瞿秋白的第一个爱人王剑虹。

一九一八年夏天,我考入桃源第二女子师范预科学习的时候,王剑虹已经是师范二年级的学生了。那时她的名字叫王淑璠。我们的教室、自修室相邻,我们每天都可以在走廊上相见。她好像非常严肃,昂首出入,目不旁视。我呢,也是一个不喜欢在显得有傲气的人的面前笑脸相迎的,所以我们从来都不打招呼。但她有一双智慧、犀锐、坚定的眼睛,常常引得我悄悄注意她,觉得她大概是一个比较不庸俗、有思想的同学吧。果然,在一九一九年五四运动爆发后,我们学校的同学行动起来时,王剑虹就成了全校的领头人物了。她似乎只是参与学生会工作的一个积极分子。但在辩论会上,特别是有校长、教员参加的一些辩论会上,她口若悬河的讲词和临机应变的一些尖锐、透辟的言论,常常激起全体同学的热情。她的每句话,都引起雷鸣般的掌声,把一些持保守思想、极力要稳住学潮、深怕发生越轨行为的老校长和教员们问得瞠目结舌,不知如何说,如何作是好了。这个时期,她给我的印象是极为深刻的。她像一团烈火,一把利剑,一支无所畏惧、勇猛直前的队伍的尖兵。后来,我也跟在许多同学的后边参加了学生会的工作,游行、开讲演会、教夜校的课,但我们两人仍没有说过话,我总觉得她是一个浑身有刺的人。她对我的印象如何,我不知道,也许她觉得我也是一个不容易接近的人吧。

这年暑假过后,我到长沙周南女子中学,后来又转岳云中学学习。在这两年半中,我已经把她忘记了。

一九二一年寒假,我回到常德,同我母亲住在舅舅家时,王剑虹同她的堂姑王醒予来看我母亲和我了。她们的姐姐都曾经是我母亲的学生,她们代表她们的姐姐来看我母亲,同时来动员我去上海,进陈独秀、李达等创办的平民女子学校。原来,王剑虹是从上海回来的,她在上海参加了妇女工作,认得李达同志的爱人王会悟等许多人,还在上海出版的《妇女声》上写过文章。她热忱于社会主义,热忱于妇女解放,热忱于求知。她原是一个口才流利、很会宣传鼓动的人,而我当时正对岳云中学又感到失望,对人生的道路感到彷徨,所以我一下便决定终止在湖南的学业,同她冒险到一个熟人都没有的上海去寻找真理,去开辟人生大道。

从这时起,我们就成了挚友。我对她的个性也才有更深的认识。她是坚强的,热烈的。她非常需要感情,但外表却总是冷若冰霜。她是一个失去了母亲的女儿。我虽然从小就没有父亲,家境贫寒,但我却有一个极为坚毅而又洒脱的母亲,我从小就习惯从痛苦中解脱自己,保持我特有的乐观。……

但现实总是残酷的。我们碰到许多人,观察过许多人,我们自我斗争,但我们对当时的平民女校总感到不满,我们决定自己学习,自己遨游世界,不管它是天堂或是地狱。当我们把钱用光,我们可以去纱厂当女工、当家庭教师,或者当用人、当卖花人,但一定要按照自己的理想去读书、去生活,自己安排自己在世界上所占的位置。

一九二三年夏天,我们两人到南京来了。我们过着极度俭朴的生活。如果能买两角钱一尺布做衣服的话,也只肯买一角钱一尺的布。我们没有买过鱼、肉,也没有尝过冰淇淋,去哪里都是徒步,把省下的钱全买了书。我们生活得很有兴趣,很有生气。

一天,有一个老熟人来看我们了。这就是柯庆施,那时大家叫他柯怪,是我们在平民女子学校时认识的。他那时常到我们宿舍来玩,一坐半天,谈不出什么理论,也谈不出什么有趣的事。我们大家不喜欢他。但他有一个好处,就是我们没有感到他来这里是想追求谁,想找一个女友谈谈恋爱,或是玩玩。因此,我们尽管嘲笑他是一个"烂板凳"(意思是说他能坐烂板凳),却并不十分给他下不去,他也从来不怪罪我们。这年,他不知从什么地方知道我们在这里,便跑来看我们,还雇了一辆马车,请我们去游灵谷寺。这个较远的风景区我们还未曾去过咧。跟着,第二个熟人也来了,是施复亮(那时叫施存统)。我们认为他是一个好人,他是最早把我们的朋友王一知(那时叫月泉)找去作了爱人的,他告诉我们他和一知的生活,他们已经有了一个女儿。这些自然引起了我们一些旧情,在平静的生活中吹起一片微波。后来,他们带了一个新朋友来,这个朋友瘦长个儿,戴一副散光眼镜,说一口南方官话,见面时话不多,但很机警,当可以说一两句俏皮话时,就不动声色地渲染几句,惹人高兴,用不惊动人的眼光静静地飘过来,我和剑虹都认为他是一个出色的共产党员。这个人就是瞿秋白同志,就是后来领导共产党召开"八七"会议、取代机会主义者陈独秀、后来又犯过盲动主义错误的瞿秋白;就是做了许多文艺工作、在文艺战线有过卓越贡献、同鲁迅建立过深厚友谊的瞿秋白;就是那个在国民党牢狱中从容就义的瞿秋白;就是那个因写过《多余的话》被"四人帮"诬为叛徒、掘坟扬灰的瞿秋白。

不久，他们又来过一次。瞿秋白讲苏联故事给我们听，这非常对我们的胃口。过去在平民女校时，也请另一位从苏联回来的同志讲过苏联情况。两个讲师大不一样，一个像瞎子摸象，一个像熟练的厨师剥笋。当他知道我们读过一些托尔斯泰、普希金、高尔基的书的时候，他的话就更多了。我们就像小时候听大人讲故事似的都听迷了。

他对我们这一年来的东游西荡的生活，对我们的不切实际的幻想，都抱着极大的兴趣听着、赞赏着。他鼓励我们随他们去上海，到上海大学文学系听课。我们怀疑这可能又是第二个平民女子学校，是培养共产党员的讲习班，但又不能认真地办。他们几个人都耐心解释，说这学校要宣传马克思主义，要培养年轻的党员，但并不勉强学生入党。这是一个正式学校，我们参加文学系可以学到一些文学基础知识，可以接触到一些文学上有修养的人，可以学到一点社会主义。又说这个学校原是国民党办的，于右任当校长，共产党在学校里只负责社会科学系，负责人就是他和邓中夏同志。他保证我们到那里可以自由听课，自由选择。施存统也帮助劝说，最后我们决定了。他们走后不几天，我们就到上海去了，这时瞿秋白同志大约刚回国不久。

上海大学

上海大学这时设在中国地界极为偏僻的青云路上。一幢幢旧的、不结实的弄堂房子，究竟有多大，我在那里住了半年也弄不清楚，并不是由于它的广大，而是由于它不值得你去注意。我和王剑虹住在一幢一楼一底的一间小亭子间里，楼上楼下住着一些这个系那个系的花枝招展的上海女学生。她们看不惯我们，我们也看不惯她们，碰面时偶尔点点头，根本没有来往。只有一个极为漂亮的被称为校花的女生吸引我找她谈过一次话,可惜我们一点共同的语言也没有。她问我有没有爱人,抱不抱独身主义。我说我从来没有想过这个问题,现在也不打算去想。她以为我是傻子,就不同我再谈下去了。

我们文学系似乎比较正规,教员不大缺课,同学们也一本正经地上课。我喜欢沈雁冰先生(茅盾)讲的《奥德赛》、《伊利亚特》这些远古的、异族的极为离奇又极为美丽的故事。我从这些故事里产生过许多幻想,我去翻欧洲的历史、欧洲的地理,把它们拿来和我们自己民族的远古的故事来比较。我还读过沈先生在《小说月报》上翻译的欧洲小说。他那时给我的印象是一个会讲故事的人,但是不会接近学生。他从来不讲课外的闲话,也不询问学生的功课。所以我以为不打扰他最好。早先在平民女校教我们陀思妥耶夫斯基的《穷人》的英译本时,他也是这样。我同他较熟,后来我主编《北斗》时,常求教于他,向他要稿子。所以,他描写我过去是一个比较沉默的学生,那是对的。就是现在,当我感到我是在一个比我高大、不能平等谈话的人的面前,即便是我佩服的人时,我也常是沉默的。

王剑虹则欣赏俞平伯讲的宋词。俞平伯先生每次上课,全神贯注于他的讲解,他摇头晃脑,手舞足蹈,口沫四溅,在深度的近视眼镜里,极有情致地左右环顾。他的确沉醉在那些"独倚望江楼,过尽千帆皆不是……"既深情又蕴蓄的词句之中,他的神情并不使人生厌,而是感染人的。剑虹原来就喜欢旧诗旧词,常常低徊婉转地吟诵,所以她乐意听他的课,尽管她对俞先生的白话诗毫无兴趣。

田汉是讲西洋诗的,讲惠特曼、渥兹华斯,他可能是一个戏剧家,但讲课却不太内行。

其他的教员,陈望道讲古文,邵力子讲《易经》。因为语言的关系,我们不十分懂,就不说他了。

可是,最好的教员却是瞿秋白。他几乎每天下课后都来我们这里。于是,我们的小亭子间热闹了。他谈话的面很宽,他讲希腊、罗马,讲文艺复兴,也讲唐宋元明。他不但讲死人,而且也讲活人。他不是对小孩讲故事,对学生讲书,而是把我们当作同游者,一同游历上下古今,东南西北。我常怀疑他为什么不在文学系教书而在社会科学系教书,他在那里讲哲学。哲学是什么呢?是很深奥的吧?他一定精通哲学!但他不同我们讲哲学,只讲文学,讲社会生活,讲社会生活中的形形色色。后来,他为了帮助我们能很快懂得普希金的语言的美丽,他教我们读俄文的普希金的诗。他的教法很特别,稍学字母拼音后,就直接读原文的诗,在诗句中讲文法,讲变格,讲俄文用语的特点,讲普希金用词的美丽。为了读一首诗,我们得读二百多个生字,得记熟许多文法。但这二百多个生字、文法,由于诗,就好像完全吃进去了。当我们读了三四首诗后,我们自己简直以为已经掌握俄文了。

冬天的一天傍晚,我们与住在间壁的施存统夫妇和瞿秋白一道去附近的宋教仁公园散步赏月。宋教仁是老同盟会的,湖南人,辛亥革命后牺牲了的。我在公园里玩得很高兴,而且忽略了比较沉默或者有点忧郁的瞿秋白。后来施存统提议回家,我们就回来了,而施存统同瞿秋白却离开我们,没有告别就从另一条道走了。这些小事在我脑子里是不会起什么影响的。

第二天秋白没有来我们这里,第三天我在施存统家遇见他,他很不自然,随即走了。施存统问我:"你不觉得秋白有些变化吗?"我摇摇头。他又说:"我问过他,他说他确实堕入恋爱里边了。问他爱谁,他怎么也不说,只说你猜猜。"我知道施先生是老实人,就逗他:"他会爱谁?是不是爱上你的老婆了?一知是很惹人爱的,你小心点。"他翻起诧异的眼光看我,我笑着就跑了。

我对于存统的话是相信的。可能秋白爱上一个他的"德瓦利斯",一个什么女士了。我把我听到的和我所想到的全告诉剑虹,剑虹回答我的却是一片沉默。于是我们的小亭子间寂寞了。

过了两天,剑虹对我说,住在谢持家的(谢持是一个老国民党员)她的父亲要回四川,她要去看他,打算随他一道回四川。她说,她非常怀念她度过了童年时代的四川酉阳。我要她对我把话讲清楚,她只苦苦一笑:"一个人的思想总会有变化的,请你原谅我。"她甩开我就走了。

这是我们两年来的挚友生活中的一种变态。我完全不理解,我生她的气,我躺在床上苦苦思磨,这是为什么呢?两年来,我们之间从不秘密我们的思想,我们总是互相同情,互相鼓励的。她怎么能对我这样呢?她到底有了什么变化呢?唉!我这个傻瓜,怎么就毫无感觉呢?……

我正烦躁的时候,听到一双皮鞋声慢慢地从室外的楼梯上响了上来,无须我分辨,这是秋白的脚步声,不过比往常慢点,带点踌躇。而我呢,一下感到有一个机会可以发泄我几个钟头来的怒火了。我站起来,猛地把门拉开,吼道:"我们不学俄文了,你走吧!再也不要来!"立刻就又把门猛然关住了。他的一副惊愕而带点傻气的样子留在我脑际,我高兴我做了一件有趣的事,得意地听着一双沉重的皮鞋声慢慢地远去。为什么我要这样恶作剧,这完全是无意识和无知的顽皮。

我无聊地躺在床上,等着剑虹回来。我并不想找什么,却偶然翻开垫被,真是使我大吃一惊,垫被底下放着一张布纹信纸,纸上密密地写了一行行长短诗句。自然,从笔迹、从行文,我一下就可以认出来是剑虹写的诗。她平日写诗都给我看,都放在抽屉里的,为什么这首诗却藏在垫被底下呢?我急急地拿来看,一行行一节节啊!我懂了,我全懂了,她是变了,她对我有隐瞒,她在热烈地爱着秋白。她是一个深刻的人,她不会表达自己的感情;她是一个自尊心极强的人,她可以把爱情关在心里,窒死她,她不会显露出来让人议论或讪笑的。我懂得她,我不生她的气了,我只为她难受。我把这诗揣在怀里,完全为着想帮助她、救援她,惶惶不安地在小亭子间里踱着。至于他们该不该恋爱,会不会恋爱,她们之间能否和谐,能否融洽,能否幸福,还有什么不妥之处,在我的脑子里没有生出一点点怀疑。剑虹啊!你快回来呀!我一定要为你做点事情。

她回来了,告诉我已经决定跟她父亲回四川,她父亲同意,可能一个星期左右就要成行了。她不征询我的意见,也不同我讲几句分离前应该讲的话,只是沉默着。我观察她,同她一道吃了晚饭。我说我去施存统家玩玩,丢下她就走了。

秋白的住地离学校不远,我老早就知道,只是没有去过。到那里时,发现街道并不宽,却是一排西式的楼房。我从前门进去,看见秋白正在楼下客堂间同他们的房东——一对表亲夫妇在吃饭。他看到我,立即站起来招呼,他的弟弟瞿云白赶紧走在前面引路,把我带到楼上一间比较精致的房间里,这正是秋白的住房。我并不认识他弟弟,他自我介绍,让我坐在秋白书桌前的一把椅子上,给我倒上一杯茶。我正审视房间的陈设时,秋白上楼来了,态度仍同平素一样,好像下午由我突然发出来的那场风暴根本没有一样。这间房以我的生活水平来看,的确是讲究的:一张宽大的弹簧床,三架装满精装的外文书籍的书橱,中间夹杂得有几摞线装书。大的写字台上,放着几本书和一些稿子、稿本和文房四宝;一盏笼着粉红色纱罩的台灯,把这些零碎的小玩艺儿加了一层温柔的微光。

秋白站在书桌对面,用有兴趣的、探索的目光,亲切地望着我,试探着说道:"你们还是学俄文吧,我一定每天去教。怎么,你一个人来的吗?"

他弟弟不知什么时候走开了。我无声地、轻轻地把剑虹的诗慎重地交给了他。他退到一边去读诗,读了许久,才又走过来,用颤抖的声音问道:"这是剑虹写的?"我答道:"自然是剑虹。你要知道,剑虹是世界上最珍贵的人。你走吧,到我们宿舍去,她在那里。我将留在你这里,过两个钟头再回去。秋白!剑虹是我最好的朋友,我不忍心她回老家,她是没有母亲的,你不也是没有母亲的吗?"秋白曾经详细地同我们讲过他的家庭,特别是他母亲吞火柴头自尽的事,我们听时都很难过,"你们将是一对最好的爱人,我愿你们幸福。"

他握了一下我的手,说道:"我谢谢你。"

等我回到宿舍的时候,一切都如我想象的,气氛非常温柔和谐,满桌子散乱着他们写的字,看来他们是用笔谈话的。他要走了,我从桌子前的墙上取下剑虹的一张全身像,送给了秋白。他把像揣在怀里,望了我们两人一眼,就迈出我们的小门,下楼走了。

事情就是这样。自然,我们以后常去他家玩,而俄文却没有继续读下去了。她已经不需要读俄文,而我也没有兴趣坚持下去了。

慕尔鸣路

寒假的时候,我们搬到学校新址(西摩路)附近的慕尔鸣路。这里是一幢两楼两底的弄堂房子。施存统住在楼下统厢房,中间客堂间作餐厅。楼上正房住的是瞿云白,统厢房放着秋白的几架书,秋白和剑虹住在统厢房后面的一间小房里,我住在过街楼上的小房里。我们这幢房子是临大街的。厨房上边亭子间里住的是娘姨阿董。阿董原来就在秋白家帮工,这时,就为我们这一大家人做饭,收拾房子,为秋白夫妇、他弟弟和我洗衣服。

施存统家也雇了一个阿姨,带小孩,做杂事。

这屋里九口之家的生活、吃饭等,全由秋白的弟弟云白当家。我按学校的膳宿标准每月交给他十元,剑虹也是这样,别的事我们全不管。这自然是秋白的主张,是秋白为着同剑虹的恋爱生活所考虑的精心的安排。

因为是寒假,秋白出门较少;开学以后,也常眷恋着家。他每天穿着一件舒适的、黑绸的旧丝棉袍,据说是他做官的祖父的遗物。他每天写诗,一本又一本,全是送给剑虹的情诗。也写过一首给我,说我是安琪儿,赤子之心,大概是表示感谢我对他们恋爱的帮助。剑虹也天天写诗,一本又一本。他们还一起读诗,中国历代的各家诗词,都爱不释手。他们每天讲的就是李白、杜甫、韩愈、苏轼、李商隐、李后主、陆游、王渔洋、郑板桥……秋白还会刻图章,他把他最喜爱的诗句,刻在各种各样的精致的小石块上。剑虹原来中国古典文学的基础就较好,但如此的爱好,却是因了秋白的培养与熏陶。

剑虹比我大两岁,书比我念得多。我从认识她以后,在思想兴趣方面受过她很大的影响,那都是对社会主义的追求,对人生的狂想,对世俗的鄙视。尽管我们表面有些傲气,但我们是喜群的,甚至有时也能迁就的。现在,我不能不随着他们吹吹箫、唱几句昆曲(这都是秋白教的),但心田却不能不离开他们的甜蜜的生活而感到寂寞。我向往着广阔的世界,我怀念起另外的旧友。我常常有一些新的计划。而这些计划却只秘藏在心头。我眼望着逝去的时日而深感惆怅。

秋白在学校的工作不少,后来又加上翻译工作,他给鲍罗廷当翻译可能就是从这时开始的。我见他安排得很好。他西装笔挺,一身整洁,精神抖擞,进出来往,他从不把客人引上楼来,也从不同我们(至少是我吧)谈他的工作,谈他的朋友,谈他的同志。他这时显得精力旺盛,常常在外忙了一整天,回来仍然兴致很好,同剑虹谈诗、写诗。有时为了赶文章,就通宵坐在桌子面前,泡一杯茶,点上支烟,剑虹陪着他。他一夜能翻译一万字,我看过他写的稿纸,一行行端端正正、秀秀气气的字,几乎连一个字都没有改动。

我不知道他怎样支配时间的,好像他还很有闲空。他们两人好多次到我那小小的过街楼上来坐谈。因为只有我这间屋里有一个烧煤油的烤火炉,比较暖和一些。这个炉子是云白买给秋白和剑虹的,他们一定要放在我屋子里。炉盖上有一圈小孔,火光从这些小孔里射出来,像一朵花的光圈,闪映在天花板上。他们来的时候,我们总是把电灯关了,只留下这些闪烁的微明的晃动的花的光圈,屋子里气氛也美极了。他的谈锋很健,常常幽默地谈些当时文坛的轶事。他好像同沈雁冰、郑振铎都熟识。他喜欢徐志摩的诗。他对创造社的天才家们似乎只有对郁达夫还感到一点点兴趣。我那时对这些人、事、文章以及文学研究会和创造社的争论,是没有发言权的。我只是一个小学生,非常有趣地听着。这是我对于文学上的什么浪漫主义、自然主义、写实主义以及为人生、为艺术等等所上的第一课。那时秋白同志的议论广泛,我还不能掌握住他的意见的要点,只觉得他的不凡,他的高超,他似乎是站在各种意见之上的。

有一次,我问他我将来究竟学什么好,干什么好,现在应该怎么搞。秋白毫不思考地昂首答道:"你么,按你喜欢的去学,去干,飞吧,飞得越高越好,越远越好,你是一个需要展翅高飞的鸟儿,嘿,就是这样……"他的话当时给我无穷的信心,给我很大的力量。我相信了他的话,决定了自己的主张。他希望我,希望剑虹都走文学的路,都能在文学上有所成就。这是他自己向往的而又不容易实现的。他是自始至终与文学结下了不解之缘。他是一个文学家,他的气质,他的爱好都是文学的。他说他自己是一种历史的误会,我认为不是,他的政治经历原可以充实提高他的文学才能的。只要天假以年,秋白不是过早地离开我们,他定是大有成就的,他对党的事业将有更大的贡献。

这年春天,他去过一趟广州。他几乎每天都要寄回一封用五彩布纹纸写的信,还常夹得有诗。

暑假将到的时候,我提出要回湖南看望母亲,而且我已经同在北京的周敦祜、王佩琼等约好,看望母亲以后,就直接去北京,到学习空气浓厚的北京学府去继续读书。这是她们对我的希望,也是我自己的新的梦想。上海大学也好,慕尔鸣路也好,都使我厌倦了。我要飞,我要飞向北京,离开这个狭小的圈子,离开两年多一天也没有离开过、以前不愿离开的挚友王剑虹。我们之间,原来总是一致的,现在,虽然没有什么分歧,但她完全只是秋白的爱人,而这不是我理想的。我提出这个意见后,他们没有理由反对,他们同意了,然而,却都沉默了,都像有无限的思绪。

我走时,他们没有送我,连房门也不出,死一样的空气留在我的身后。阿董买了一篓水果,云白送我到船上。这时已是深夜,水一样的凉风在静静的马路上飘漾,我的心也随风流荡:"上海的生涯就这样默默地结束了。我要奔回故乡,我要飞向北方。好友啊!我珍爱的剑虹,我今弃你而去,你将随你的所爱,你将沉沦在爱情之中,你将随秋白走向何方呢?……"

暑　假

长江滚滚向东,我的船迎着浪头,驶向上游。我倚遍船栏,回首四顾,这是我有生以来第一次独自长途跋涉,我既傲然自得,也不免因回首往事而满怀惆怅。十九年的韶华,五年来多变的学院生活,我究竟得到了什么呢?我只朦胧地体会到人生的艰辛,感受到心灵的创伤。我是无所成就的,我怎能对得起我那英雄的、深情的母亲对我的殷切厚望啊!

在母亲身旁是可以忘怀一切的。我尽情享受我难得的那一点点幸福。母亲的学校放假了,老师、学生都回家了,只有我们母女留在空廓的校舍里。我在幽静的、无所思虑的闲暇之中度着暑假。

一天,我收到剑虹的来信,说她病了。这不出我的意料,因为她早就说她有时感到不适,她自己并不重视,也没有引起秋白、我或旁人的注意。我知道她病的消息之后,还只以为她因为没有我在身边才对病有了些敏感的缘故,我虽不安,但总以为过几天就会好的。只是秋白却在她的信后附写了如下的话,大意是这样:"你走了,我们都非常难受。我竟哭了,这是我多年没有过的事。我好像预感到什么不幸。我们祝愿你一切成功,一切幸福。"

我对他这些话是不理解的,因此,我对秋白好像也不理解了。预感到什么不幸呢?预感到什么可怕的不幸而哭了呢?有什么不祥之兆呢?不过我究竟年轻,这事并没有放在心头,很快就把它忘了。我正思虑着做新的准备,怎么说服我的母亲,使她同我一样憧憬着到古都去的种种好处。母亲对我是相信的,但她也有种种顾虑。

又过了半个月的样子,忽然收到剑虹堂妹从上海来电:"虹姐病危,盼速来沪!"

这真像梦一样,我能相信吗?而且,为什么是她的堂妹来电呢?我实在不知道该怎么样才好。千般思虑,万般踌躇,我决定重返上海。我母亲是非常爱怜剑虹的,急忙为我筹措路费,整理行装,我只得离开我刚刚领略到温暖的家,而又匆匆忙忙独自奔上惶惶不安的旅途。

我到上海以后,时间虽只相隔一月多,慕尔鸣路已经完全变了样子,"人去楼空"。我既看不到剑虹——她的棺木已经停放在四川会馆；也见不到秋白，他去广州参加什么会去了。剑虹的两个堂妹，只以泪脸相迎；瞿云白什么都讲不出个道理来，默默地望着我。难道是天杀了剑虹吗？是谁夺去了她的如花的生命？

秋白用了一块白绸巾包着剑虹的一张照片，就是他们定情之后，我从墙上取下来送给秋白的那张。他在照片背后题了一首诗，开头写着："你的魂儿我的心。"这是因为我平常叫剑虹常常只叫"虹"，秋白曾笑说应该是"魂"，而秋白叫剑虹总是叫"梦可"。"梦可"是法文"我的心"的译音。诗的意思是说我送给了他我的"魂儿"，而他的心现在却死去了，他难过，他对不起剑虹，对不起他的心，也对不起我……

我看了这张照片和这首诗，心情复杂极了，我有一种近乎小孩的简单感情。我找他们的诗稿，一本也没有了；云白什么也不知道，是剑虹焚烧了呢，还是秋白秘藏了呢？为什么不把剑虹病死的经过，不把剑虹临终时的感情告诉我？就用那么一首短诗作为你们半年多来的爱情的总结吗？慕尔鸣路我是不能再待下去了！我把如泉的泪水，洒在四川会馆，把沉痛的心留在那凄凉的棺柩上。我像一个受了伤的人，同剑虹的堂妹们一同坐海船到北京去了。我一个字也没有写给秋白，尽管他留了一个通信地址，还说希望我写信给他。我心想：不管你有多高明，多么了不起，我们的关系将因为剑虹的死而割断，虽然她是死于肺病，但她的肺病从哪儿来，不正是从你那里传染来的吗？……

谜似的一束信

新的生活总是可爱的。在北京除了旧友王佩琼（女师大的学生）、周敦祜（北大旁听生）外，我还认识了新友谭慕愚（现在叫谭惕吾，那时是北大三年级的学生）、曹孟君（我们同住在辟才胡同的一个补习学校里)。我们相处得很投机,我成了友谊的骄子。有时我都不理解她们为什么对我那么好。此外,我还有不少喜欢我或我喜欢的人,或者只是相亲近的一般朋友。那时,表面上,我是在补习数、理、化,实际我在满饮友谊之酒。我常常同这个人在北大公主楼(在马神庙)的庭院中的月下,一坐大半晚,畅谈人生;有时又同那个人在朦朦胧胧的夜色中漫步陶然亭边的坟地,从那些旧石碑文中寻找诗句。我徜徉于自由生活,只有不时收到的秋白来信才偶尔扰乱我的愉悦的时光。这中间我大约收到过十来封秋白的信。这些信像谜一样,我一直不理解,或者是似懂非懂。在这些信中,总是要提到剑虹,说对不起她。他什么地方对不起她呢?他几乎每封信都责骂自己,后来还说,什么人都不配批评他,因为他们不了解他,只有天上的"梦可"才有资格批评他。那么,他是在挨批评了,是什么人在批评他,批评他什么呢?这些信从来没有直爽地讲出他心里的话,他只把我当作可以了解他心曲的,可以原谅他的那样一个对象而絮絮不已。我大约回过几次信,淡淡地谈一点有关剑虹的事,谈剑虹的真挚的感情,谈她的文学上的天才,谈她的可惜的早殇,谈她给我的影响,谈我对她的怀念。我恍惚地知道,此刻我所谈的,并非他所想的,但他现在究竟在想什么,为什么所苦呢?他到底为什么要那么深地嫌厌自己、责骂自己呢?我不理解,也不求深解,只是用带点茫茫然的心情回了他几封信。

是冬天了,一天傍晚,我走回学校,门房拦住我,递给我一封信,说:"这人等了你半天,足有两个钟头,坐在我这里等你,说要你去看他,地址都写在信上了吧!"我打开信,啊!原来是秋白。他带来了一些欢喜和满腔希望,这回他可以把剑虹的一切,死前的一切都告诉我了。我匆匆忙忙吃了晚饭,便坐车赶到前门的一家旅馆。可是他不在,只有他弟弟云白在屋里,在翻阅他哥哥的一些杂物,在有趣地寻找什么,后来,他找到了,他高兴地拿给我看。原来是一张女人的照片。这女人我认识,她是今年春天来上海大学,同张琴秋同时入学的。剑虹早就认识她,是在我到上海之前,她们一同参加妇女活动中认识的。她长得很美,与张琴秋同来过慕尔鸣路,在施存统家里,在我们楼下见到过的。这就是杨之华同志,就是一直爱护着秋白的,他的爱人,他的同志,他的战友,他的妻子。一见这张照片我便完全明白了,我没有兴趣打听剑虹的情况了,不等秋白回来,我就同云白告辞回学校了。

我的感情很激动,为了剑虹的爱情,为了剑虹的死,为了我失去了剑虹,为了我同剑虹的友谊,我对秋白不免有许多怨气。我把我全部的感情告诉了谭惕吾,她用冷静的态度回答我,告诉我这不值得难受,她要我把这一切都抛向东洋大海,抛向昆仑山的那边。她讲得很有道理,她对世情看得真透彻,我听了她的,但我却连她也一同疏远了。我不喜欢这种透彻,我不喜欢过于理智。谭惕吾一直也不理解我对她友谊疏远的原因。甚至几十年后我也顽固地坚持这种态度,我个人常常被一种无法解释的感情支配着,我再没有去前门旅舍,秋白也没有再来看我。我们同在北京城,反而好像不相识一样。

又过了一个多月,我忽然收到一封从上海发来的杨之华给秋白的信,要我转交。我本来可以不管这些事,但我一早仍去找到了夏之栩同志。夏之栩是党员,也在我那个补习学校,她可能知道秋白的行踪。她果然把我带到当时苏联大使馆的一幢宿舍里。我们走进去时,里边正有二十多人在开会,秋白一见我就走了出来,我把信交给他,他一言不发。他陪我到他的住处,我们一同吃了饭,他问我的同学,问我的朋友们,问我对北京的感受,就是一句也不谈到王剑虹,一句也不谈杨之华。他告诉我他明早就返上海,云白正为他准备行装。我好像已经变成了一个老人,静静地观察他。他对杨之华的来信一点也不表示惊慌,这是因为他一定有把握。他为什么不谈到剑虹呢?他大约认为谈不谈我都不相信他了。那么,那些信,他都忘记了么?他为什么一句也不解释呢?我不愿同他再谈剑虹了。剑虹在他已成为过去了!去年这时,他是一种怎样的情景,如今,过眼云烟,他到底有没有感触?有什么感触?我很想了解,想从他的行动中来了解,但很失望。晚上,他约我一同去看戏,说是梅兰芳的老师陈德霖的戏。我从来没有进过戏院,那时戏院是男女分坐,我坐在这边的包厢,他们兄弟坐在对面包厢,但我们都没有看戏。我实在忍耐不住这种闷葫芦,我不了解他,我讨厌戏院的嘈杂,我写了一个字条托茶房递过去,站起身就不辞而别,独自回学校了。从此我们没有联系,但这一束信我一直保存着做为我研究一个人的材料。一九三三年在上海时,我曾把这些信同其他的许多东西放在我的朋友王会悟那里。同年我被捕后,雪峰、适夷把这些东西转存在他们的朋友谢澹如家。全国解放以后,谢先生把这些东西归还了我。我真是感谢他,但这一束信,却没有了。这些信的署名是秋白,而在那时,如果在谁那里发现瞿秋白这几个字是可以被杀头的。我懂得这种情况,就没有问。这一束用五色布纹纸写的工工整整秀秀气气的书信,是一束非常有价值的材料。里边也许没有宏言谠论,但可以看出一个伟大人物性格上的、心理上的矛盾状态。这束信没有了,多么可惜的一束信啊!

韦 护

我写的中篇小说《韦护》是一九二九年末在《小说月报》上发表的。韦护是秋白的一个别名。他是不是用这个名字发表过文章我不知道。他曾用过"屈维陀"的笔名,他用这个名字时曾对我说,韦护是韦陀菩萨的名字,他最是疾恶如仇,他看见人间的许多不平就要生气,就要下凡去惩罚坏人,所以韦陀菩萨的神像历来不朝外,而是面朝着如来佛,只让他看佛面。

我想写秋白、写剑虹,已有许久了。他的矛盾究竟在哪里,我模模糊糊地感觉一些。但我却只写了他的革命工作与恋爱的矛盾。当时,我并不认为秋白就是这样,但要写得更深刻一些却是我力量所达不到的。我要写剑虹,写剑虹对他的挚爱。但怎样结局呢?真的事实是无法写的,也不能以她的一死了事。所以在结局时,我写她振作起来,重新鼓起生活的勇气战斗下去。因为她没有失恋,秋白是在她死后才同杨之华同志恋爱的,这是无可非议的。自然,我并不满意这本书,但也不愿舍弃这本书。韦护虽不能栩栩如生,但总有一些影子可供我自己回忆,可以做为后人研究的参考资料。

一九三〇年,胡也频参加党在上海召开的一个会议,在会上碰到了秋白。秋白托他带一封信给我。字仍是写得那样工工整整秀秀气气,对我关切很深。信末署名赫然两个字"韦护"。可惜他一句也没有谈到对书的意见。他很可能不满意《韦护》,不认为《韦护》写得好,但他却用了"韦护"这个名字。难道他对这本书还寄有深情吗?尽管书中人物写得不好、不像,但却留有他同剑虹一段生活的遗迹。尽管他们的这段生活是短暂的,但过去这一段火一样的热情,海一样的深情,光辉、温柔、诗意浓厚的恋爱,却是他毕生也难忘的。他在他们两个最醉心的文学之中的酬唱,怎么能从他脑子中划出去?他是酷爱文学的,在这里他曾经任情滋长,尽兴发挥,只要他仍眷恋文学,他就会想起剑虹,剑虹在他的心中是天上的人儿,是仙女(都是他信中的话);而他对他后来毕生从事的政治生活,却认为是凡间人世,是见义勇为,是牺牲自己为人民,因为他是韦护,是韦陀菩萨。

这次我没有回他的信,也无法回他的信,他在政治斗争中的处境,我更无从知道。但在阳历年前的某一个夜晚,秋白和他的弟弟云白到吕班路我家里来了。来得很突然,不是事先约好的。

他们怎么知道我家地址的,至今我也记不起来。这突然的来访使我们非常兴奋,也使我们狼狈。那时我们穷得想泡一杯茶招待他们也不可能,家里没有茶叶,临时去买又来不及了。他总带点抑郁,笑着对我说:"士别三日,当刮目相看,你现在是一个有名的作家了。"他说这些话,我没有感到一丝嘲笑,或是假意的恭维。他看了我的孩子,问有没有名字。我说,我母亲替他取了一个名字,叫祖麟。他便笑着说:"应该叫韦护,这是你又一伟大作品。"我心里正有点怀疑,他果真喜欢《韦护》吗?而秋白却感慨万分地朗诵道:"田园将芜胡不归!"我一听,我的心情也沉落下来了。我理解他的心境,他不是爱《韦护》,而是爱文学。他想到他最心爱的东西,他想到多年来对于文学的荒疏。那么,他是不是对他的政治生活有些厌倦了呢?后来,许久了,当我知道一点他那时的困难处境时,我就更为他难过。我想,一个复杂的人,总会有所偏,也总会有所失。在我们这样变化激剧的时代里,个人常常是不能左右自己的。那时我没有说什么,他则仍然带点忧郁的神情,悄然离开了我们这个虽穷却是充满了幸福的家。他走后,留下一缕惆怅在我心头。我想,他也许会想到王剑虹吧,他若有所怀念,却也只能埋在心头,同他热爱的文学一样,成为他相思的东西了吧。

金黄色的生活

一九三一年,我独自住在环龙路的一家三楼上。我无牵无挂,成天伏案书写。远处虽有城市的噪声传来,但室内只有自己叹息的回音,连一点有生命的小虫似乎也全都绝迹了。这不是我的理想,我不能长此离群索居,我想并且要求到江西苏区去。但后来,还是决定我留在上海,主编"左联"的机关刊物《北斗》。我第一次听从组织的分配,兴致勃勃地四处组稿,准备出版。这时雪峰同志常常给我带来鲁迅和秋白的稿件,我对秋白的生活才又略有所知。这时秋白匿住在中国地带上海旧城里的谢澹如家。这地址,只有雪峰一人知道,他常去看他,给他带去一些应用的东西。为了解除秋白的孤寂,雪峰偶尔带着他,趁着夜晚,悄悄去北四川路鲁迅家里,后来,他还在鲁迅家里住了几天。再后来,雪峰在鲁迅家的附近,另租了一间房子,秋白搬了过去,晚上常常去鲁迅家里畅谈。他那时开始为《北斗》写"乱弹",用司马今的笔名,从第一期起,在《北斗》上连载。"乱弹"内容涉及很广,对当时政治的腐败、社会的黑暗等,都加以讽刺,给予打击。后来又翻译了很多稿件,包括卢那卡尔斯基的《解放了的唐吉诃德》。特别使人印象深刻的是他写的评"自由人"胡秋原和"第三种人"苏汶等的论文,词意严正,文笔锋利。秋白还大力提倡大众文学,非常重视那些在街头书摊上的连环图画、说唱本本等。他带头用上海方言写了大众诗《东洋人出兵》,这在中国文学运动史上是创举。在他的影响下,左联的很多同志也大胆尝试,周文同志把《铁流》与《毁灭》改写为通俗本,周文后来到了延安,主持《边区群众报》,仍旧坚持大众化工作。

  秋白还阐述了马克思、恩格斯的现实主义文学理论。他论述的范围很广,世界的,苏联的,中国的。他的脑子如同一个行进着的车轴,日复一日地在文学问题上不停地旋转,而常常发出新论、创见。为了普及革命文化,秋白还用了很多时间研究我国文字拉丁化问题。

  以前,我读过《海上述林》,最近我又翻阅了《瞿秋白文集》。他是一个多么勤奋的作家啊!他早在苏联的时候,一直是那么不倦地写呀,译呀。而三十年代初,他寄住在谢澹如家,躲在北四川路的小室里,虽肺病缠身,但仍是夜以继日地埋头于纸笔之中,他既不忘情于社会主义的苏联,又要应付当时党内外发生的许多严重复杂的问题,他写的比一个专业作家还多得多啊!

他同鲁迅的友谊是光辉的、战斗的、崇高的、永远不可磨灭的友谊。他们互相启发，互相砥砺。他们在文学上是知己，在政治斗争上也是知己。他为鲁迅的杂文集作序，对鲁迅的杂文，对鲁迅几十年的斗争，最早作了全面的、崇高的评价。他赞誉鲁迅"是封建宗法社会的逆子，是绅士阶级的贰臣，而同时也是一些浪漫蒂克的革命家的诤友!"他是鲁迅的好友，但他在与世诀别的时候，还说自己"一生中没有什么朋友"，以维护鲁迅的安全。鲁迅也在自己病危之际，为他整理旧稿，出版《海上述林》。这都是我们文坛上可歌可泣的、少有的动人佳话。秋白这一时期的工作成绩是惊人的，他矢志文学的宿愿在这时实现了。我想，这大概是他一生中最称心的时代，是黄金时代。

可惜，这个时代不长。一九三四年初，他就不得不撤出上海，转移到中央苏区去了。他到了苏区，主管苏区的文化教育工作，他尽可能去接近农民，了解农民的生活。这在他是一件了不起的大事。秋白过去是没有条件接近农民的。这正是秋白有意识地要弥补自己的知识分子的缺点，有心去实践艰苦的脱胎换骨的自我改造。他在苏区还继续努力推行文艺大众化。后来，如果他能跟随红军主力一起长征，能够与红军主力一起到达陕北，则他的一生，我们党的文艺工作，一定都将是另一番景象。这些想象在我脑子中不知萦回过多少次，只是太使人痛心了，他因病留在苏区，终遭国民党俘获杀害了。

在这个期间，我在鲁迅家里遇见秋白一次，之华同志也在座。一年来，我生活中的突变，使我的许多细腻的感情都变得麻木了。我们之间的谈话，完全只是一个冷静的编辑同一个多才的作家的谈话。我一点也没有注意他除此之外的任何表情，他似乎也只是在我提供的话题范围之内同我交谈。我对他的生活，似乎是漠不关心的。他对我的遭遇应该有所同情，但他也噤若寒蝉，不愿触动我一丝伤痛的琴弦。

但世界上常常有那么凑巧的事：一九三二年"一·二八"后，我要求参加共产党，很快被批准了。可能是三月间，在南京路大三元酒家的一间雅座里举行入党仪式。同时入党的有叶以群、田汉、刘风斯等。主持仪式的是文委负责人潘梓年。而代表中央宣传部出席的、使我赫然惊讶的却是瞿秋白。我们全体围坐在圆桌周围，表面上是饮酒作乐，而实际是在举行庄严的入党仪式。我们每个人叙述个人入党的志愿。我记得非常清楚，我说的主要意思是，过去曾经不想入党，只要革命就可以了；后来认为，做一个左翼作家也就够了；现在感到，只做党的同路人是不行的。我愿意做革命、做党的一颗螺丝钉，党要把我放在哪里，我就在哪里；党需要我做什么，就做什么。潘梓年、瞿秋白都讲了话，只是一般的鼓励。

《多余的话》

我第一次读到《多余的话》是在延安。洛甫同志同我谈到，有些同志认为这篇文章可能是伪造的。我便从中宣部的图书室借来一本杂志，上面除这篇文章外，还有一篇描述他就义的情景。我读着文章仿佛看见了秋白本人，我完全相信这篇文章是他自己写的（自然不能完全排除敌人有篡改过的可能）。那些语言，那种心情，我是多么的熟悉啊！我一下就联想到他过去写给我的那一束谜似的信。在那些信里他也倾吐过他这种矛盾的心情，自然比这篇文章要轻微得多，也婉转得多。因为那时他工作经历还不多，那时的感触也只是他矛盾的开始，他无非是心有所感而无处倾吐，就暂时把我这个无害于他的天真的、据他说是拥有赤子之心的年幼朋友，作为一个可以听听他的感慨的对象而忘情地剖析自己，尽管是迂回婉转，还是说了不少的过头话，但还不像后来的《多余的话》那样无情地剖析自己，那样大胆地急切地向人民、向后代毫无保留地谴责自己。我读着这篇文章非常难过,非常同情他,非常理解他,尊重他那时的坦荡胸怀。我也自问过:何必写这些《多余的话》呢？我认为其中有些话是一般人不易理解的,而且会被某些思想简单的人、浅薄的人据为话柄,发生误解或曲解。但我决不会想到后来"四人帮"竟因此对他大肆诬蔑,斥他为叛徒,以至挖坟掘墓、暴骨扬灰。他生前死后的这种悲惨遭遇,实在令人愤慨、痛心！

最近,我又重读了《多余的话》,并且读了《历史研究》一九七九年第三期陈铁健同志写的重评《多余的话》的文章。这篇文章对秋白一生的功绩、对他的矛盾都作了仔细的分析和恰当的评价,比较全面,也很公正。在这里我想补充一点我的感觉。我觉得我们当今这个世界是不够健全的,一个革命者,想做点好事,总会碰到许多阻逆和困难。革命者要熬得过、斗得赢这些妖魔横逆是不容易的,各人的遭遇和思想也是不一样的。比如秋白在文学与政治上的矛盾,本来是容易理解的,但这种矛盾的心境,在实际上是不容易得到理解、同情或支持的。其实,秋白对政治是极端热情的,他对马克思主义的信仰是坚定不移的。他从开始研究马克思主义,就"对于社会主义或共产主义的终极思想,都比较有兴趣"。"马克思主义告诉我要达到这样的最终目的,客观上无论如何也逃不了最尖锐的阶级斗争,以至无产阶级专政——也就是无产阶级统治国家的一个阶段。为着要消灭国家,一定要先组织一时期的新式国家,为着要实现最彻底的民权主义(也就是无所谓民权的社会),一定要先实行无产阶级的民权。这表面上自相矛盾而实际上很有道理的逻辑——马克思主义所谓辩证法——使我很觉得有趣。"秋白临终,还坚定明确地表示:"要说我已经放弃了马克思主义,也是不确的。""我的思路已经在青年时期走上了马克思主义的初步,无从改变。"他毕生从事政治斗争,就是由于他对马克思主义的信仰。为了政治活动,他不顾他的病重垂危的爱人王剑虹。在"八七"会议时,他勇敢地挑起了领导整个革命的重担。他批评自己的思想深处是愿意调和的,但他与彭述之、陈独秀做着坚决的路线斗争。他有自知之明,他是不愿当领袖的,连诸葛亮都不想做,但在革命最困难的严重关头,他毅然走上党的最高的领导岗位。这完全是见义勇为,是他自称的韦护的象征。这哪里是像他自己讲的对马克思主义一知半解,自己又有许多"标本的弱者的道德——忍耐、躲避、讲和气,希望大家安静些,仁慈些等等"?哪里是像他自己讲的"不但不足以锻炼成布尔什维克的战士,甚至不配做一个起码的革命者"?我认为秋白在这样困难的时候奋力冲上前去,丝毫没有考虑到个人问题,乃是一个大勇者。在《多余的话》的最后,他说因为自己是多年(从一九一九年到一九三五年)的肺结核病人,他愿意把自己的"躯壳""交给医学校的解剖室","对肺结核的诊断也许有些帮助"。当他这样表示的时候,在他就义的前夕,在死囚牢里像解剖自己患肺病的躯壳一样,他已经在用马克思主义的利刃,在平静中理智地、细致地、深深地剖析着自己的灵魂,挖掘自己的矛盾,分析产生这矛盾的根源,他得出了正确的结论。这对于知识分子革命者和一般革命者至今都有重大的教益。他说:"要磨炼自己,要有非常巨大的毅力,去克服一切种种'异己的'意识以至最微细的'异己的'情感,然后才能从'异己的'阶级里完全跳出来,而在无产阶级的革命队伍里站稳自己的脚步。否则,不免是'捉住了老鸦在树上做窠',不免是一出滑稽剧。"

他这样把自己的弱点、缺点、教训,放在显微镜下,坦然地、尽心地交给党、交给人民、交给后代,这不也是一个大勇者吗?!我们看见过去有的人在生前尽量为自己树碑立传,文过饰非,打击别人,歪曲历史,很少有像秋白这样坦然无私、光明磊落、求全责备自己的。

在"八七"会议以后,秋白同志在估计革命形势上犯了"左"倾盲动主义的错误。在党的六届七中全会通过的《关于若干历史问题的决议》中是说得非常清楚,是极为正确的。我想,在那样复杂、激剧变化的时代,以秋白从事革命的经历,犯错误是难以避免的;换了另外一个人,恐怕也是这样。何况那些错误都是当时中央政治局讨论过的,是大家的意见,不过因为他是总书记,他应该负主要责任而已。

但是,事隔两年,人隔万里,在王明路线的迫害下,竟要把立三路线的责任放在秋白身上,甚至把正确地纠正了立三路线错误的六届三中全会也指责为秋白又犯了调和路线错误,对他进行残酷斗争、无情打击,把他开除出中央政治局。秋白写《多余的话》时,仍是王明路线统治的时候,他在敌人面前是不能暴露党内实情、批评党内生活的,他只能顺着中央,责备自己,这样在检查中出现的一些过头话,是可以理解的。

正由于我们生活中的某些不够健全,一个同志在工作中犯了错误,就被揪着不放,攻其一点,不及其余,这种过左的做法,即使不是秋白,不是这样一个多感的文人,也是容易使人寒心的。特别是当攻击者处在有权、有势、有帮、有派,棍棒齐下的时候,你怎能不回首自伤,感慨万端地说:"田园将芜胡不归"?而到自己将离世而去的时候,又怎会不叹息是"历史的误会"呢?

古语说"慷慨成仁易,从容就义难。"这句话是有缺点的。"慷慨成仁"也不易,也需要勇敢,无所惧怕,而"从容就义"更难。秋白同志的《多余的话》的情绪是低沉的,但后来他的牺牲是壮烈的。秋白明明知道自己的死期已经临近,不是以年、月计算了,但仍然心怀坦白,举起小刀自我解剖,他自己既是原告,又是被告,又当法官,严格地审判自己。他为的是什么?他不过是把自己当做一个完全的布尔什维克来要求,并以此来品评自己的一生。这正是一个真正的布尔什维克的品质,怎么能诬之为叛徒呢？革命者本来不是神，不可能没有缺点，不可能不犯错误，倘能正视自己，挖掘自己，不是比那些装腔作势欺骗人民，给自己搽脂抹粉的人的品格更高尚得多么？

秋白在他有生之年，在短短的时间里，写了许多重要文章，他却说自己是"半吊子文人"，也是一种夸大，是不真实的。但秋白一时的心情还是带有一些灰暗，矛盾是每个革命者都会遇到的，每个人都应该随时随地警惕自己，改造自己，战胜一切消极因素。特别是在极端困苦之下，对人生，对革命，要保持旺盛的朝气。

秋白的一生是战斗的，而且战斗得很艰苦，在我们这个不够健全的世界上，他熏染着还来不及完全蜕去的一丝淡淡的、孤独的、苍茫的心情是极可同情的。他说了一些同时代有同感的人们的话，他是比较突出、比较典型的，他的《多余的话》是可以令人深思的。但也有些遗憾，它不是很鼓舞人的。大约我跟着党走的时间较长，在下边生活较久，尝到的滋味较多，更重要的是我后来所处的时代、环境与他大不相同，所以，我总还是愿意鼓舞人，使人前进，使人向上，即使有伤，也要使人感到热烘，感到人世的可爱，而对这可爱的美好的人世要投身进去，但不是惜别。我以为秋白的一生不是"历史的误会"，而是他没有能跳出一个时代的悲剧。

飞蛾扑火

秋白曾在什么地方写过，或是他对我说过。"冰之是飞蛾扑火，非死不止"。诚然，他指的是我在二二年去上海平民女校寻求真理之火，然而飞开了；二三年我转入上海大学寻求文学真谛，二四年又飞开了；三〇年我参加左联，三一年我主编《北斗》，三二年入党，飞蛾又飞来扑火。是的，我就是这样离不开火。他还不知道，后来，三三年我已几濒于死，但仍然飞向延安；五十年代我被划为右派，六十年代又被打成反革命，但仍是振翅翱翔。直到七十年代末，在党的正确路线下，终于得到解放，使我仍然飞向了党的怀抱。我正是这样的，如秋白所说，"飞蛾扑火，非死不止"。我还要以我的余生，振翅翱翔，继续在火中追求真理，为讴歌真理之火而死。秋白同志，我的整个生涯是否能安慰死去的你和曾是你的心、在你临就义前还郑重留了一笔的剑虹呢？

一九八〇年元月二日于北京

她更是一个文学作家

——怀念史沫特莱同志

一

一九三一年我从湖南回到上海,一个人住在环龙路的一个弄堂里。我要求到苏区去,正等着答复。我像一个孤魂似的深居在一间小屋里,伏案直书,抒发我无限的愤恨,寄幽思于万里之外;有时在行人稀少的环龙路上的梧桐树荫下踟蹰徘徊,一颗寂寞忧愁的心,不断被焦急所侵扰。正在这时,冯雪峰同志通知我,有一个外国女记者要见我,她对左联五烈士的死难,表示了无限同情与愤慨,写了报导,帮我们做了宣传工作;通知我按约定的时间到她家去。这样,有一天,大约是五月间的样子,天气已经暖和了,我穿一件黑色软缎连衣裙,走进了格罗希路或麦塞而路一条幽静的马路边一所有花园的洋房里,史沫特莱热情地迎接了我。

史沫特莱长得高大,一对很大的眼睛在一张并不秀丽的脸上闪烁着。曾经有人告诉过我她可能混有一点红色人种的血液,我那时的知识还辨别不出来。但我一下就感到,她不是我脑子中的,从书本上得来印象的那些贵族妇女、交际花,多愁善感、悠闲潇洒、放任泼辣,……都不是,她是一个近代的热情的革命的实干的平常的美国妇女。她使我一见面就完全消除了对生人所特有的审慎,我只感到她是可以信任的,可以直率谈话的,是我们的自己人。尽管我知道她当时和中国的一些文坛名士、上层知识分子如林语堂、徐志摩等友好,但她与之更友好的是共产党,是左翼,是革命者。

她问了我许多问题:我的经历,我的处境,我对未来的打算,我的写作计划……过去我一直不懂社交,怕和上层人物来往,不喜欢花言巧语,但一旦心扉打开时也还能娓娓而谈。这样,我们就像一对老朋友,倾心地谈了一上午。她替我照了不少相。她照得很好,现在我还保留着一张她照的我穿着黑软缎衣的半身像。当我翻阅这些旧物时,那时我难有的一种愉悦而熨帖的心情还回绕在脑际。虽说这只是一个上午,可是多么令人神驰的一个上午!

后来,我又去她家里一次,我穿着一件自己缝制的蓝布连衣裙,大领短袖,已经穿旧了。可是史沫特莱赞赏了这件简单朴素的便衣,我看出她喜欢我这身打扮,我很欣赏她的趣味。她告诉我,前几天总有包打听守在马路对面监视着她,她从花园里,透过临马路的竹篱望见了,一连好几天都这样。她就拿了一根大棒,冲了出去要打那个人,吓得那人仓皇逃跑,这几天再没有来了。她讲这些时,大声笑着,表现出她的天真与粗犷,我不禁也高兴地笑了。这次我逗留时间不长,但她这个笑,许多年来,至今还会引起我的微笑。

"九一八"、"一·二八"之后,我两次在群众大会上远远望到她,她与中国论坛报的伊罗生站在一起,还有两三个着西服的人。为了不引起特务的注意,我自然不会去招呼她。在我参加党之后,为了免除给她带来危险,我更有意回避着她,但她的情况,我一直可以听到一些。她的确是我们自己人。她的身世,我也多少知道一点,这样,我们就更贴近了。

二

一九三六年九、十月间,我住在西安的一个外国牙科医生家里,等着进陕北苏区中央所在地保安。这位牙科医生很年轻,他告诉我他是德国人,他递给我他的名片,上面写着冯海伯。一九七八年我在叶君健同志记述艾黎同志的长篇报告文学中读到他是奥国人,名叫温启,是革命者,或者还是共产党人。他是受到德国法西斯的迫害而到中国来的。他喂养着一条狼狗,狗的名字就叫"希特勒",可见他恨希特勒之深。他白天行医,每天有不多几个人来看牙,一有空就和我们(另外一个绰号小妹妹的老共产党员)聊天。晚餐后,他用仅有的一点中国话或不多的英语同我们交谈一点新闻。我的英语会话水平很可怜,只懂很少不成文的单字。这屋里还住有一对德国夫妇。男的镶造假牙,女的操持家务,每天烤很好的面包、蛋糕,做很可口的西餐。后来这位男的有病,夫妇俩便到上海去了。这个牙医诊所实际是我们党的交通联络站,是不能轻易雇用用人的,于是做饭等事一时就落在我和小妹妹身上了。我们不会烤面包,做西餐,但小妹妹很会烧中国菜,大米饭。牙科医生有时嫌我们做的菜太油,但仍然觉得好吃。这里平日除了刘鼎同志来向我们传达一些党的指示和新闻等外,是很少客人来的。我们只是看点书报以度过寂静的白天,或是三个人在温暖的电灯光下听听收音机。一天下午,冯海伯告诉我们,晚餐有客人,要多杀几只小鸡,多准备一点汤和点心咖啡等。他平日在我们面前的表现,还是比较老成持重的,此刻却掩饰不了他的异常兴奋。晚上我们听到前边客厅里有响动,有客人谈话的声音,我们为他高兴,我们守在厨房一心为他们准备丰盛的晚餐。

当我们把饭菜做好的时候,冯海伯要求我们到前边去同他的朋友见面。我向来不喜欢交际,这时更怕见生人,但冯海伯的朋友,该是可以见面的,我认定他们也是自己人。我就高兴地揩了揩手,整整衣服,兴致冲冲地走进客厅。客厅里上首坐着一个外国男人,还有一个外国女人伫立在窗前,像等候谁似的。我转身望她时,发现了那一对闪烁的热情的眼睛正紧盯着我。"呵!还能是谁呢?是史沫特莱!"我急忙扑过去,她双手一下就把我抱起来了,在她的有力的拥抱当中,我忽然感到一阵温暖,我战栗了。好像这种温暖的拥抱是我早就盼望着的,这是意外的,也是意料之中的。我并不曾想到,会是史沫特莱来拥抱我,但我在凄凉的艰苦的斗争中,在茫茫的世界里,总有过一丝希望,总会有这样一天,有这一种情况,不管是哪个老朋友、哪个老同志,只要是真正的朋友、同志,他,她总会把我抱起来,把我遭受过的全部辛酸一同抱起来,分担我在重压中曾经历过的奋战的艰难。现在拥抱我的却是史沫特莱,一个外国友人。我是不怕冷酷的,却经不起温暖。我许久不易流出来的眼泪,悄悄地流在她的衣襟上。屋子里的人都沉重地望着我们,在静谧的空气里,一种歉疚和欢欣侵袭着我,我拥抱她,而且笑了。于是,屋子里立时解了冻,几个人同时邀我们入座。史沫特莱不理会我懂不懂得她的语言,叽叽呱呱对我说起来,我的英文是很蹩脚的,一时乱找几个还记得的单字来表示我的情感。这样惹的大家更笑了。我们欢快地围坐在餐桌周围。

　　史沫特莱还是从前那样精神抖擞。她是记者。现在西安正在准备欢迎蒋介石,正在酝酿一场新的剿"匪"部署。她总是追踪这些动乱。她的工作和政治贴得紧紧地,她是一个非常政治化的人,她的政治触角很敏感,而我只感觉到她的革命的热情,她不只是一个政治记者,她更是一个文学作家,她写的《大地的女儿》写得多好呵!

　　另外那位男客人,风尘仆仆,虽是新识,却比熟人还熟似的,只一句话就把我整个人的兴趣吸引过去了,他成了这个小小聚会的中心。他是谁呢?那就是今天几乎人所尽知的美国友人埃德加·斯诺。他正从我要去的地方来,他是从保安来的,他是从党中央那里来的。他们问他,他回答;我们问他,他又回答。他不断地讲解,这里有三个国家的人,没有翻译,我们也不要翻译,我们从听不懂的语言中能懂得许多事。三种语言在这里絮絮叨叨,在热闹的客厅里、华灯下,只有融融之乐,我们忘了要炫耀我们的烹饪学。中心,一切谈话的中心,都是斯诺这次西行所得的印象。他讲苏区的生活,那些神奇而又谜似的生活。他讲毛泽东主席,讲周恩来副主席,他到过前方,认识了许多身经百战的红军将领,他讲苏区的人民、妇女儿童,他满腹的人物故事,他把收集来的珍贵的照片,一一展览给我们看。这时大家都年轻,都有满腔热情,用三种语言同唱《国际歌》,我们还向斯诺学习红军歌曲,"炮火连天响,战号频吹,决战在今朝……"和"送郎当红军"……我们都喝了不少酒,喝了很多咖啡,我们的脸都红了,都绽着愉快的笑,多么幸福的秋夜呵!

夜深了,两位客人要走了,依恋也没有用。我们缓步送他们到后门边。史沫特莱把她的一顶旧貂皮帽送给我,说我到陕北去可能比她更需要。这顶帽子曾留在我的包袱里很久,可是这天夜晚的情景,留在我记忆里更久,时间越久,越珍贵。冯海伯同志在"双十二"事变中,被国民党特务黑夜悄悄地杀害在马路边。他的这间诊所就是抗战后的七贤庄西安八路军办事处,现在这里成立了一个展览馆。史沫特莱已离世三十余年,斯诺也在前几年逝世了。"小妹妹"的情况我至今还不知道。人世沧桑,回想当年情景,不能不停笔凝思,多么令人怀念的年代,多么令人怀念的人儿,多么令人向往的豪情呵!

三

一九三七年一月间,我刚从陈赓部队转到二方面军贺龙同志的司令部时，总司令部派通讯员接我回去，说有一个外国女记者在那里，我便赶回三原总部。原来客人就是史沫特莱。彭德怀、任弼时、陆定一几位领导同志正热情地向她介绍部队情况。任弼时同志要我陪她同去延安。离开前方我不愿意，但陪她，能同她一道走却是我乐于从命的。第二天，我们就乘大卡车北上。沿路我们虽然不能畅谈，但彼此的一言一笑一挥手，加上几个简单的英文单字，还是使我们愉快欢欣。两天后，我们到了延安。开始史沫特莱住在延安城里街边的一所院子里的几间房子里，后来搬到凤凰山脚的几间大窑洞里，一个叫吴光伟的女同志给她当翻译。我没有返回前方，留在中央警卫团政治处当副主任，后来又做中国文艺协会的工作，抗战爆发后，筹组西北战地服务团。那时，我工作虽然忙碌，但有空就去她那里看看。

这时，史沫特莱过着八路军普通战士的简单朴素生活。她穿一身灰布制服。她不习惯睡炕，把一个窄的帆布行军床支在炕上。炕前一张小桌，桌上一架打字机和几本拍纸簿。外间房一张方桌，毛主席、朱总司令来看她或谈材料，都坐在方桌边的。有一段时间，朱总司令几乎每天都在这里和她谈材料。

史沫特莱是一个很勤奋的作家，悠闲同她无缘，她从早到晚都认真工作。她喜欢广泛搜集材料，了解各种情况，但总是把话题抓得很紧，从不爱闲谈。每当我看到她工作时，不免总有内愧，觉得自己常把时间浪费在闲谈上了，有时冥想太多，显得散漫，缺少现代人应有的紧张。我把这些印象讲给毛主席听，毛主席赞同我的看法，还说，那就向她学习吧。

有一次，延安开党的活动分子会议，我参加了，美国医生马海德同志也参加了，史沫特莱没有参加。她要求参加，组织上没有同意，听说她为此生气，她哭了。后来中央组织部部长博古同志找她谈话，向她解释，这不属于友好问题，也不是对她不信任，这是组织问题，因为她还不是党员。还告诉她，我们对她是以诚相待,她是有名的新闻记者,她还要到边区外面去,到很多地方去,要在各种环境里,接触各种人,向他们宣传八路军,宣传共产党,她不做党员,不参加组织有更方便的地方。她勉强被说服了。后来,她果真离开了延安,离开了八路军,但她为党、为八路军做了许多工作。可能她后来仍然没有参加党,可能还一直耿耿于怀。我以为她是一个没有拿到党证的共产党员。世界上也确实有拿着党证的非党员。我想我这个看法没有错。

这年九月,我们西北战地服务团从延安出发了。史沫特莱是什么时候离开的我记不清了。十一月或十二月,我们在山西忽然见到了她,第一次是在行军途中。那时太原沦陷,我们经榆次、太谷到和顺找到总司令部后,每天按序列随大部队一道行军。有一天休息时,忽然看见她兴冲冲地走来。西战团的同志们都认识她,大家围着她,大声笑着,会说几句英语的更趋前问好。大家还高兴地鼓掌,欢迎她跳舞。她也和年轻人一起鼓掌相报。我们晚上在宿营地演出,她也常到台下和群众一起观看,同声说好。有一次,她听到我们团一位同志连日行军、演出,疲劳过度,出现"休克"时,她比卫生员还要快,赶来为他按摩,用民间的土法,把砖烧热,垫在病人的脚下。我记得在延安时,一次她的勤务员有病,她就像慈母一样侍候他。她就是这样使人感动的。

那时我们的宿营地经常不在一起,我们几乎每天有演出任务。我有事去总部也不一定见到她。大家都是来去匆匆,以为随时可以见面,但其实见面也只能握手微笑,我们没有捞到一次长谈的机会。我们驻在洪洞县万安镇时,她住在离我们十多里的总部,我们还见过面。后来,听说她要离开前线到国民党区去工作,为八路军宣传、募捐。我来不及送她,她已悄然离去了。从此,我们没有再见面,只听到关于她的一些零零碎碎的传闻。有人说她舍不得离开八路军,又有人说她离开山西便到新四军去了。她买过很多药品给我们部队。她介绍许多外国朋友到解放区。她写的文章在德国、美国的报刊上登载,八路军、新四军的战报,政治工作的情况,胜利的消息在世界上传播。她写朱德传,红军将领成了各国人民所共知的英雄。全国解放后,她急于要回中国来,她爱中国的革命,同中国人民休戚与共,她的心永远留在中国。可是,当时美国政府不准她来,横加阻挠。她得不到签证,我们为她着急,担忧。好容易她得到去英国的签证。她只要能离开美国,我们便可以设法接她来中国。多么遗憾呵,她到了英国,却病倒在英国;而且竟在那里离开了人间,在还没有见到解放了的中国土地的时候,就离开了人间!在还没有重见她日夜盼望着的中国革命领导人和中国人民的时候,就离开了人间!她只能在弥留的时候,殷殷嘱咐把自己的骨灰送回中国。她要永远沉睡在中国的大地上,伴着中国人民,伴着中国的革命,伴着中国的社会主义建设,伴着她自己对中国的美丽的梦想。

史沫特莱同志!三十年前,我们迎来了你的骨灰,把你安放在八宝山革命公墓,和我们的先烈、你的战友长眠在一起。年年岁岁,我们将凭吊你,回忆你光辉的一生,怀念你对中国人民深厚的友谊。现在中美两国人民的友好大桥,已经架起了,两国人民在友谊的通道上,日益增加着了解、合作与团结。你的英灵将永远和我们一起,和中美两国人民一起,同饮友谊的醇酒,一同经历反对世界霸权主义的风风雨雨,一同走向新的胜利。今年是你逝世的三十周年,我写这篇文字,献出我对你的怀念、爱慕、尊敬,也借此慰藉自己难安的灵魂。

一九八〇年五月二十三日于北京

《记左权同志话山城堡之战》
重新发表附记

世界上常常有这样的情形,有的人即使同他相处很久,你也不会感觉有什么亲近,引起你想知道他,想同他谈点什么的愿望。但有的人,相见很少,你却很想同他接近,他会给你留下很深的印象,你会惋惜同他谈得太少,了解得太少。生活也是这样,有些日子过得很平常,简直使人感到厌倦,回想起来也只觉得空虚。但有些生活时间虽短,却不能不使人常常回忆、眷恋。我在红军中的一段时日就是这样的,我同红军中的一些指挥员的接触就是这样的。这一小段生活像一朵美丽的云彩,常常在我记忆之海中轻轻地深情地浮漾出来,一群多么洒脱、坦率、热忱、坚定、年轻而又成熟、稳重的指挥员和领导人呵!这些同志留给我很深的印象,左权同志便是其中的一个。

一九三六年十一月我到了保安。毛主席问我想做些什么,我说想当红军,想看看打仗。毛主席说,还来得及,还赶得上最后一个仗,可能是最后的。这样,我就跟着工农红军前方总政治部北上了。这时山城堡战斗已经结束,英勇的红军正在准备另一次的歼灭战,我就准备去亲身体会这次战斗的紧张和胜利的喜悦,去品尝一点战争的味道。可惜,这个目的没有达到,因为不几天,"双十二"事变发生了。为了防止亲日派何应钦挑动内战,引狼入室,我们党一方面坚持西安事变的和平解决,一方面调动红军主力,挥戈南下,严防亲日派对爱国军队的袭击。我们的部队昼夜兼程，每天八十里、九十里地急行军。我先在总司令部，到了庆阳以后，我便跟着一方面军一军团，这时聂荣臻同志是政委，左权同志是代理军长。我得到倾听他们讲述红军战斗故事的机会，我是十分兴奋和愉快的。红军将士，不单是指挥员，其实是从上到下，全体战斗员都是那么勇敢乐观的，同这些人一道，总是令人心胸开阔，感染到一种无坚不摧、无敌不克，勇往直前的大无畏精神。左权同志是稳重的，说话流畅、文雅、严谨，是一个具有儒将风度的猛将。我这篇小文，其实是他口述，我的笔录，只因我记得不好而失去了他谈话时的谐趣。

这篇短文在延安《新中华副刊》发表以后，柳青同志在西安把它转载在他主编的杂志上，却立刻遭到了胡宗南的查禁。一九三八年我在西安出版了一本小集子，也因为胡宗南那时一直是国民党在西安的军事长官，为了避免摩擦，没有选用这篇短文。几十年后，找不到这篇稿子了。最近才由一个热心的同志从一个史料库里发现了《新中华副刊》，便为我影印了一份。文章很平常，但我却如获至宝，它既是我一段生活的记录，更是对左权同志的纪念。《解放军文艺》编辑索稿，我谨将这长久沉睡在书页中的一片陈旧的花瓣献给读者。

一九八〇年三月

诗人应该歌颂您

——献给病中的宋庆龄同志

诗人写过春天,写过盛开的花朵,但春天哪有您对儿童的温暖。任何鲜艳的花朵在您面前,都将低下头去。

诗人写过傲霜的秋菊,秋菊经受的风风雨雨,怎能与您的一生相比。几十年来,您都在风雨中亭亭玉立。

诗人写过白雪,描绘它的清白飘洒,但白雪哪如您的皎洁,晶莹。

迫害您的豺狼,走在您的面前,却停步不敢向前,只能缩头夹尾。

妄图侮辱您的小丑,也不敢敲您的大门,只能卷旗息鼓,暗地诅咒。

您背后站着亿万爱您的人民,

您背后站着中国共产党。

您是属于中华民族的,谁也不敢动您一毫一分!

篡权者夺走了革命的胜利果实的时候,您站了出来,怒斥叛徒。您的文章,全世界,争相传颂。

当反共逆流泛滥成灾的时候,您又站在人民一边,泾渭分明,您维护真理,鄙弃亲情。

然而您手无寸铁,无权、无钱,只是一个柔弱的女性。但您是一个伟大的,坚贞的,圣洁的女性,您的力量,可以摧毁魔窟;您的笔虽然纤细,可是力敌千军。

您的声音虽是吴侬细语,可是却锋利如剑,响彻环宇。

有的英雄,勒马挥刀,叱咤风云;
有的英雄,豪情满怀,才华横溢。
有的能言善辩,八面玲珑;
有的拉帮结派,拍马吹牛。
只有您,幽静细致,一派斯文,温柔中显露刚强,平稳中突出智慧。
有人说上帝造人,但上帝能造出您这样美丽的灵魂吗?
您刚刚走出校门,就站在中国伟大的先驱者的身边,您是真正的革命的三民主义者。
孙中山先生逝世了,您继承他的事业,保护他的旗帜,战斗不歇。
开国以来,您荣居高位,却从不骄矜,您始终虚怀若谷,文质彬彬。
您随着人民的战鼓,走进共产主义者的行列。您是左翼的辩护士。我们老早就把您当作尊敬的同志。
今天,在您的病榻边,党接受您为一个正式党员。
您实践了几十年的宿愿,党也欢迎您这样的党员。
我们鼓掌,我们激动,我们频频呼唤:欢迎您,宋庆龄同志!庆龄同志,我们欢迎您!

听到您病重。我们心痛,神痴。我们深深后悔,为什么不早早把您歌颂?未来还长,您的高风亮节,永远给诗人留下浓郁的芬芳。诗人都会歌颂您的,您会使诗情更加深重,诗意更加隽美,诗文永放异彩;您本身就是一首美丽、动人的诗篇。
我们共产党员,善良的人民,优秀的诗人、作家,天真的儿童,都为您虔诚祝福,祈愿您远离病魔,恢复健康,永远长寿!

一九八一年五月十六日

毛主席给我们的一封信

　　毛泽东同志在延安时期给我的印象是一个最能平等待人的党的领导人,他总能吸引你在他的面前无拘无束地畅所欲言,把自己的心里话坦率地倾吐出来。你不必担心什么,也不会把他当成一个指挥千军万马、神圣不可侵犯的最高领袖、统帅、舵手或什么的。他确有一种礼贤下士的风度,既谈笑风生,又常常一语中的,使人心服。他讲你的长处,也指出你的缺点。当讲你的缺点的时候,也是用商量的口吻,甚至用幽默诙谐的语言,使你不觉得难受,但却发人深省,促使你仔细回味。一九三七年春天,有一次他到我的住处,遇见一群从国统区来延安抗大学习的青年。他对我笑道:"丁玲,我看这些知识分子很喜欢同你接近,你这里有点像文化人的俱乐部。"我懂得他是在批评我,说我不能坚持深入工农兵,因为那时我刚离开中央警卫团政治处副主任的职位,正忙于苏区文协的工作。后来又有一次,毛主席说我有名士气派。我懂得这个批评更重了,但心里却感到舒服,认为他真正了解我,我是有这个缺点。后来我把毛泽东同志给予我的这一印象告诉别的同志,他们也都有同感。

　　毛主席过去读过我的文章,并且同我谈论过。后来,他又读过我的文章,也同我谈论过。他对我的文章有过评语。虽然都是平常谈话,但我却把这些当成是从一位最高明的人,一个知己者那里来的悦耳之音,常常铭记在心的。

　　收到这封信是一九四四年七月一号的上午。那时我和欧阳山同志都住在延安南门外的边区文协,从事创作。我们参加了当时边区的合作会议,我写了《田保霖》一文,欧阳山写了《活在新社会里》一文。田保霖和刘建章都是边区合作社工作中的模范。那天下午,我和欧阳山应约去到枣园主席住处,谈了一阵,又留在那里吃晚饭,我记得欧阳山同志喝了不少酒。天黑,我们从枣园策马回来。毛主席的这封信一直保存在欧阳山同志那里。一九七九年春天,我刚回到北京,人民日报社的白夜同志从我这里知道了这封信,便打长途电话给远在广州的欧阳山同志,得到证实。这年冬天,欧阳山来北京开会,把这信的复制件给我看,不久博物馆又复制了一份给我。

毛主席称赞《田保霖》不只是这一封信。据我所知,他在高干会和其他会议上也提到过。一九四四年七月初,我因赶写《一二九师与晋冀鲁豫边区》一文,找陈赓同志谈材料时,他高兴地告诉我,毛主席曾在一次高干会上说:"丁玲现在到工农兵当中去了,《田保霖》写得很好;作家到群众中去就能写好文章。"别的同志也告诉我他听到过的类似的话。我听到之后,心中自然感激。但我以为我的《田保霖》写得没有什么好,我从来没有认为这是我的得意之作。我明白,这是毛主席在鼓励我,为我今后到工农兵中去开放绿灯。他这一句话可以帮助我,使我通行无阻,他是为我今后写文、作人,为文艺工作,给我们铺一条平坦宽广的路。这不只是为我一个人,而且是为许多许多的文艺工作者。近四十年来,尘海沧桑,现在重读这封信,感慨更深,毛主席当时是如何地了解人、体贴人,为工作着想,为他人着想,为他人帮忙呵!

一九四二年我写了一篇《"三八节"有感》,当时虽然不曾受到很多批评,更没有受到任何处分。但背地里闲言碎语,叽叽喳喳,可能是很多的。一九四三年审干,我和许多被国民党逮捕过的同志们的命运相似,自然是逃不脱这个嫌那个嫌的。当面说的少,但背底下就多了。人言可畏,旁观者清,毛主席一定是了解的。毛主席统率革命大军,创业维艰,需要知识分子,也需要作家。他看出这群人的弱点、缺点,从个人角度可能他并不喜欢这些人,但革命需要人,需要大批知识分子,需要有才华的人。他从革命的需要出发,和这些人交朋友,帮助这些人靠近无产阶级,把原有的小资产阶级、资产阶级的个人主义立场,自觉地彻底地转变过来,进行整风学习,召开文艺座谈会,这都是很好的。可惜康生钻了空子,搞什么"抢救"运动,抢救"失足者",发精神分裂症似的,伤害过很多同志,损害党的事业。毛主席以他那时的英明,及时提出"首长负责,亲自动手","一个不杀,大部不抓"等重要方针,而且紧接着进行甄别,很多同志被解放,欢欢喜喜地回到工作岗位上。毛主席写这封信和在大会上的一些讲话,我想都是为了我们,至少是为我个人在群众中恢复声誉。对此我是佩服的,也是感激的。

延安枣园里的黄昏,一钩新月,夏夜的风送来枣花的余香,那样的散步,那样的笑语,那样雍容大方,那样温和典雅的仪态,给我留下了最美好的记忆。越是高尚的人,越能虚怀若谷;越是浅薄的人便越发装腔作势。我觉得那时毛主席的平等待人和平易近人的作风,实在值得我一生学习并且勉励自己身体力行,坚持到底。

一九八二年五月二十二日于北京

1979年，丁玲在第四届全国文代会上

1981年，丁玲在美国爱荷华

鲁迅先生于我

一

我开始接触新文学,是在一九一九年我到长沙周南女校以后。这以前我读的是四书,古文,作文用文言。因为我不喜欢当时书肆上出售的那些作文范本,不喜欢抄书,我的作文经常只能得八十分左右。即使老校长常在我的作文后边写很长的批语,为同学们所羡慕,但我对作文仍是没有多大兴趣。我在课外倒是读了不少小说,是所谓"闲书"的。大人们自己也喜欢看,就是不准我们看。我母亲则是不禁止,也不提倡,她只要我能把功课做好就成。自然,谁也没有把这些"闲书"视为文学,谁也不认为它有一点什么用处。

周南女校这时有些新风。我们班的教员陈启明先生是比较进步的一个,他是新民学会的会员。他常常把报纸上的重要文章画上红圈,把《新青年》、《新潮》介绍给同学们看。他讲新思想,讲新文学。我为他所讲的那些反封建、把现存的封建伦理道德翻个个儿的言论所鼓动。我喜欢寻找那些"造反有理"的言论。施存统先生的《非孝论》的观点给我印象很深。我对我出生的那个大家庭深感厌恶,觉得他们虚伪,无耻,专横,跋扈,腐朽,堕落,势利。因此,我喜欢看一些带政治性的,讲问题的文艺作品。但因为我年龄小,学识有限,另一些比较浅显的作品,诗、顺口溜才容易为我喜欢。那时我曾当作儿歌背诵,至今还能记忆的有：

> 两个黄蝴蝶，
> 双双飞上天；
> 不知为什么，
> 一个忽飞还。
> 剩下那一个，
> 孤单怪可怜。
> 也无心上天，
> 天上太孤单。

俞平伯、康白情的诗也是我们喜欢背的。后来人一天天长大，接触面多了，便又有了新的选择。一九二一年，湖南有了文化书社。我从那里买到一本郭沫若的诗集《女神》，读后真是爱不释手。我整天价背诵"一的一切，一切的一"，或者就是：

> 九嶷山上的白云有聚有消，
> 洞庭湖中的流水有汐有潮。
> 我们心中的愁云呀，啊！
> 我们眼中的泪涛呀，啊！
> 永远不能消！
> 永远只是潮！

我，还有我中学的同学们，至少是我的好朋友，我们的幼小的心是飘浮的，是动荡的。我们什么都接受，什么都似懂非懂，什么都使我们感动。我们一会儿放歌，一会儿低吟，一会儿兴高采烈，慷慨激昂，一会儿愁深似海，仿佛自个儿身体载负不起自己的哀思。我那时读过鲁迅的短篇小说，可是并没有引起我的注意。那时读小说是消遣，我喜欢里面有故事，有情节，有悲欢离合。古典的《红楼梦》、《三国演义》、《西厢记》，甚至唱本《再生缘》、《再造天》，或还读不太懂的骈体文鸳鸯蝴蝶派的《玉梨魂》都比《阿Q正传》更能迷住我。因此那时我知道新派的浪漫主义的郭沫若,闺秀作家谢冰心,乃至包天笑、周瘦鹃。而林琴南给我印象更深,他介绍了那么多的外国小说给我们,如《茶花女》、《曼郎摄氏戈》、《三剑客》、《钟楼怪人》、《悲惨世界》,这些都是我喜欢的。我想在阅世不深、对社会缺乏深刻了解的时候,可能都会是这样的。

一九二二、二三年我在上海时期,仍只对都德的《最后一课》有所感受,觉得这同一般小说不同,联系到自己的国家民族,促人猛省。我还读到其他一些亡国之后的国家的一些作品,如波兰显克微支的《你往何处去》。我也读了文学研究会耿济之翻译的一些俄国小说。我那时偏于喜欢厚重的作品,对托尔斯泰的《活尸》、《复活》等,都能有所领会。这些作品便日复一日地来在我眼下,塞满我的脑子,使我原来追求革命应有所行动的热情,慢慢转到了对文学的欣赏。我开始觉得文学不只是消遣的,而是对人有启发的。我好像悟到一些问题,但仍是理解不深,还是朦朦胧胧,好像一张吸墨纸,把各种颜色的墨水都留下一点淡淡的痕迹。

一九二四年我来到北京。我的最好的、思想一致的挚友王剑虹在上海病逝了。她的际遇刺痛了我。我虽然有了许多新朋友,但都不能代替她。我毫无兴味地学着数理化,希望考上大学,回过头来当一个正式的学生。我又寂寞地学习绘画,希望美术能使我翻滚的心得到平静。我常常感到这个世界是不好的,可是想退出去是不可能的,只有前进。可是向哪里前进呢? 上海,我不想回去了;北京,我还挤不进去;于是我又读书,这时是一颗比较深沉的心了。我重新读一些读过的东西,感受也不同了,"鲁迅"成了两个特大的字,在我心头闪烁。我寻找过去被我疏忽了的那些深刻的篇章,我从那里认识真正的中国,多么不幸,多么痛苦,多么黑暗! 啊,原来我身上压得那样沉重的就是整个多难的祖国,可悲的我的同胞呵！我读这些书是得不到快乐的。我总感到呼吸迫促，心里像堵着一堆什么，然而却又感到有所慰藉。鲁迅，他怎能这么体贴人情，细致、尖锐、深刻地把中国社会，把中国人解剖得这样清楚，令人凄凉，却又使人罢手不得。难道我们中华儿女能无视这个有毒的社会来侵袭人，迫害人，吞吃人吗？鲁迅，真是一个非凡的人吧！我这样想。我如饥似渴地寻找他的小说、杂文，翻旧杂志，买刚出版的新书，一篇也不愿漏掉在《京报副刊》、《语丝》上登载的他的文章，我总想多读到一些，多知道一些，他成了惟一安慰我的人。

二

一九二五年三月间，我从香山搬到西城辟才胡同一间公寓里。我投考美术学校没有考上，便到一个画家办的私人画室里每天素描瓶瓶罐罐、维纳斯的半身石膏像和老头像。开始还有左恭同志，两个人一道；几次以后，他不去了，只我一个人。这个画家姓甚名谁，我早忘了；只记得他家是北方普通的四合院，南屋三间打通成一大间，布置成一个画室，摆六七个画架，陈设着大大小小不同形状的瓶瓶罐罐，还有五六个半身或全身的石膏人像，还有瓶花，这都是为学生准备的。学生不多，在不同的时间来。我去过十几次，只有三四次碰到有人。学生每月交两元学费，自带纸笔。他的学生最多不过十来个，大约每月可收入二十来元。我看得出他的情绪不高，他总是默默地看着我画，有时连看也不看，随便指点几句，有时赞赏我几句，以鼓励我继续学下去。我老是独自对着冰冷的石膏像，我太寂寞了。我努力锻炼意志，想象各种理由，说服自己，但我没有能坚持下去。这成了我一生中有时要后悔的事，如果当初我真能成为一个画家，我的生活也许是另一个样子，比我后来几十年的曲折坎坷可能要稍好一点;但这都是多余的话了。

这时,有一个从法国勤工俭学回来的学生教我法文,劝我去法国。他叫我"伯弟",大概是小的意思。他说只要筹划二百元旅费,到巴黎以后,他能帮助我找到职业。我同意了,可是朋友们都不赞成,她们说这个人的历史、人品,大家都不清楚,跟着他去,前途渺茫,万一沦落异邦,不懂语言,又不认识别的人,实在危险。我母亲一向都是赞助我的,这次也不同意。我是不愿使母亲忧郁的,便放弃了远行的幻想。为了寻找职业,我从报纸上的广告栏内,看到一个在香港等地经商的人征求秘书,工资虽然只有二十元,却可以免费去上海、广州、香港。我又心动了。可是朋友们更加反对,说这可能是一个骗子,甚至是一个人贩子。我还不相信,世界就果真像朋友们说的那样,什么地方都满生荆棘,遍设陷阱,我只能有在友情的怀抱中进大学这一条路吗?不,我想去试一试。我自许是一个有文化,有思想的人,怎么会轻易为一个骗子,或者是一个人贩子所出卖呢?可是母亲来信了,不同意我去当这个秘书,认为这是无益的冒险,我自然又打消了这个念头。可是,我怎么办呢?我的人生道路,我这一生总得做一番事业嘛!我的生活道路,我将何以为生呢?难道我能靠母亲微薄的薪水,在外面流浪一生吗?我实在苦闷极了!在苦闷中,我忽然见到了一线光明,我应该朝着这惟一可以援助我的一盏飘忽的小灯走过去,我应该有勇气迈出这一步。我想来想去,只有求助于我深信指引着我的鲁迅先生,我相信他会向我伸出手的。于是我带着无边的勇气和希望,给鲁迅先生写了一封信,把我的境遇和我的困惑都仔仔细细坦白详尽地陈述了一番。这就是《鲁迅日记》一九二五年四月三十日记的"得丁玲信"。信发出之后,我日夜盼望着,每天早晚都向公寓的那位看门老人问:"有我的信吗?"但如石沉大海,一直没有得到回信。两个星期之后,我焦急不堪,以致绝望了。这时王剑虹的父亲王勃山老先生邀我和他一路回湖南。他是参加纪念孙中山先生的会来到北京的,现在准备回去。他说东北军正在进关,如不快走,怕以后不好走,南北是否会打仗也说不定。在北京我本来无事可做,没有入学,那个私人画室也不去了。惟一能系留我的只是鲁迅先生的一封回信,然而这只给我失望和苦恼。我还住在北京干什么呢?归去来兮,胡不归?母亲已经快一年没有见到我了,正为我一会儿要去法国,一会儿要当秘书而很不放心呢。那么,我随他归去吧,他是王剑虹的父亲,也等于是我的父亲,就随他归去吧。这样我离开了春天的北京,正是繁花似锦的时候。我跟随王勃山老人搭上南下的军车,是吴佩孚的军队南撤,火车站不卖客车票,许多人,包括我们都抢上车,挤得坐无坐处,站无站处。我一直懊恼地想:"干吗我要凑这个热闹?干吗我要找这个苦吃?我有什么急事要回湖南?对于北京,住了快一年的北京,是不是就这样告别了?我前进的道路就是这样地被赶着,被挤在这闷塞的车厢里吗?我不等鲁迅的回信,那么我还有什么指望得到一个光明的前途呢?"

  鲁迅就是没有给我回信。这件事一直压在我的心头。我更真切地感到我是被这世界遗弃了的。我觉得自己是一个渺小的人,鲁迅原可以不理我;也许我的信写得不好,令人讨厌,他可以回别人的信,就是不理睬我。他对别人都是热情的,伸出援助之手的,就认为我是一个讨厌的人,对我就要无情。我的心受伤了,但这不怪鲁迅,很可能只怪我自己。后来,胡也频告诉我,我离北京后不久,他去看过鲁迅。原来他和荆有麟、项拙三个人在《京报》编辑《民众文艺周刊》,曾去过鲁迅家,见过两三次面。这一天,他又去看鲁迅,递进去一张"丁玲的弟弟"的名片,站在门口等候。只听鲁迅在室内对拿名片进去的佣工大声说道"说我不在家!"他只得没趣地离开,以后就没有去他家了。我听了很生气,认为他和我相识才一个星期,怎么能冒用我弟弟的名义,天真的幼稚的在鲁迅先生面前开这种玩笑。但责备他也无用了。何况他这次去已是我发信的三个星期以后了,对鲁迅的回信与否,没有影响。不过我心里总是不好受的。

后来,我实在忘记是什么时候的后来了,我听人说,从哪里听说也忘记了,总之,我听人说,鲁迅收到我信的时候,荆有麟正在他的身边。荆有麟说,这信是沈从文化名写的,他一眼就认得出这是沈从文的笔迹,沈从文的稿子都是用细钢笔尖在布纹纸上写的这种蝇头小楷。天哪,这叫我怎么说呢?我写这封信时,还不认识胡也频,更不认识沈从文。我的"蝇头小楷"比沈先生写的差远了。沈先生是当过文书,专练过字的嘛。真不知这个荆有麟根据什么作出这样的断言。而我听到这话时已是没有什么好说了的时候。去年,湖南人民出版社专门研究鲁迅著作的朱正同志告诉我说,确是有这一误会。他抄了一段鲁迅先生给钱玄同的信作证明,现转录如下:

一九二五年七月二十日鲁迅致钱玄同信云:

且夫"孥孥阿文"(指沈从文——朱正注),确尚无偷文如欧阳公(指欧阳兰)之恶德,而文章亦较为能做做者也。然而敝座之所以恶之者,因其用一女人之名,以细如蚊虫之字,写信给我,被我察出为阿文手笔,则又有一人扮作该女人之弟来访(指胡也频),以证明实有其扮……(《鲁迅书信集》上卷第七十二页)

三

大革命失败后,上海文坛反倒热闹起来了,鲁迅从广州来到上海,各种派别的文化人都聚集在这里,我正开始发表文章,也搬到了上海,原来我对创造社的人也是十分崇敬的,一九二二年我初到上海,曾和几个朋友以朝圣的心情找到民厚里,拜见了郭沫若先生、邓均吾先生，郁达夫先生出门去了，未能见到。一九二六年我回湖南，路过上海，又特意跑到北四川路购买了一张创造社发行的股票。虽然只花了五元，但对我来说已是相当可观的数目了。可是在这时，我很不理解他们对鲁迅先生的笔伐围攻。以我当时的单纯少知，也感到他们革命的甲胄太坚，刀斧太利，气焰太盛，火气太旺，而且是几个人，一群人攻击鲁迅一个人。正因我当时无党无派，刚刚学写文章，而又无能发言，便很自然地站到鲁迅一边。眼看着鲁迅既要反对当权的国民党的新贵，反对复古派，反对梁实秋新月派，还要不时回过头来，招架从自己营垒里横来的刀斧和射来的暗箭，我心里为之不平。我又为鲁迅的战斗不已的革命锋芒和韧性而心折。而他还在酣战的空隙里，大力介绍、传播马克思的无产阶级革命理论。我读这些书时，感到受益很多，对鲁迅在实践和宣传革命文艺理论上的贡献，更是倍加崇敬。我注视他发表的各种长短文章，我丝毫没有因为他不曾回我的信而受到的委屈影响我对他的崇拜。我把他指的方向当作自己努力的方向，在写作的途程中，逐渐拨正自己的航向。当我知道了鲁迅参加并领导左翼作家联盟工作时，我是如何的激动啊！我认为这个联盟一定是最革命最正确的作家组织了。自然，我知道"左联"是共产党领导的，然而在我，在当时一般作家心目中，都很自然地要看看究竟是哪些人，哪些具体的人在"左联"实现党的领导。一九三〇年五月，潘汉年同志等来找我和胡也频谈话时，我们都表示乐意即刻参加。当九月十七日晚"左联"在荷兰餐馆花园里为庆祝鲁迅五十寿诞的聚餐后，也频用一种多么高兴的心情向我描述他们与鲁迅见面的情形时，我也分享了那份乐趣。尽管我知道，他并没有、也不可能向鲁迅陈述那件旧事，我心里仍薄薄地拖上一层云彩，但已经不是灰色的了！我觉得我同鲁迅很相近，而且深信他会了解我的，我一定能取得他的了解的。

一九三一年五月间吧,我第一次参加"左联"的会议,地点在北四川路一个小学校里,与会的大多数人我都是新相识。我静静地坐在那里,没有发言。会开始不久,鲁迅来了,他迟到了。他穿一件黑色长袍,着一双黑色球鞋,短的黑发和浓厚的胡髭中间闪烁的是一双铮铮锋利的眼睛,然而在这样一张威严肃穆的脸上却现出一副极为天真的神情,像一个小孩犯了小小错误,微微带点抱歉的羞涩的表情。我不须问,好像他同我是很熟的人似的,我用亲切的眼光随着他的行动,送他坐在他的座位上。怎么他这样平易,就像是全体在座人的家里人一样。会上正有两位女同志发言,振振有词地批评"左联"的工作,有一位还说什么"老家伙都不行,现在要靠年轻人"等等似乎很有革命性,又很有火气的话。我看见鲁迅仍然是那么平静地听着。我虽然没有跑上前去同他招呼,也没有机会同他说一句话,也许他根本没有看见我,但我总以为我看见过他了,他是理解我的,我甚至忘了他没有回我信的那件事。

　　第一次我和鲁迅见面是在北四川路他家里。他住在楼上,楼下是一家西餐馆,冯雪峰曾经在这楼下一间黑屋子里住过。这时我刚刚负责《北斗》的编辑工作,希望《北斗》能登载几张像《小说月报》有过的那种插图,我自己没有,问过雪峰,雪峰告诉我,鲁迅那里有版画,可以问他要。过几天雪峰说,鲁迅让我自己去他家挑选。一九三一年七月三十日,我和雪峰一道去了。那天我兴致非常好,穿上我最喜欢的连衣裙。那时上海正时兴穿旗袍,我不喜欢又窄又小又长的紧身衣,所以我通常是穿裙子的。我在鲁迅面前感到很自由,一点也不拘束。他拿出许多版画,并且逐幅向我解释。我是第一次看到珂勒惠支的版画,对这种风格不大理会,说不出好坏。鲁迅着重介绍了几张,特别拿出《牺牲》那幅画给我,还答应为这画写说明。这就是《北斗》创刊号上发表的那一张。去年我看到一些考证资料,记载着这件事,有的说是我去要的,有的说是鲁迅给我的。事情的经过就是这样,是我去要的,也是鲁迅给的。我还向鲁迅要文章,还说我喜欢他的文章。原以为去见鲁迅这样的大人物,我一定会很拘谨,因为我向来在生人面前是比较沉默,不爱说话的。可是这次却很自然。后来雪峰告诉我,鲁迅说"丁玲还像一个小孩子"。今天看来,这本是一句没有什么特殊涵义的普通话,但我当时不能理解。"咳,还像个小孩子!我的心情已经为经受太多的波折而变得苍老了,还像个小孩子!"我又想,"难道是因为我幼稚得像个小孩子吗?或者他脑子里一向以为我可能是一个被风雨打蔫了的衰弱的女人,而一见面却相反有了小孩子的感觉?"我好像不很高兴我留给他的印象,因此这句话便牢牢地留在我的记忆里。

　　从一九三一年到三三年春天,我记不得去过他家几次。或者和他一道参加过几次会议,我只记得有这样一些印象。鲁迅先生曾向我要《水》的单行本,不止一本,而是要了十几本。他也送过我几本他自己的书。我印象最深的是他给我的书都包得整整齐齐,比中药铺的药包还四四方方,有棱有角。有一次谈话,我说我有脾气,不好。鲁迅说:"有脾气有什么不好?人嘛,总应该有点脾气的。我也是有脾气的。有时候,我还觉得有脾气也很好。"我一点也没有感到他是为宽我的心而说这话的,我认为他说的是真话。我尽管说自己有脾气,不好,实际我压根儿也没有改正过,我还是很任性的。

　　有一次晚上,鲁迅与我、雪峰坐在桌子周围谈天,他的孩子海婴在另一间屋里睡觉。他便不开电灯,把一盏煤油灯捻得小小的,小声地和我们说话。他解释说,孩子要睡觉,灯亮了孩子睡不着。说话时原有的天真表情,浓浓的绽在他的脸上,这副神情一直留在我的记忆里。我觉得他始终是一个毫不装点自己,非常平易近人的人。

一九三三年我被国民党绑架,幽禁在南京。鲁迅先生和宋庆龄女士,还有民权保障同盟其他知名人士杨杏佛、蔡元培诸先生在党和左翼文人的协同下,大力营救,向国民党政府发出强烈抗议。国际名人古久烈、巴比塞等也相继发表声明。国内外的强烈的舆论,制止了敌人对我的进一步迫害。国民党不敢承认他们是在租界上把我绑架走的,也不敢杀我灭口。国民党被迫采取了不杀不放,把我"养起来"的政策。鲁迅又转告赵家璧先生早日出版我的《母亲》,又告知我母亲在老家的地址,仔细叮咛赵先生把这笔稿费确实寄到我母亲的手中。

一九三六年夏天,我终于能和党取得联系,逃出南京,也是由于曹靖华受托把我的消息和要求及时报告给鲁迅,由鲁迅通知了刚从陕北抵达上海的中央特派员冯雪峰同志。是冯雪峰同志派张天翼同志到南京和我联系并帮助我逃出来的。遗憾的是我到上海时,鲁迅正病重,又因于当时的环境,我不能去看他,只在七月中旬给他写了一封致敬和慰问的信。哪里知道就在我停留西安,待机进入陕北的途中,传来了鲁迅逝世的噩耗。我压着悲痛以"耀高丘"的署名给许广平同志去了一封唁函,这便是我一生中给鲁迅先生三封信中惟一留存着的一封。现摘录于下:

> 无限的难过汹涌在我的心头……我两次到上海,均万分想同他见一次,但因为环境的不许可,只能让我悬想他的病躯,和他扶病力作的不屈精神!现在却传来如此的噩耗,我简直不能述说我的无救的缺憾了!……这哀恸是属于我们大众的,我们只有拼命努力来纪念世界上这一颗陨落了的巨星,是中国最光荣的一颗巨星!……

而鲁迅先生留给我的文字则是一首永远印在心头,永远鞭策我前进的一首绝句,就是大家都知道的《悼丁君》:

如磐夜气压重楼,

剪柳春风导九秋。
瑶瑟凝尘清怨绝,
可怜无女耀高丘。

　　前年我回到北京以后,从斯诺的遗作里看到,鲁迅同他谈到中国的文学时也曾奖誉过我。去年到中国访问的美国友人伊罗生先生给了我一本在美国出版的英译中国短篇小说集《草鞋脚》,这是一九三四年鲁迅与茅盾同志一同编选交他出版的,里面选择了我的《莎菲女士的日记》和《水》两篇小说。鲁迅在《〈草鞋脚〉小引》中写道:"……这一本书,便是十五年来的,'文学革命'以后的短篇小说的选集。……它恰如压在大石下面的植物一般,虽然并不繁荣,它却在曲曲折折地生长。……"(《且介亭杂文》)鲁迅先生给过我的种种鼓励和关心,我只愿深深地珍藏在自己心里。经常用来鼓励自己而不愿宣扬,我崇敬他,爱他。我常用他的一句话告诫自己:"文人的遭殃,不在身前的被攻击和被冷落,一瞑之后,言行两亡,于是无聊之徒,谬托知己,是非蜂起,既以自炫,又以卖钱,连死尸也成了他们的沽名获利之具,这倒是值得悲哀的。"(《且介亭杂文·忆韦素园君》)我不愿讲死无对证的话,更不愿借鲁迅以抬高自己,因此我一直沉默着,拒绝过许多编辑同志的约稿。

四

　　我被捕以后,鲁迅在著作中和与人书信来往中几次提到过我,感谢一位热心同志替我搜录,现摘抄几则在这里:

　　《伪自由书》后记:〔一九三三年〕五月十四日午后一时,还有了丁玲和潘梓年的失踪的事。

　　一九三三年六月二十六日致王志之信:丁事的抗议,是不中用的,当局哪里会分心于抗议。现在她的生死还不详。其实,在上海,失踪的人是常有的,只因为无名,所以无人提起。杨杏佛也是热心救丁的人之一,但竟遭了暗杀,……(书信集第三八四页)

一九三三年六月三十日《我的种痘》:……整整的五十年,从地球年龄来计算,真是微乎其微,然而从人类历史上说,却已经是半世纪,柔石丁玲他们,就活不到这么久。(《集外集拾遗补编》)

一九三三年八月一日致科学新闻社信:至于丁玲,毫无消息,据我看来,是已经被害的了,而有些刊物还造许多关于她的谣言,真是畜生之不如也。(书信集第一○五七页)

一九三三年九月二十一日致曹聚仁信:旧诗一首,不知可登《涛声》否?(书信集第四○八页)(诗即《悼丁君》,载同年九月三十日《涛声》二卷三十八期)

一九三四年九月四日致王志之信:丁君确健在,但此后大约未必再有文章,或再有先前那样的文章,因为这是健在的代价。(书信集第六二二页)

一九三四年十一月十二日致萧军萧红信:蓬子转向;丁玲还活着,政府在养她。(书信集第六六○页)

我被捕以后,社会上有各种传言,也有许多谣言,国民党御用造谣专门反共的报纸《社会新闻》以及《商报》,还有许多我不可能看到的报刊杂志都刊载了很多。我真感谢鲁迅并没有因为这一些谣言或传说而对我有所谴责。但到后来，一九五七年以后，直到粉碎"四人帮"以后的最初年代，还有个别同志对于前面摘录的鲁迅的文字，作些不符合事实的注释，或说我曾在南京自首，或说我变节等等。这种言论在书籍报刊上发表，有些至今仍在流传，引起了很多读者的关心和询问，现在我毋须逐条更正或向他们作什么解释。我能够理解这些同志为什么这样贬责我，他们不了解情况。他们不是造谣者，也不是存心打击我，他们在那样写的时候，心里也未必就那样相信。这样的事，经历了几十年的斗争的人，特别是在十年动乱中横遭诬陷迫害的广大干部、群众，完全会一清二楚的。

最近翻阅《我心中的鲁迅》一书，在第二二三页上有一段一九七九年六月萧军对鲁迅给他一信的解释：

> 关于丁玲，鲁迅先生信中只是说："丁玲还活着，政府在养她。"并没有片言只字有责于她的"不死"，或责成她应该去"坐牢"。因为鲁迅先生明白这是国民党一种更阴险的手法。因为国民党如果当时杀了丁玲或送进监牢，这会造成全国以至世界人民普遍的舆论责难，甚至引起不利于他们的后果，因此才采取了这不杀、不关、不放……险恶的所谓"绵中裹铁"的卑鄙办法，以期引起人民对丁玲的疑心，对国民党"宽宏大量"寄以幻想！但有些头脑糊涂的人，或别有用心的人……竟说"政府在养她"这句话，是鲁迅先生对于丁玲的一种"责备"！这纯属是一种无知或恶意的诬枉之辞！

一九七九年北京图书馆得到美国图书协会访华参观团赠予的一些珍贵文物史料的复印件，其中有《草鞋脚》编选过程中，鲁迅与伊罗生来往通讯的原始手迹，有鲁迅、茅盾写的《中国左翼文艺定期刊编目》等等。这七件来往书信中最晚的一封是一九三五年十月十七日鲁迅写给伊罗生的。从第一信到最后的这一封信里，全都没有说过因为有了关于丁玲的种种传言而要改动原编书目的话，而是按照原定计划，照旧选入了我的《莎菲女士的日记》和《水》两篇。与此同时，鲁迅、茅盾在《中国左翼文艺定期刊编目》中对我主编的《北斗》杂志，也仍旧作了正面的论述，没有丝毫的贬义。这七封信的原文，一九七九年十二月五日《光明日报·文学专刊》第一五六期已经刊载；鲁迅、茅盾合写的《中国左翼文艺定期刊编目》也将会在《鲁迅研究资料》刊出。

一九三四年九月鲁迅给王志之信中说："此后大约未必再有文章，或再有先前那样的文章，因为这是健在的代价。"我认为这话的确是一句有阅历、有见识、有经验，而且是非常有分寸的话。本来嘛，革命者如果被敌人逮捕关押，自然是无法写文章、演戏或从事其他活动的；倘如在敌人面前屈从了，即"转向"了，自然不可能再写出"先前那样的文章"。读到这样的话，我是感激鲁迅先生的。他是多么担心我不能写文章和不能"再有先前那样的文章"。我也感到多么遗憾，鲁迅先生终究没有能看到后来以至今天我写的文章。这些文章数量不多，质量也不理想，但我想这还正是鲁迅先生希望我能写出的。在鲁迅临终时，我已到了西安，而且很快就要进入鲁迅生前系念的陕北苏区、中共中央所在地的延安。现在纪念鲁迅先生诞辰一百周年，我想我还是鲁迅先生的忠实的学生。他对于我永远是指引我道路的人，我是站在他这一面的。

一九八一年一月于厦门

补记：

一九八三年第三期《新文学史料》发表了一九三三年五月十九日鲁迅

致申彦俊的一封佚信。申彦俊是三十年代初朝鲜《东亚日报》驻中国特派记者,是一位进步人士。他曾于一九三三年五月二十二日应约赴内山书店拜访鲁迅先生,并写了访问记,刊载于朝鲜《新东亚》一九三四年第四期,其中记录了会见时的谈话。申彦俊问:"在中国现代文坛上,您认为谁是无产阶级代表作家?"鲁迅先生答道:"丁玲女士才是惟一的无产阶级作家。"这很使我感动,更使我惭愧。那年,我才二十九岁。那以前发表过一些作品,就倾向说,虽然我自己也以为是革命的,但实际只能算是小资产阶级的革命作品吧。鲁迅先生为什么对一个外国的访问者作这样溢美的评价呢?我想,这恐怕是因为,我正是在他们这次会见的八天之前被国民党秘密绑架的,存亡未卜。出于对一个革命青年的爱惜,才使鲁迅先生这样说的吧。因为我是一个左翼作家,是一个共产党员,是因为从事革命活动而陷入险境,鲁迅先生才对我关切备至,才作了过分的揄扬。

一九八三年九月

风雪人间（四则）

悲　伤

陈明走后，我整天埋头在一些异邦异域的文学作品中，日夜同一些非洲人、印第安人、开发美洲的白种人相处，让奇怪的故事，陌生的风俗，和难以理解的道德伦理观念，充塞我这摇摇欲坠的灵魂。人要习惯在寂寞中，孤独中，耻辱中熬炼，熬炼出一副钢铁的意志，和一颗对自己也要残酷无情的铁石心肠才行啊！

清明节到了。我去西郊万安公墓凭吊我的母亲。五年了，亲爱的妈妈，你离开我们五年了。五年中我经常哀悼你去世得太早，后悔我对你的照顾不够。你奋斗的一生经常使我和熟悉的朋友们敬重。你经历的艰难困苦永远使我痛惜和怀念。你赐予我的母爱，是我的幸福。全国解放以来，我多么希望你能多活几年，享受你一生流离中很少得到的平静温暖的晚年。可是现在，我站在你墓前的枯树下，低着头，含着眼泪，深深感到，妈妈，你死得正是时候呵！你是否预感到船将下沉，便弃我们而去？我常常想你临终时，我们不在你的身边，你已经说不出话的时候，你到底在想些什么？你一定会想到："冰之现在不在面前也好。"你总是为我着想，即使在生命的最后一刻，还有一点点知觉的时候，总还是要想到我，并且一定还为我着想。现在我却怀疑了,我是否是在想:"我顾不得你们了。我死了也好。"妈妈呵,母亲,你真死得是时候,如果现在你还活着,你将怎样面对这些残酷的现实!你再伟大,你决不能承认你的女儿是反党的。你再坚强,也不能心平气和地分担我的痛苦,排解你的疑团。你的信赖被粉碎,你的感情被蹂躏。母亲呵,母亲!你看,现在我伫立在你的墓前,却想到你幸而早死。这是多么荒谬的逻辑。这是多么刻骨入髓的苦痛呵!

《在严寒的日子里》是我朝夕爱抚的宠儿。从一九四七年在阜平乡下写《太阳照在桑干河上》时,我就开始构思。一九五〇年准备动笔。可是新中国成立之后,文艺界的许多工作,占据了我的时间,到了一九五三年,母亲不幸病故,中央文学研究所改组为文学讲习所,改由田间同志等负责;《文艺报》、《人民文学》的主编先后换人,我才落得无官一身轻。一九五三年冬天,我回到桑乾河,走访了好几个村庄。一九五四年我又去桑乾河,见到了许多熟人。这年夏天我躲在安徽黄山,写出了开头的五万字。到了六、七月,便奉召回北京,参加第一届人民代表大会。接着便是文艺界批评"红楼梦研究"问题,又由此引起了对《文艺报》的批判检查,山雨欲来风满楼,文艺界开了几次大会,牵连到《文艺报》初期的主编我。有人指责《文艺报》是独立王国,有人批判《文艺报》初期犯了路线错误等。那时我一心要写长篇小说,实在倦于这些过左的和在人事上杂有派性的争论,最后我勉强写了一个书面检讨过关。一九五五年春天,我离开北京,躲到无锡,一心修改并继续写作,长篇才得八万字。这时发生了胡风事件。我先到上海,不久又被召回北京,反胡之风刮到了作家协会。先是零敲碎打了几个同志之后,接着便是来势汹汹地展开了追查一封写给党中央的所谓反革命的匿名信,稍事迂回,便牵扯到我。连续的大会、小会,有人点火,有人唱和。到了一九五五年底,煞有介事地便有了一个所谓丁玲、陈企霞反党集团①。于是《在严寒的日子里》八万字的手稿被封闭在抽屉里,至今两年多了。稿纸都焦黄了。我为这长篇所构思的人物档案、地形、村落、房舍、果园、山坡、河流等等的设计草图,连同一些读者来信,对一九五六年发表的小说前八章(约四万字)的一些意见,都锁在一个小的铁皮箱里,我常把它取出来反复翻阅。最使我难忘的是那些在我脑子里翱翔的人物,他们常常对我微笑,对我投来热烈的目光。"我们在等着哟,怎么你还不把我们介绍给读者?"这两年来,他们眼睛瞪着我,诧异我为什么不动笔。他们,他们不知道他们的呼唤是多么地缓解了我现在的愁怀。我要压制眼前的一切的烦恼,打扫心情,理出思路,用心地把他们塑造。呵!亲爱的朋友呵!我知道,人民需要你们。你们一定要在人民中经历风险,在战斗中成长。现在某些人剥夺了我的写作权利,宣判我政治生命的死亡,但是我没有权利,也不忍心扼杀你们。我将怎样

---

① 1955年8月3日至9月6日,中国作家协会党组举行了十六次党组扩大会议后,在9月30日,以党组名义,把《关于丁玲、陈企霞等进行反党小集团活动及对他们的处理意见的报告》呈报党中央;12月底又把12月15日中央批转的这一报告向全国文艺界进行传达。这个报告和传达的内容,作为当事人的丁玲,当时毫不知情。1956年春,因丁玲的请求,中央成立以中宣部副部长张际春同志为首的小组,对所谓丁、陈反党集团的指控,进行了实事求是、认真仔细的核查。复查结果,确认丁、陈反党集团不能成立。据此,1957年夏天,作协党组再次举行扩大会议,准备宣布复查的结果。但这时反右运动开始,在反右扩大化中,这一错案没有及时纠正,而丁玲的正常申诉被诬为翻案,划为右派,开除党籍,撤销职务和级别,而且株连及一大批同志。十一届三中全会后,1979年,关于丁玲的这一错案得到初步纠正,但仍不彻底。1984年8月,中央组织部经中央书记处批准,发出《关于为丁玲同志恢复名誉的通知》的第九号文件指出:1979年对丁玲同志被定为"反党集团"、"右派"、"叛徒"的问题进行了复查,"但有些问题解决的不够彻底"。文件说:"对1955年12月中央批发中国作家协会党组《关于丁玲、陈企霞等进行反党小集团活动及对他们的处理意见的报告》和1958年1月中央转发中国作家协会党组《关于批判丁玲、陈企霞反党集团的经过报告》应予撤销。一切不实之词,应予推倒,消除影响。"至此,关于丁玲的这一错案才彻底纠正。

排除这挤压着我的千斤重担,全身心地拥抱你们,把你们奉献给人民呢?寂寞、愁苦、耻辱,使我的心灵都萎缩了,一点生机、激情都窒息了,枯干了,失去了颜色。我将从何处再得到滋润,得到一丝阳光,一缕清新空气呢?现在只有你,《在严寒的日子里》还可以治疗我心灵的创伤。可是,我将从哪里得到力量来征服我面临的灾难性的障碍呢?真是"眼泪睆天,雨来天半",万里长空只有濛濛的迷雾一片。

马迪尔旅社

一九四九年的马迪尔旅社,真可算是冠盖云集。从北京来准备去巴黎参加世界和平大会的代表们,大部分都住在这里。我和画家古元同志是从沈阳来的。我于一九四八年参加中国妇女代表团去匈牙利参加世界妇女大会,回国后没有去北京,就留在沈阳写作,写了《十万火炬》,写了《法捷耶夫访问记》等篇,兴趣正浓。这时北京来电让我去哈尔滨与"和大"的代表团汇合同行。代表团团员大都是知名人士,有的来自解放区,有的来自国统区。在举国欢庆革命胜利的时候,这群天之骄子都要倾吐久别重逢的衷曲,抒发彼此因山水阻隔,未能会晤的渴念心情。代表团里有风流倜傥、不可一世的老诗人、名家郭沫若,有诚恳待人的长者马寅初,历史学家翦伯赞,大画家徐悲鸿,著名青衣、一口好嗓音的程砚秋,还有老练深沉的刘宁一和热情才子、剧界先驱田汉、洪深,以及其他一些文学家,教育家,宗教界人士,真正是济济一堂。我常跟在老熟人郑振铎、曹靖华的后边。他们关心地询问我这十多年战争中的生活情况。我理解他们,我感谢他们。在一九三一年胡也频被捕牺牲后,郑振铎曾冒着风险热心照顾我,他以东方杂志社的名义,预支给我二百元稿费,使我能把孩子送回湖南家乡。一九三六年在北平我找到曹靖华时,他热情地款待我。当他知道我急于找党要逃离南京,他从心里高兴,并且满口答应协助我。果然他为此辗转写信给鲁迅先生。这些人几十年来都是名实相副的正人君子,都是对革命、对革命者满怀激情的人。郑振铎在一九五七年作协党组扩大会(批判我的大会上),在高压的气氛下,作过一次很可怜的发言。他说他每次听到有人揭发我的材料时,他都大吃一惊,以为大约就止于此,不会再有什么了,已经到头了;但所谓揭发竟然连续不断,势不可止,我成了罪行累累,一无是处的恶棍。他真痛心难受,觉得自己可能太书生气、太不理解这个世界了。当时我了解他,他的确是一个书生气十足的忠厚长者。我不知道批判大会以后,有朝一日他清醒过来时他将作何思考呢?曹靖华在大会上没有发言,但后来他不得不写了一篇文章,自然不可能有什么令旁人满意的内容,他只不过是说一些空话,说我和冯雪峰是开黑店的。我完全能理解,这些人一定得表态,否则,有人将把他看成是站在我一边的;而且他三十年代同鲁迅、秋白的友谊,这时对他也可能是不利的。

  这时,我的孩子蒋祖林正在哈尔滨工业大学学习,他八岁到延安,是党把他培养长大的,准备派去苏联学习,还在待命。那年他正当十八九岁,秉性淳朴大方,深情却不窄狭,懂事明理,没有一些干部子弟的坏习气,不骄傲,有礼貌。在这样众多人面前,我觉得有这个儿子,是很幸福的。我从来都希望他快快长大,长大可以成为我的朋友,成为可以同我谈心的朋友。一九五三年他去苏联学习潜艇制造,学期较长,一九五八年还没有回国。他现在该怎样了呢?他一定为我们伤心透了。我最难过的就是我使他们也陷入了不幸。我又完全没有能力帮助他们。我的一对可爱的孩子,我只希望他们坚强。他们怎样理解妈妈都可以,我只希望他们切莫悲哀,切莫丧失希望信心。但怎么能够呢?一想到他们当前的处境,我的心就比什么都乱,恨不能捶打自己,怎样才能挽回这悲惨局面呢!

马迪尔旅社,屋宇内部,的确仍是光亮华丽,可是九年后的我,旧地重临,只能勾起无限感伤。我在这静静的屋里徘徊,我实在希望能早日去到北大荒,到达目的地,能看见陈明固然好,即使一时见不着,也总能安定下来,在世界上重新占着一席之地,从零开始吧。

初 到 密 山

六月末的一天,凌晨四点钟,我到了密山。这是黑龙江省东南角上的一个小县城,离兴凯湖不远,在未开发前,可能是只有十七、八户人家和两三个留人小店的一个边境小屯。一九三一年,日本帝国主义侵占东北,为着军事上的需要,也为着经济侵略的需要,在这里修建了大营房,组织开拓团,开发这一片不毛之地。但是遇到了当地人民的反对和抵制,他们没有搞好久。东北解放初期,人民解放军在北大营旧址创办了第一所航空学院。我的儿子蒋祖林在一九四七年冬天,就穿着从河北建屏领到的一套薄棉衣,和几个同学,千里跋涉,来到这个学校学了几个月。这个地方真正兴旺热闹起来却是近几年的事。建国以后,王震同志出任中央农垦部长,大批铁道兵部队的官兵,每年绵绵不断地涌入完达山脉,虎、饶地区,乌苏里江沿岸及兴凯湖畔,安营扎寨、屯垦戍边,大批长期鏖战在大江南北、黄河上下和鸭绿江边、大同江畔的英雄健儿们,放下枪支,拿起锄头,使这千里莽林荒原,迸发出青春的火光。在边境线上,几十个军垦农场兴建起来了。密山,便成了这些农场的指挥枢纽和后勤基地。城镇虽小,却充满了新生的气象。

东方升上来的太阳,照着我的身影。在密山,一个熟人也没有,我还只是孤身只影。车站很小,同所有的小车站也不一样。

上下旅客不拥挤,也不会有来迎接我的人。但我看见这里人同人都是笑容满面,都是高兴地走过来互相说几句话,好像是老友重逢。开始,我不免有点担心:"该不会有人认出我来吧?"但他们彼此之间也都是这样,看来,谁都不认识我。

怎么?是不是我脸上的"金印"淡下去了?是不是我的高帽子矮了?好像没有人想追究我是谁,只要是到这里来的,就都是农垦战士,各个农场都正需要大批的人手哩。他们一视同仁,把我当成他们中间的一个。

我因为到得太早,密山农垦局的大门还关着,我便和我那位同行者一道去溜大街。大街上店铺也没开门,路上只有很少几个行人。一间卖豆腐脑的小店门口挤了不少刚下火车的人。我们去买了两碗,坐在道旁一棵柳树下吃了起来。几只早起的母鸡在我身边啄食。我们又走向山坡,望见四面八方都是新修的公路,都是通往各个农场的路。我想,我将走向哪里?看来,这里就是我今后安身立命之所。就是我"重新作人"的起点了。幸好,我可以放心,这里的人还是很和气的。但是,一旦他们知道了我带来的那份不光荣的介绍信,他们读过报(怎能不读报呢?),开过会(怎么能不开反右的会呢?),那他们将如何看待我呢?离京前,作协党组书记邵荃麟劝我下来改一个名字,想来是有道理的。只是,我知道老是骗着人,骗取人家对我的信任、对我的好感,我心里可能会更加不安。两相比较,我想还是应该老实地对待群众,老实地对待自己,即使十分难堪,也属"罪"有应得,也是只有咽下去的。我反复想来想去,这又有什么了不起呢!

八点钟时,我再去农垦局,王震同志还没来,我们被安排住在招待所。招待所住的都是来往的干部,这里的空气似乎比外边世界严酷多了。我总是一个人独自坐在我的小房里看书。为了躲避人们审查似的问话或眼光,我又总是到外边散步,像幽灵似地在这个小镇上、在镇子的周围徘徊着。

密山，我是喜欢你的。你容纳了那么多豪情满怀的垦荒者，他们把这块小地方看成是新的生命之火的发源地，是向地球开战的前沿司令部。当年威震湘鄂，后来又扬名南泥湾的矿工出身的王震将军，就常驻节在这里，指挥千军万马，向大自然挑战，勒令土地献米纳粮，把有名的北大荒变成富饶的北大仓。这样一场与大自然斗争、与人们的好逸恶劳思想斗争的运动，怎能不激发我的战斗热情，坚决勇敢地投入伟大的建设者的行列中去呢？可是，我又感到我成了一棵严寒中的小草，随时都可能被一阵风雪淹没。我恼恨自己的脆弱。可是，再坚强，我也不能冲破阻拦我与世隔绝的那堵高墙，我被划为革命的罪人，我成了革命的敌人。我过去曾深深憎恶那些敌对阶级的犯罪分子，现在，怎能设想别人不憎恶我呢？我曾以为只要我离开了北京多福巷，只要我生活在新的人群里边，我的处境就可以一天天变得好起来，现在，我到了密山，密山的人们对我不坏，我对密山的印象也很好。只是，那是因为人们还不知道我是谁，我在装成一个好人，一个心里无事的普通人的样子，才能得到这份平等对待。假如我露出了插在我头上的标签，我还能这样安静无事吗？我就像发寒热病似地在不安中度日如年地过了一天，两天，……

见 司 令 员

我在极度不安中用所有的精力准备着与王震同志的会面。记得远在一九三六年十二月初，我随红军前方总政治部杨尚昆同志从保安到了定边的绍沟沿，前方的指挥员都集中到这里，研究怎样同胡宗南打最后的一仗。我在这里见到萧克，见到陈赓，后来又有一个穿狐皮领子大衣的军人走进窑洞，用湖南腔大声嚷道："啊！听说来了一个女作家，在哪里呀？"当时，我很惭愧，没有说话。他似乎是在对我说:"欢迎!欢迎!我们这里都是武将,没有文人。我们非常需要作家,是吗?"他又转向别的同志,然后高声笑着,走出去了。别人告诉我,他就是王震。以后大约我们还见过面,点过头。一九四三年,中央党校秧歌队去南泥湾慰问三五九旅,我跟着去了,但是没见到旅长王震同志。全国解放后,他去了新疆。一九五四年第一次人民代表会议散会时,我挤在人群中,他忽然喊我,笑着说道:"你的《太阳照在桑干河上》我读过了,写得很好。"我惊诧了,而且脸红了。我没有想到像他那样的武将,政务繁忙,会有时间读我的小说?而且还那末直率了当来了一个评价。我仓促间不知该怎么回答他,只是感激地对他笑了一笑。这以后我们没见面了。自然,像他这样的红军将领,我很早就听到过许多对于他的赞扬,我自己也是容易崇拜革命家的,王震这个人在我的心目中一向就是有地位有分量的。但现在,我要到他的治下来接受劳动改造,现在要去见他,我将以什么态度,用什么心情,来向我向来崇敬的人谈话呢?自然,我现在不是一个受欢迎的作家了,也不是曾得过他赞许的同志了,现在我成了革命的敌人,我是阶下囚,我将怎样开始我们的谈话呢?我能否继续把他当作一个最能使我敞开胸怀,掏出一颗受折磨的、虔诚的、破碎的心的同志呢?我能在他的面前为自己申辩哪怕只是短短的几句话几个字吗?难道我只能把他也看成是一个神圣的法官,将要在他面前一次又一次地认罪吗?……我在农垦局的会客室里等了一会儿,后来被领到楼上局长的办公室。局长还没来,有两个像是秘书的人陪我坐着,彼此都不说话,我等着那最紧张,最重要的一刻。

我听到一阵杂乱的脚步声,夹杂着高声的朗笑,我自然地站了起来,没有低头,望着前方,一群人走进了屋。我张眼望去,王震同志正站在我对面,他落了座,也招呼我坐,我就坐下来了。我不知该说什么,也不知该做什么,默默地把眼睛望到远处,是一副漠然的样子。他刚刚在门外还笑来着,现在,他不笑了,静静地,可能是正看着我吧。他用一种什么心情、什么眼色看我呢?我感到他可能用一个负责人的态度在对待我,他这时不会对我个人表示什么感情。我想,他过去并不很了解我,但是一定会听到过许多对于我的这样那样的诽谤,尽管他读过我的一篇小说。在漫长的经历中,他看见过的人,伟大的、渺小的、有功的、有罪的、无功无罪的都太多了。他经历过无数次的战斗,在战场上同敌人肉搏,他爱同志,他对人民对战士都非常热情,但他也处治过人,他是革命将军。我也不是毫无阅历的,也算是会观察人的,不是一点不懂在什么时候最好怎么说、怎么做。可惜我就是不愿说违心的话,做违心的事。一个人起码不能违背自己的良心。我便不声不响,什么也不说,等着他发话。

屋子里静极了,这时,没有旁人说话的地步,大家都看着部长,等他说话。

王震同志自然没有过去那样对我的笑容了,但也不过分严肃。他只说:"思想问题嘛!我以为你下来几年,埋头工作,默默无闻,对你是有好处的。"这几句话我永远记得,而且的确对我很有好处。但这时,我只想:这些话也对,但并没有说到要害,很难怪他呵!王震同志接着说:"我已经叫他们打电话给八五三农场,调陈明来,同你一道去汤原农场。那里在铁道线上,交通方便些,离佳木斯近,住处条件好些,让他们给你们一栋宿舍。"

我仍然没有说话,他便又说下去了:"你这个人我看还是很开朗、很不在乎的。过两年摘了帽子,给你条件,你愿意写什么就写什么,你愿意去哪里就可以去哪里。这里的天下很大,我们在这里搞共产主义啊!"

他不再说了,可能是在等我。我踌躇了一下,不知道该怎么说,想什么都不说,可是我突然说了:"契诃夫只活得四十年,他还当医生，身体也不好，看来他写作的时间是有限的，最多是二十年。我今年五十四岁，再活二十年大约是可以的，现在我就把自己看成是三十岁，以前什么都不算……"说着说着，我发现自己在这时还说这些大话的可笑，便停住了。我看出，大约不知道我为什么突然扯起契诃夫，他的表情平常、漠然。是的，我们之间还是隔有一座高山，这一点也不怪他，他是个好同志，在这种时候，对我们这种人，肯伸出手来，即便是共产党员也是很少的，是极难得的。他真是一个有魄力、有勇气的同志，我感谢他，将永远感谢他。可是，真正的了解，则谈何容易啊！后来，他每年到垦区视察工作，还对我讲过许多话，给过我许多帮助，这都将在以后再说。

他给了我一封写给佳木斯合江农垦局局长张林池同志的信，最后说了一句："安心等陈明，他一两天就要到了。"我告辞走了出来，孤单单的独自一人站在街头，无处可走。我慢慢走到山坡上，望着伸向远方的公路。陈明！陈明啊！你将从哪条路走来咧？

访美散记（三则）

会见尼姆·威尔士女士

会 晤

　　三个星期来，我们的生活节奏有如一阵旋风，各种各样的人物，像电影叠印的图片在我脑中晃荡。我很想在这里找出一幅最清晰的映象。但这些纷至沓来的画片，总是一页一页的淡了下去，而四十几年前的一个身材窈窕、穿灰色军装、系红色皮带的年轻白人女记者的倩影却一步一步由淡转浓地显现出来。回想那是一九三七年抗战前夕，她活跃在延安古城，有时是在大会场上拿着照相机跑来跑去；有时在煤油灯下，喁喁细语。那时她是何等令许多新到延安不久的知识分子以及一些老红军干部的注意呵！那时候，在延安的友好的外国记者除了史沫特莱就是她了。后来她出版了《续西行漫记》，是对斯诺的《西行漫记》的补充，引起了许多人在图书馆里争相阅读。她对中国革命的友谊，是我们许多人都不会忘记的。她是谁呢？她就是尼姆·威尔士女士，虽然早已与斯诺先生离婚，但她仍常常署名"海伦·斯诺夫人"的，昨天，她给耶鲁大学的友人打电话，约我到她家去。今天，李玉玺先生愿意开车陪我去看她。这一夜来，我怎么会不想到即将实现的我们的相见和她曾经留给我的印象呢？

　　我在波斯顿、耶鲁的一点活动已经基本结束，只剩下去康州与这里的华侨们的一次聚会,然后就离开这里去长岛了。因此我们在去康州时要绕道到尼姆·威尔士家去。我们已经四十多年没有见面,现在我们还互相认识吗?我们将有多少话要说!短短的晤面能否满足我们彼此的需要呢?……

十一月二十一日吃过早饭,我们就出发了。李玉玺先生开的车,他是一个研究中国文学的美国朋友,中国话说得很流利,为人也很中国化。同行的还有他的妻子,一个天真活泼的舞蹈家,还有一个中文杂志的主编郑先生,另外就是陈明和我的翻译。这群年轻人都分享着我们的欢乐,一路兴致很高,大家说说笑笑,欣赏着路边景致。小小农舍稀疏地坐落在沿路的庄稼地边,环绕在农舍周围的是参天大树和整齐宽广的草坪。尽管是十一月下旬了,但这里天气还很暖,草坪还是绿的,到处还有残留的红叶,深秋的景色仍是很迷人的。这是美国这一带平原或小小的丘陵地带普遍的平静而幽美的田园风景。

我们一路行车,车行愈远,兴致愈浓,大家都沉醉在即将来临的有趣的会晤中。难道这不是使人兴奋的事吗?

李玉玺先生在高速公路上跑车的本领很好,我们径直就找到了麦迪逊(Madison),在一个丁字形的路角停下车来,向右转进一条小路,我们就看见一栋小屋子。我还来不及看清这院子里有什么树,有什么花,草,却先看见屋门口站了两个妇女,一个白头发的老太太,有点龙钟,笑眯眯地招呼我们;一个中年妇女,站在她后边,呆呆地望着不说话。我们的同伴们都抢上前去,介绍,打招呼。我一步上前握着那位老太太的双手,把她端详起来,她也牵着我。一群人把我们拥进一间门朝院子的小房间,也就是这栋房子的前厅,通常是作为客厅的一间屋子。走进了这间屋,才发现这里实在太小,而又太拥挤。屋中间靠窗户摆了一个长沙发。我以为会让我坐在这里,这张沙发似乎就是这间屋子里最高贵的地方,但我却被主人让在沙发对面的一张床上坐下来,主人便坐在我身边。我的同伴都挤在那张沙发上。原来这里没有什么别的地方可坐了。进门处,那里还有一张小桌子和一把椅子,那是就餐的地方,旁边有没有炉子,我就无法看见了。主人的床头有个小柜子,柜头挂着一个药用瓶子,后来才知道这是一个氧气瓶,是主人须臾也不能离开的、救命的宝贝。

我们坐定之后,尼姆·威尔士女士正式同我们谈话了。她的面色还好,笑得也自然,但是同我旧有的印象却差得太远了。我仔细地在那副微微发胖的、一个老太太的面孔上找寻旧有的风韵,究竟几十年的光阴飞逝,还能留得多少痕迹?

她侃侃地说道:"你是不自由过的,你的不自由是因为政治的问题。我呢?我现在也不自由,那是因为我穷,是经济问题。"

当翻译把这几句话译给我听后,我真不知道应该说什么才好,一股苦涩的味道噎在我的喉间。我什么都明白了,为什么她不去看我。一个美国人住在乡下而自己又没有汽车,那就等于没有腿。而且看情况她只住在这一间屋子里,这是我第一次在美国看见美国人的家庭没有客厅。我很想拥抱她,但她却一下把话题变了,她那年轻时代的潇洒的风度,一下就在这间小屋里飞翔起来了。她笑了,非常甜美的笑,她笑说道:"丁玲!我这里还有三十几本稿子,我一定设法把它出版。你看过我的书吗?那里都是些伟大的人物。我还要继续写。你呢?你一定也要写。我老早就讲过,我是多么地希望你,希望中国写出一部伟大的书,要像托尔斯泰,就是像《飘》也是非凡的。……"

我想问问她的病,想告诉她一些现代中国的好消息,但她却把整个谈话垄断了。我无法答复她的提问,也找不到机会仔细问问她。她的话就像许久没有打开的闸门,水都积满了,水就从这打开了的闸门口汹涌奔泻。海伦啊!你就痛痛快快的说吧,我一定不打断你。时间是宝贵的,可是半个钟头过去了,一个钟头过去了。

翻译看了几次手表,也示意过好几次。我发现我的同伴都在望着我,都在催我。最后海伦也发现了,她看看大家,无可奈何地笑道:"我得让你走了!记住我的话,我还有许多话,这些都写在这里了。我知道我们今天见面的时间是有限的。喏!给你,你带回去慢慢地看吧。"海伦从枕头底下掏出一个信封,慎重的交给我,我觉得很重。信很重,我的心也很重。这一定是她昨晚赶着打字打出来的一封信,为什么还要写信呢?她一定有说不完的话;也许,即使有这封信也不可能把话说完。信放在我怀里了。我们一群人慢慢往外移,走在台阶上时,李玉玺先生提议为我们留影。我就在留影的时候,前前后后的环顾了一下她的这个小农舍。这是一间老的、旧的、无人收拾的、有点败落、荒芜的小农舍。整栋屋分前后两间,前厅就是我们刚刚座谈的那间。后边一间,关着门,我无法看见里边。但后院里还有一间小屋,堆积了一些破烂家具。屋子破旧,屋外院子不大,有两棵树已快枯死了,上边还挂着长满叶子的藤萝。一个汽油桶扔在院角。一条小路埋在杂草中间。这末隐蔽的一个小院,一栋小屋,与屋外光亮、整齐、开阔、美丽的平原是很不相称的。主人看见我回头四顾,在照相的时候,笑着告诉我:"这屋子建筑在一七五二年,在美国建国之前,还是殖民地的时代,这是一件古物,政府通令要保护和保存的。"对,二百多年了,这在美国确是一件古文物,应该好好保护。可是住在这屋子里的主人呢?我看见她在笑,便也陪着她凄然一笑。我们告别了,六个人挤在一起,汽车在高速公路上急驶。可是谁也不说话,来时的兴致已经没有了。我只用手压着我的小皮包,那里放着一封沉重的信。我十分急切地想看这封信啊!

信

生活像在激流中一只扯满了风帆的小船,我忙,别人也忙。

直到十二月我返回爱荷华,从加拿大陪送我们回美国的刘敦仁先生对这件事和这封信很感兴趣,满口答应替我把信翻出来。后来他把信带回加拿大。一个星期后,他把原信寄了回来,并说他准备写文章,译稿随后寄来。我的翻译那几天忙于她自己的论文,直到我快离开爱荷华时,仍然没有译出来。翻译还说信的文字啰唆,没有什么值得翻译的。我便请她口译给我听,她不得已,在我的住处拿着信纸念道:"明天,我要在我的一七五二年建造的麦迪逊小房子里见到你,真叫人欣慰。自从我在一九三七年夏天同你谈话以来,转眼已经四十四个春秋,我现在七十五岁了。今年三月三十日我曾经得过一次心脏病。现在我房间里还有一个氧气瓶。……"

"啊!原来是这样。"我难过地想到那个挂在她床头的药瓶子,想,"七十五岁,怎么,她也有七十五岁了?当时,一九三七年我认为她只有二十几岁,要比我小许多,但,看她现在,不假,的确是七十多岁的人了。"

翻译接着念了下去:"我现在为了节省暖气,只住在一间屋子里。陪着我的还有一只小猫,她的名字叫玛丽琳·梦露。"翻译解释道,"这是美国最有名的一个性感女明星,已经自杀了。"我搜索着我在海伦家时的印象:"哪来的猫呢,没有,没有。"而且我又想,"为什么不是狗呢?我在纽约街头上看见了不少太太们,老的,少的,都牵着狗的。狗同猫有什么区别呢?有区别的,狗食、猫食是有区别的。狗食的罐头较大,较贵;但猫、狗也没有区别,都是可以依伴的。"

翻译又接了下去:"另一间屋子我已租了出去,我把小猫也一同租给了租我屋的一对年轻夫妇。他们每月给一百三十五元房租。可是每月我得交一百七十五元的电费。我每月是靠一百五十元的社会保险金过活。我的暖气费有一部分是靠老年人补助金交付,我的医药费是由我自己的医药保险交付的。谢谢天老爷,我刚刚能够生活。不要以为这样的经济情况下容易生存,特别是对那些没有经营种种商业的真正作家和艺术家。"翻译也有些念不下去了。我和陈明,我们三个人像挨了打似的相对无言地坐在那里。老实说,我实在坐不下去。我已经在美国生活了三个多月,时间很短,但我对美国的行情还是稍有体会的。这末一点钱,叫她怎样生活?我们出国的留学生,一个月除学费、医药保险等,仅食、住两项也发给三百六十美元。她一个孤身老年病人一个月才一百多元,这除了勉强糊口之外就什么也不要想,什么也不能做。三个多月来的许多豪华场面、许多悲苦寂寞的场面,一下都同时出现在眼前,这就是美国,这个美国的影子,笼罩着我。美国有许多好处,我应该对她说些好话;可是,她却以她许多浓重的阴影压迫着我,我喘不过气来。海伦!我能为你做些什么呢?

"中国,"翻译又念了起来,"我知道中国的作家们是按月领工资,而不必为生活担心的。"是的,我们多么幸福。当我们少年时,我们跟随革命走过艰难曲折、丰富多彩的壮丽路程,我们老年,也跟着革命,享受着人民的尊敬。我们不必为生活担心,我们也不为写作烦心。我们到处受人欢迎。即使有一两个小丑在反动报刊上给我一点嘲讽,也只引起我的哈哈大笑。我们没有个人欲望,我们为人民写作就无往而不通畅。我们在生活中见过世面,经过风雨,世面加深我们对社会、对人的了解,风雨锻炼我们的心胸,使我们超然于流俗,这有什么不好呢?

翻译最后又念道:"我手边还有三十二本尚未出版的手稿。一九八〇年我就办理了出版登记,我希望这些手稿能在我有生之年出版。也希望能在中国翻译出版而拥有读者。我经常意识到中国的经验,并使之体现于作品中,但是要在这儿出版这些著作,几乎是不可能的。这儿有中国几乎不可能有的最坏的审查。而作者也真的濒于饥饿,不可能从任何地方拿到工资。"

好了,这就说明了很多。最近,好多海外人士不断地向我提问:"中国的作家有没有写作自由?中国的作品要经过多少审查?"我都据实解答。但不管我怎样解释,有些人总是似信非信,甚至也有人说我胆小,心有余悸,……现在好了,现在海伦把事情说清楚了,到底是哪里有审查。而且,我不能不想到中国的作家们,一些青年作家们,你们写了几篇作品,你们便像一个刚开工不久的工厂,订货的很多,而你们应接不暇。我们一些年老的有的失去写作能力的老作家们,谁不是都在那里每月按时领工资,对生活毫不担心。而且都在整理旧作,准备重印出版选集或文集呢?我们这不是幸福吗?我以为我们大家都能在这一面"海伦的镜子"中照出我们的幸福,照出我们光明的祖国。海伦啊!你的这封信引起我对你多么的同情和无比复杂的感慨。海伦,你的信,你的处境对我们是一本教科书。我一定要好好保存,并告诉给朋友们,我相信,我们都将从这里得到鞭策。

圣诞节前,我在旧金山时,收到刘敦仁先生寄来的原信译稿,我急忙汇了一笔小款给海伦作为送给她的圣诞礼品。今年一月初我回到北京,还来不及将这一叶深印在心中的褪了色的花片整理出来,而从香港出版的《文汇报》上读到了刘敦仁先生的译信全文和他附的前言。既然《文汇报》上有了这封信的全文,我就可以不再写了。但意犹未尽,情亦难尽,便又拈笔为国内的读者写此短文。或者还是可以一看的。

一九八二年二月一日于北京

曼哈顿街头夜景

去年十一月四日,我到了纽约,这是世界上最大的城市之一。傍晚,我住进了曼哈顿区的一家旅馆,地处纽约最繁华的市区。夜晚,我漫步在银行、公司、商店、事务所密聚的街头。高楼耸立夜空,像陡峻的山峰,墙壁是透明的玻璃,好像水晶宫。五颜六色的街灯闪闪烁烁,远远近近,高高低低,时隐时现,走在路上,就像浮游在布满繁星的天空。汽车如风如龙,飞驰而过,车上的尾灯,似无数条红色丝带不断地向远方引伸。这边,明亮的橱窗里,陈列着锃亮的金银餐具,红的玛瑙,青翠的碧玉,金刚钻在耀眼,古铜器也在诱人。那边,是巍峨的宫殿,门口站着穿制服的警士,美丽的花帘在窗后掩映。人行道上,走着不同肤色的人群,服装形形色色,打扮五花八门,都那样来去匆匆。这些人从哪里来?到哪里去?他们走在通衢大道,却似在险峻的山路上爬行,步步泥泞。曼哈顿是大亨们的天下,他们操纵着世界股票的升降,有些人可以荣华富贵,更多的人逃不脱穷愁的命运。是幸福或是眼泪,都系在这交易所里电子数字的显示牌上。我徜徉在这热闹的街头四顾,灿烂似锦,似花,但我却看不出它的美丽。我感到了这里的复杂,却不认为有多么神秘。这里有一切,这里没有我。但又像一切都没有,唯独只有我。我走在这里,却与这里远离。好像我有缘,才走在这里;但我们之间仍是缺少一丝缘份,我在这里只是一个偶然的,匆忙的过客。

  看,那街角上坐着一个老人,伛偻着腰,半闭着眼睛,行人如流水在他身边淌过,闪烁的灯光在他身前掠过。没有人看他一眼,他也不看任何人,他在听什么?他在想什么?他对周围是漠然的,行人对他更漠然。他要什么?好像什么都不要,只是木然地坐在那里。他要干什么?他什么也不干,没有人需要他干点什么,他坐在这热闹的街头,坐在人流中间,他与什么都无关,与街头无关,与人无关。但他还活着,是一个活人,坐在这繁华的街头。他有家吗?有妻子吗?有儿女吗?他一定有过,现在可能都没有了。他就一个人,他总有一个家,一间房子。他坐在那间小的空空的房子里,也像夜晚坐在这繁华的街头一样,没有人理他。他独自一个人,半闭着眼睛伛偻着腰。就这样坐在街头吧,让他来点缀这繁华的街道。总会有一个人望望他,想想他,并由他想到一切。让他独自在街头,在鲜艳的色彩中涂上灰色的一笔。在这里他比不上一盏街灯,比不上橱窗里的一个仿古花瓶,比不上挂在壁上的一幅乱涂的油画,比不上掠身而过的一身紫色的衣裙,比不上眼上的蓝圈,血似的红唇,更比不上牵在女士们手中的那条小狗。他什么都不能比,他只在一幅俗气的风景画里留下一笔不显眼的灰色,和令人思索的一缕冷漠和凄凉。但他可能当过教授,曾经桃李满天下;他可能是个拳王,一次一次使观众激动疯狂;他可能曾在情场得意,半生风流;他可能在赌场失手,一败涂地,输个精光;他也可能曾是亿万富翁,现在却落得无地自容。他两眼望地,他究竟在想什么?是回味那往昔荣华,诅咒今天的满腹忧愁,还是在追想那如烟似雾的欢乐,重温那香甜的春梦?老人,你就坐在那里吧,半闭着眼睛,伛偻着腰,一副木然的样子,点缀纽约的曼哈顿的繁华的夜景吧。别了,曼哈顿,我实在无心在这里久留。

一九八二年九月二十五日于北京

回忆潘汉年同志

一

一九三○年五月,国民党山东省政府通缉胡也频,他不得不连夜离开济南,乘火车去青岛。第二天我也赶到青岛。呆了几天,我们便又匆匆到了上海,住在环龙路临马路的一家客堂间里。

在济南高中的几个月教书生活,使我们自己受到许多教育。为什么胡也频那样被青年学生爱戴?为什么他又为执掌教育大权的国民党当局所仇视?我们不只反复探求这种现象的根源,而且也考虑自己在工作中的得失,以及新处的环境和条件。原来我早就向他建议必须先找到党,这一要求越来越突出了。现在我们到上海了,是从一条战线上,或者说是从火线上退下来了,以后将怎样呢?该休息一下了,该再读几本书了,该写文章了;但不管怎样,不管到哪里,总还是要继续斗争下去的;既然要斗争下去,就不能孤军作战,就应该投身革命的队列,应该在队伍里面,而不是站在队伍外边。我们在山东没有办法找到党,但在上海是比较容易的。胡也频一九二九年在上海写长篇小说《到莫斯科去》时就向往着共产主义;一九三○年在济南教书就宣传共产主义普罗文学,他是在实际斗争中,在革命工作的需要中下定决心要找党的。当我们在上海这间可纪念的小客堂间,整天回忆着过去,筹划着未来的时候,有一天一个不认识的客人来叩我们的门了。客人是一个个子不高,有点老成,又常常露出一些机智的一个很容易亲近的年轻人,这个人就是潘汉年同志。

我们对他并不是全不知道,但从未十分注意,只以为他是创造社的一个后辈。他来之后,先问了一些我们在山东的情况,然后向我们谈了上海文艺界的情况,自然他详细介绍了左联。我们觉得他的介绍是比较公正的。他对鲁迅的评价很高,对鲁迅领衔领导左翼文化运动认为得人,很有信心。这些都很合我们的心意。后来谈到我们加入左联的事,都觉得非常自然,好像我们彼此老早就熟悉了解,这是无须多说的。只有当谈到我的身体时,他才稍稍注意了一下,而后说,你就在家里写文章好了;又谈了一些他对我过去的文章的意见。

他坐了一个多钟头,我们就像老朋友那样分手了。我们就在这一个多钟头里愉快地决定了我们的一生。也频一生虽然短暂,但他在此后的半年多的时间里所放射的光芒,却照耀着后代,成为有志青年的楷模。而我自己呢,五十多年来的艰辛跋涉,也是在这愉悦地一席谈话之后,总结了过去多年的摸索,踌躇,激动,而安定下来,从此扎根定向,一往直前,永不后退的。

二

一年之后,我经历了一番天坍地陷的沉重打击;在环龙路附近的一家三层楼上的正房里,只剩我一个人,孤独地冥想着流逝了的过去,茫茫地望着无边的未来。天是灰沉沉的,四周是棺木一般的墙壁,世界怎末这么寂静,只有自己叹息的回声震颤着我的脆弱的灵魂。我不知道饥饿,常常几天不吃不喝,只想冲出这黑暗的地狱,可是我能到哪里去呢?一天、两天……正在我心上压了一块巨石,喘不过气来的时候,潘汉年同志,还有冯雪峰同志,在上海华灯初上的一个夜晚,悄然走进我住的这间只透进一缕微弱的街灯的深深笼罩着寒幽幽、凉嗖嗖的房间。他们按亮了我桌上的台灯,他们把温暖带进来了,把希望带进来了。事情太突然了,可是不知怎的,好像他们来得并不突然,好像是应该来的,好像是约好了来的。他们早该来了,他们大约是因为什么别的事绊住了才来得这样晚,不,一点也不晚,来得正是时候。

我们没有说客套话,有什么客套话好说呢?他们也没有安慰我,有什么话能安慰得了我呢?我们就像什么事也没有发生过那样,好像也没有什么重要事情需要谈,而是彼此什么都了解,心心之间是透明的,无须乎言谈,无须乎倾诉,无须乎表示情谊。我们像老朋友似的随便交换着对日常生活,最平常的一些事物的见解。

夜很深了,他们没有走,我也没有感到疲倦。后来我说:"怎么才能离开这旧的一切,闯进一个崭新的世界,一个与旧的全无瓜葛的新天地。我需要做新的事,需要忙碌,需要同过去一切有牵连的事,一刀两断。……"

潘汉年同志说:"那太容易了。明天你就跟我走,我给你看许多许多你从来没有见过的事,你将忙忙碌碌,你将进入新的五花八门,你将会发愁你这脑子不够使呢……"

我凝望着他那机智闪烁的眼光,我踌躇了。我了解他将把我往哪里引。那时在白色恐怖的上海,他已经是一个神秘的人物,他还将深入到新的神秘中去。可是我,我这个入世不深、简单得有些傻气的人,一下能跨出这么大的步子,投入到波涛翻滚的大海去追波逐浪吗?不,我不能妄想,我仍只能在纸格子上慢慢爬行。我最后说道:"我想我只有一条路,让我到江西去,到苏区去,到原来胡也频打算去的地方去。"

他们两人都诚恳地答应,一定设法让我通过危险,到江西苏区去,到红军那里去。

当我送他们走出弄巷,踏上环龙路时,天已经微微亮了;两个黑影在浓密的梧桐树下慢慢走向远处。

三

风云变幻,人事沧桑。一九三六年九月,组织上安排我同聂绀弩同志改名换姓,经过几次国民党关卡的检查,终于到了西安,住在一个小旅馆里,等候预定从陕北苏区来找我们接头的人。第一天过去了,我们虽然没有什么担心,但总要悬想、盼望这个从陕北来接头的人能早早来临。第二天傍晚,果然从门外闪进一个穿长衫的商人模样的人,轻声问道:"聂有才先生在吗?"聂绀弩转身去望,来人朝我点了一点头,把头上的呢帽轻轻往上推了一推,我一看大惊,几乎叫出声来,赶忙笑着让座,这不就是潘汉年同志吗!

真是他乡遇故知!我们处在日夜都有警察盘查的这样一个留人小店,碰到的都是带着疑问和仇视的目光,我们恨不得立刻离开这个敌人统治、满布特务的城市;潘汉年同志到这里来接我们了,他是从陕北苏区来的,是从中国共产党中央驻地保安来的。他浑身充满着奇异神秘的光辉,我好像有无数的问题要问他,我聚精会神地倾听着他。

他还是那么轻松,闪着那双智慧而机警的眼光看着我。他不问我什么,只是淡淡地说:"我以为你不要进去了。我希望你能到法国去,那里有很多事等着你去做,你是能发挥作用的。你知道吗?红军需要钱,你去国外募捐,现在你有最有利的条件这样做……"

怎么,这个问题太新鲜了。法国,巴黎,马赛曲,铁塔,博物馆……这不都是十几年前我曾经向往过的吗?在幻想里面出现过的那些瑰丽的海市蜃楼,现在正摆在我面前,我只要一点头,就会有一支可以信赖的手来牵引我。可是,这时,我却只有一个心愿,我要到我最亲的人那里去,我要母亲,我要投到母亲的怀抱,那就是党中央。只有党中央,才能慰藉我这颗受过严重摧残的心,这是我三年来朝思暮想的"什么时候我能回到妈妈的怀里"。现在这个日子临近了,别的什么地方我都不去,我就只要到陕北去,到保安去,我就这样固执地用这一句话回答了他。他很同情我的心境,但似乎也有些惋惜地答应了我。第二天我便同聂绀弩分手,他听从潘汉年的建议,返回上海继续工作。我搬到七贤庄(当时的一个地下交通站,抗战后的八路军西安办事处,现在的一个革命纪念馆),在那里安心等候着去保安。

四

一九三八年的七月底,我率西战团回到延安,后来我进马列学院,以后又到文协,到《解放日报》。那几年我学到了一些东西,多懂了一点事,但工作没有什么成绩。我只是愉快地,或者有时有一点愁闷地,实际可以说是懵懵懂懂地,安心地做一颗螺丝钉那样地做些杂事,没有很有计划地读一点书。说不清是四〇年或四一年,有一天忽然遇着了潘汉年。实际那时我早已听说他也回延安了。我听到时曾经心动了一下,但一想,我并没有什么事,也没有什么必要去找他,这时忽然相遇,倒好像有什么事,有许多心里话想同他说。但我们什么也没有说。他没有过去那种神态了,只是从心里,或者可以说是从思想深处流露出来一种对我的同情,他沉思地恳切地说了一句:"好好写文章吧。"我心里好像贴了一块湿润的温暖的手帕。但我又反感自己的这种感受。我便伸出手去,同他告别。这是他最后留给我的印象。全国解放后,他在上海当副市长,我不曾想起他。也许我们曾又见过面,也许点过头,可是我们只是一般的没有什么特殊关系的普通同志。

五

一九五五年夏天，在召开全国人民代表大会期间，潘汉年被逮捕的消息传到了我这里。我能想什么呢？我能说什么呢？我们一起有过几次接触，但没有在一起工作。我是不喜欢打听新闻的，也不喜欢探求一些个人生活的秘密。我听到过一些关于他的这样那样的传说，我不愿听，也不愿轻信。既然我对他的工作并不了解，那就让一些谜样的东西永远像谜似的存在吧。但关于这个人，关于这个名字却又总要常常来到我心里。我们之间谈不上深交，更说不上休戚相关，但不管怎么样，他给我的印象是很深的。他的谜一样一生常常使我想到许多问题。他的一生对我虽是一个谜，但却又使我从这谜一样的生活中悟出许多世事。现在他的历史问题得到澄清，虽然他已经去世多年，但让那些已经去世了的和还活着的跟着他的名字而遭受坎坷命运的人们得到超脱吧。归终一句话，党是可以信赖的，真理必定战胜邪恶。潘汉年同志，你可以安息了。

一九八二年八月二日于大连棒棰岛

回忆宣侠父烈士

相　识

有的人初次见面就会给你一个深刻的印象,使你想从他的外表再挖下去,从他的身上了解得更多一些。

一九三一年夏天的一天,朋友通知我,有一位国民党的军官想开书店,邀请我们左联的几个人到他住的旅馆去谈谈。我以一种最大的好奇心,去到一品香,很想见识一下我从来没有见过、也无从见识的什么国民党军队的军官。我一向对那些国民党的军官是陌生的,而且是仇视的。对这位军官,我只知道他想开书店,愿意和我们左翼文人合作,出版我们左翼的书,并且让我们主办杂志。我们筹议创办的左联机关刊物《北斗》杂志将可以在这个书店出版了。

我赶到旅馆,找到那间住房的时候,屋子里已经到了不少人。我认识的有左联的华汉(阳翰笙)、雪峰,可能还有别的人,我记不清了。新认识的有准备就任这家湖风书店经理的周廉卿先生,他是这位军官的同乡,是他的代理人;还有一个华汉的朋友,准备在书店当编辑的。我仔细看那位主人,三十多岁,黑黑的脸庞,长得五大三粗,如果穿上军服,一定像军官。可是现在看来,虽然穿身西服,却像一个刚从乡下来的中学校的体育老师,讲一口不太好的江浙官话,声音柔软,与他的外貌极不相称。

我很奇怪，他为什么不去作别的赚钱的买卖？为什么他不花天酒地，寻花问柳，却拿钱办书店？他开的书店不去赶时髦，编什么讲美谈性的书本，却在白色恐怖下，和我们左联这些穷文人打交道，替我们出杂志？这位军官他到底想什么呢？图什么呢？

这位军官叫宣侠父，他同我打过招呼、问候了一两句之后，又继续同大家谈方才没有谈完的事。我在一旁静静地听着，看着，思考着。他在谈一本书，谈书中的结构、故事，是描写伤兵医院的。开始我没头没尾地听着，后来才知道他是谈自己想写的一篇小说，他在征求意见。呵，原来他也是写小说的，这就不奇怪了。可是我还是奇怪，他为什么把尚在构思的东西，还不成熟的东西，拿来讲给刚认识的人们听呢？对人未免过于容易推心置腹了。

这一晚，大家都没有谈书店的事，只是谈文学。看来他对古文很有基础，意见也不俗气。我用他的谈吐对证他的职业，听得出，他比我有多得多的经历，我只能总是听着，看着，思考着。

我最初的印象，他是一个平凡的人，像是一个乡村中学校的体育教员，非常朴实，温文，诚恳，是一个有思想，爱文学的以国民党军官为职业的人。这些印象是令人不得不思索的。后来有同志告诉我，他是一个共产党员，是参加过北伐战争的共产党员，一个在国民党军队内做党的工作的秘密党员，这就解除了我的许多疑问。"呵！原来是这样！"但却又引起我更多的想象和兴趣。

不过新的变化的生活、新的多事的遭遇，宣侠父同志在我的印象中也就慢慢淡下去了，甚至忘记了。

一九三七年五月，在延安，党中央召开中国共产党全国代表会议的时候，我们忽然相遇了。我们高兴得几乎都跳了起来，虽然我过去只见他一面，没有同他多说什么话；虽然那时在生人面前我是一个沉默的人，但这时却把他当成一个老熟人，觉得那些曾使我怀想过的疑问,和现在更多的问题,不知有多少事要问他。他可能也很想知道我的情况。可是,不知为什么,人太多,我要找的人太多,我要听的事太多,一会儿在开会,一会儿周围又是很多的人。等我找到他住的地方时,旁人却告我说他走了。看来他只是专为开会而来的,他现在还在外边,在白区做工作。真是巧,又不巧,我们失之交臂,他的经历对我仍是一个谜。他仍是我对世界,对文学需要探索的一个谜一样的人。

再 见

就在这年,抗日战争开始,我带西北战地服务团去山西前线。娘子关沦陷后,一九三八年三月初我们奉八路军总部的命令,来到了陕西省会西安,计划在这里工作一段时间,宣传党的抗战主张,巩固和扩大抗日民族统一战线。西安过去是国民党政府反共、剿共的前线指挥部,现在抗战期间,西安仍是国民党反动派防共、限共、反共,制造摩擦的大本营。在西安的五个月中,我们的工作,是复杂而艰难的。我们在中共陕西省委和八路军驻西安办事处的领导下,依靠西安的学生、工人和广大的人民群众,全团同志团结一致,紧张不懈,胜利地完成了党给予的工作任务。在这些艰苦工作中,有一位不出头的"团员",尽了许多力,是外人看不见,也不大知道的无名英雄,这就是宣侠父同志。

当我们一到西安,住入梁府街女子中学的校舍时,宣侠父同志就来看我们了。他那时是十八集团军驻西安办事处的高级参议,理应是我们的领导者,但他不是用这种身份来了解我们的工作,指导我们的工作的。他好像是一个热心的朋友来我们这里玩,他不只是我一个人的朋友,而且是全团同志的朋友。他三天两头来,同每个团员一下都熟了。我们团员谁在家,他就是来看谁的。要是都有工作,都不在家,他就到炊事班,同炊事员同志聊天,我们大家都把他看成是自己人,是一个不参加唱歌,不参加表演的团员。团员中谁要感到工作上有困难,都愿意向他说,他对团员们都像对小弟弟、小妹妹一样,轻声细语,讲故事,出主意。我呢?我们自然是老朋友了。我曾经多么想同他谈天,了解他的过去,现在几乎天天见面,就该好好谈谈了,却谁知又好像忘了这件事。当前的问题,紧张的工作,完全顾不上,想不起这件事。因此他过去的生活,始终像一个谜似的,影影忽忽在我脑中飘浮。但在实际生活中,他却给我留下了更多更深的印象。在这时期的我的工作中,他常常给我出主意,想办法。现在只要有人向我提到西北战地服务团,提到西安,提到同国民党反动派的摩擦,我都会想到宣侠父同志,只要有人谈到宣侠父同志,我都会立刻想到他曾给我的帮助,和他的为人。去年我读到金戈同志整理的、金铃同志生前写的他的传略,今年又读到他自己写的《西北远征记》,我才全面地了解了他的多么令人起敬的一生,原来他一直是在极大的困难中完成党交给他的艰巨的任务。我深感我欠了他什么,又似乎是我自己欠了自己什么。骨鲠在喉,不吐不快,我应该写点什么,才能心安。

摩　擦

在西安我们第二次公演后,大约是四月初的时候,国民党陕西省党部,突然查封取缔十来个进步的群众救亡团体,如民族解放先锋队,西北青年救国会,西北学生联合会等……自然,他们也不能容忍我们西北战地服务团在他们眼皮下活动。但我们是堂堂十八集团军的宣传团,他们不敢贸然封闭,他们给我们送来了一纸通令,命令我们即日开赴八路军前线,否则要逮捕负责人。理由是既然名字叫战地服务团,便应该到战地活动,不应久留后方。与此同时,他们通过御用刊物,制造舆论,说西北战地服务团犯了错误,书写的标语穿靴戴帽,有问题。如"拥护蒋委员长抗战到底"是穿靴,"实行革命的三民主义"是戴帽,穿靴戴帽都是不应该的,又如说我们在街上写了"争取国防友军"的反动的、破坏国共合作的标语等等……本来,我们原没有打算在西安久留,但现在他们居然下了逐客令,这样反动,我们当然不能接受,我们偏要在这里留下来,并且大锣大鼓,堂而皇之地继续工作,再度公开演出。我们把意见向党中央请示。毛主席亲自批示同意,并指示我们要"摩而不裂"。我们得讯后高兴极了,全团的情绪也高极了,只是从何着手呢?

我们一到西安,就在大街小巷书写了很多标语,美观的庄重的方体美术字,这时却被人用石灰水涂掉了。我们继续写,他们继续涂。被指责为"争取国防友军"的反动标语,原来是"争取国际友军",国民党出于反共,牵强附会把"国际"说成"国防"来诬陷我们的。中共陕西省委李初梨同志同我亲自到国民党省党部理论,见到了他们的特派员,一个瘦个子,就像电影中的反派人物,双方谈来谈去,我们要按我们的办,他们对我们无可奈何,但也不愿改口,僵持不下,谈话没结果。自然我们不会走,我也不怕他们逮捕,但是,工作如何开展呢?我们不能久困在梁府街女中,如何继续开展工作,这是我们日夜焦虑的一个问题。

顾 问

这时宣侠父同志给我们出主意了。

于是我们同西安的各界抗敌后援会联系,这个后援会是国民党包办的群众团体,原来我们就有过联系,我们一到西安就找了他们,我们驻在梁府街女子中学便是他们出面安排的。这时我们和他们接洽,用抗敌后援会的名义写标语了。标语内容由我们在政府公布的抗战建国纲领中和共产党抗日救国十大纲领中选择,我们照旧大写特写那些"穿靴戴帽"的标语,我们怎能只拥护蒋委员长呢?我们只拥护他抗日嘛。标语的字体也仍是有西战团特色的,粗体勾边大字。只是过去标语后面的落款是"西战团",现在则改为"抗敌后援会"。西安市的任何人看了落款,也能心领神会这全是西北战地服务团同志的手笔。这样,省党部不便再去涂抹了。他们之间有微妙的关系与矛盾。

我们这时不在舞台演出,不在报上登广告,我们到工厂、伤兵医院,去红十字会的防疫医院,到学校作小型演出,演小歌剧,唱大鼓,说相声,唱救亡歌曲。几个人成一个小队,带几件乐器就出发。还分头到许多基层单位帮助组织训练业余歌咏队,和一些人、各种团体开小型座谈会、联欢会。我们也像打游击那样,化整为零,表面上西战团休息了,好像已经偃旗息鼓,实际我们的宣传工作更紧张更深入。我们团里白天只留一两个人驻守在家联络,应付一切事务,其余的人全都分散下去了。我们交往的人越多,朋友也越多。甚至同国民党的抗敌后援会也有了进一步的联系,他们不来阻挠我们。但我们还必须冲破国民党的封锁、诬蔑和禁令,争取再一次公开演出,我们还必须同国民党省党部斗争。因此除了扩大和下层群众联系外,也必须向上层打主意想办法。而跑上层,同国民党的高级官僚谈话,我是很不情愿的。访问国民党省党部,那种印象已使我厌恶之至,我怎能愿意跑到敌视共产党的人那里去拉关系呢?但宣侠父同志说服了我,鼓励了我,并为我张罗。这是我一生中少有的两次与国民党要人的接触,一次是蒋鼎文,一次是胡宗南。我找他们,目的是要他们能为我所用,能对西战团在西安的工作起点积极作用。这样,我便去了。

募 捐

蒋鼎文那时是国民党政府西北行营主任,总揽西北军政大权。他同宣侠父同志是同乡,自幼同学。他参加过几天共产党,同宣侠父还是一个小组,关系看来很密切了。但后来他投靠了蒋介石,很受器重。宣侠父是一个忠实的共产党员,为了党的工作,同他保持来往。他很想拉拢宣侠父下水入伙,也常表示亲热,请宣侠父吃饭,为他介绍女朋友。那时宣侠父的爱人金铃同志在延安。宣侠父对此都一概坚决拒绝。宣侠父向我介绍西安形势和国民党内部的派系纠葛。他建议我去拜会蒋鼎文,蒋鼎文是一个赳赳武夫,没有什么真才实学,我要见他,他会觉得能见到一个名作家是很高兴的。如果他捐点钱,就可以说他承认西战团,支持西战团。这自然不是为了那几百元钱,而是为了取得更加合法的地位,国民党省党部就没有理由赶我们走,我们就可以留下来,继续工作。这样,我便按约定时间去西安行营长官公署,看见了蒋鼎文。我原以为他大概总会有些官架子,或有些气派,但正如宣侠父同志所告诉我的,他只是一介武夫。也许他有满腹经纶,善于吹拍钻营,长于当官从政,但好像因为我是一个对世故、对逢迎一窍不通的人,他的这套东西反而无法施展,因而显得木然。他好像一个刚刚上台的新演员,无所措手足。我本来不会说话,更不会交际辞令,但我是在作一件重要的工作,我一定要办成功,我要他捐款给我们西战团。因此,我滔滔不绝地说了一篇大道理,什么抗日救亡一定要唤醒民众;西战团在前方如何受欢迎,在西安又如何深得民心,介绍我们作风的艰苦,申说我们很愿意早日重返前线的决心,但苦于开拨经费短缺等等……。我自己好像也是第一次登台,就像我们西战团从延安出发公演时,我扮演《王老爷》一剧中的八路军的政治宣传员,曾向地主王老爷宣传有钱出钱,团结抗日的道理一样。不过那时剧中的"王老爷"是由一个团员扮演的,而现在遇上的却是一个真正的国民党的高级将领。他以前可能没有见过我这样一个八路军的女干部,共产党的女作家,他扮演得十分拙劣。现在回想起来,实在想不出他说过什么话。他自然说过话的,但大约等于不说,所以我毫无印象。我只记得一点,他送我出门时,叮嘱秘书要给我二百元,但为了郑重,命令秘书亲自把钱送到西战团。我自然不必说谢谢,心领了就成。我仰着头,像一个打了胜仗的公鸡,得意地走出了公署大门,连门岗卫兵的敬礼也忘记报以点头。我固然有点可笑,但他却更不像样子了。回团后我告诉宣侠父同志,他也很感安慰地大笑了。他又一次提醒我,眼里不要在乎这些人,这些人徒有虚名,根本就很蠢,没有什么能耐。只是因为他们手中有权,才可以为所欲为。第二天,蒋鼎文的秘书果然送了二百元的支票来,我们是很困难的,但的确也不在乎这二百元。我们算是从国民党的军方拿到了一张护身符,利用这张护身符,我们可以对付一下国民党省党部的逐客令了。这是一张小小的王牌,给我们在西安的斗争,添了一点点胜利的因素。

赴　宴

　　过了几天,宣侠父同志又来邀我一同到胡宗南住处作客,胡宗南要请我们吃中饭。胡宗南是蒋介石放在西北,对付共产党的一支重要军事力量的首脑,也是一支常败军的司令官。宣侠父同志可能同他是黄埔军校的同学,一向很熟。宣侠父同志告诉过我,在任命他为十八集团军驻西安办事处高级参议以前,胡宗南知道他在国民党的非嫡系军队,如梁冠英、冯玉祥、吉鸿昌等的部队里混过,人很能干,但是不是共产党员,还摸不清。他很想利用他，拉他去胡军部队做政治教官。宣侠父同志考虑，如果真能打进去，是可以有所作为的。后来胡宗南向蒋介石提出，蒋介石没有同意，答复说，你胡宗南对他能保险吗？胡宗南不敢绝对担保，就取消原来的企图，但还把蒋介石的话告诉了宣侠父。宣侠父担任了十八集团军参议，他们之间还有来往，有时是公事，有时好像是个人应酬，实际还是侠父同志见缝插针，为党办事。比如他安排了这次我同胡宗南的会见，表面上也属于个人的应酬，实际还是为了工作。宣侠父因为多年在国民党军队中做地下工作，因此养成了一种非常灵活、毫不僵硬的工作作风。他的秉性素质，他的多年地下工作的锻炼，使他对人的态度总是平易可亲，温文尔雅，无论什么人都乐于向他敞开胸怀。即使是狡猾的国民党高级军官，也不容易识破他的庐山真面目。

　　胡宗南住在西安市郊的一个风景区。我们到后，就被直接迎到后边靠山麓的一间亭子似的客厅里，四周是树林，路边种了许多花卉，有微微的芳香袭来，显得非常幽静。住在这里的应该是一个词人雅士，但我看见的人，却出乎我的意料，我虽然不会以为他是什么青面獠牙，可是总以为他大概是有几分威严的军官。不，胡宗南这天没有穿军装，只穿一身便服，而且因为天气微微有点热，只穿一件白绸的西装衬衫，留的长发，不是现在流行的港派长发，而是一般的西式发型；使人注意的是有一绺头发常常要吊在额头，而他要常常摇一摇头，把那绺头发甩回去。他看来还很年轻，不过三十来岁。好像他没有忘记自己的年轻，说不上有些孤芳自赏，但举止确实有些轻佻。他卖弄什么呢？是公子哥儿吗？是飘零子弟吗？是油头粉面的票友吗？是故做风流，想把那杀人凶相掩藏起来吗？我不觉得那些特意做出来的洒脱有什么可供欣赏的，我只感到眼前是一个耍猴戏的瘪三，使人作呕。宣侠父同志几次说不要以为这种人有什么能耐，的确，眼前的这个人便是幼稚可笑，最多不过像旧时的上海野鸡大学里的一个混文凭的有点阿飞气息的学生，实在不必放在眼里。因此我很少说话。宣侠父也冷静地旁观。待到他把戏做得差不多了的时候，我告诉他，我们西战团很想重回前线，在回去的路上，要通过几处他的防地，我们愿意顺路到他的防地进行一些演出，慰劳他的部队。我告诉他，去年在山西省的洪洞、赵城，我们的演出受到许多国民党部队的欢迎，我们还曾到李默庵（也是蒋介石的嫡系部队）的军部演出，和他们的宣传队联欢。胡宗南的确是一个滑头，听了一边点头，一边笑着说"欢迎、欢迎"。但一谈到请他给我一纸关防护照时，他就支支吾吾。勉强答应了，却又不肯当面给我。后来自然就没有消息了。宣侠父同志笑着说他胆小，他也只是红着脸敷衍。因此在吃饭的时候，我们都摆出一副冷淡的样子，但他装作无所感觉，笑着对我说："现在是国共合作，共同抗日的时候了，像丁作家写的《山城堡战斗》那样的文章，大概可以不再写了吧。"

一九三七年一月，我曾写过一篇《记左权同志话山城堡之战》，记述了胡宗南军在山城堡同我们红军打仗而吃了败仗的故事。呵！原来他还记得！我也知道，柳青同志就是因为在《西安文艺》（或《陕西文艺》）上转载了这篇文章，刊物被国民党查封，人也在西安呆不住就跑到延安去了。这是一年前的事了。大约这篇文章刺痛了他，所以他才忍不住径直地说了出来。

我便答道："现在是团结抗战，那样的文章可以不写。不过，您还是一个可以写的人物，希望您在抗战中创造出一些好的事例，只要对抗战有利，不管成败利钝，都是可以写的。只是希望你们不要再封闭刊物、逮捕作者、驱逐编辑就好了。"他有点不好意思，摇一摇头，把那绺垂在眼边的头发甩到头上，只说了一句："那都是过去的事了。"

我看着坐在下席的胡宗南，这时他的洒脱已经没有了，滔滔不绝的门面话也不说了，反而有点焦躁不安。他想什么呢？想赶快把这顿饭吃完,好把我们送出去吗?想露出本相,耍点威风吗?这时宣侠父同志说话了,他一说话,他的声音就能使人镇静。他像解释,又像安慰那样平静地说道:"丁玲是一个人民的作家,她能揭露一些事实,也能赞扬一些人物。她对您,对一切抗日的将领都是抱着赞扬的态度的。"

我觉得他这话说得非常得体,我非常高兴,胡宗南也和颜悦色地向我祝酒:为了我的新的写作。

我们告辞了,我们不管主人想些什么了。我只感到郊外的空气非常清新。我高兴地想:"我大约可以不再需要会见什么党国要人了。"宣侠父却平静地说:"我们并不真正需要他的什么关防。西战团能去他的防地固然好,不去也没有什么。我们原来的计划就没有非去他的防地不可嘛。你懂吗,他请你吃饭,这就是有了关防了。这个消息马上会传出去的。"我的确不懂得,也不想懂得,胡宗南请我吃一顿饭,算什么?他算什么?吃这一顿饭就可以吓住人吗?中国社会就是这样恶劣的吗?我大约是一个不合时宜的人。宣侠父同志懂得他们,并且能不露声色地利用他们。我们西战团后来没有继续感到时时处处都有威胁要来,而能比较顺利地举行第三次公演,同这些使人难受的一些会见是有关系的。我只觉得又可气,又可笑。我们要做点好事,就必得同一些坏人打交道。难道这个逻辑还不荒谬吗?

死　难

七月,我们抵制了国民党一纸通令,无视国民党的威胁与恫吓,澄清了国民党制造、散布的谣言与诬蔑,冲破了国民党的封锁与阻挠,举行了第三次轰动古城的公演。随后我们告别西安,凯旋延安。临行前我们举行西安各界的座谈会,各界同胞、同志、朋友都热情赞扬我们的工作和作风,国民党操纵的抗敌后援会的代表,也不得不说了许多好话。我们满载西安人民对我们的殷切希望与鼓励,我们也留下了深刻的回忆与依依惜别之情。谁知在我们离开西安不久,西安的国民党特务却又在背后狠狠地捅了我们一刀。我永远不会忘记就是那些给我们捐过款,请我们吃过饭的人面兽心的人所做的伤天害理的事。他们在我们走后不久,就策划杀害了我们尊敬的战友宣侠父同志。

我知道,原来组织上已经决定宣侠父同志离开西安回延安,定在八月一日,与林伯渠同志一道动身。但就在他动身的头一天,七月三十一日夜,宣侠父同志参加了八路军西安办事处举行的庆祝"八一"建军节的球赛运动会,会后骑自行车回宿舍,半路被国民党特务绑架到一辆吉普车内,用绳索将宣侠父同志勒死,将尸体投入下马陵一口枯井内。八路军办事处经过许久才查清实情。原来是蒋介石命令蒋鼎文等利用同宣侠父同乡同学关系,诱以高官厚禄,还想用美女进行拉拢,但均为宣侠父严词拒绝,蒋介石无计可施,亲自密令暗杀。那些同乡、同学,平日以谈天饮酒来迷人的笑脸,一变而为狰狞的杀人不眨眼的魔鬼。宣侠父同志的不幸牺牲,深深教育了我:应该十分清醒地对待敌人的伪装和警惕敌人的阴谋毒手。宣侠父同志的死难,对我们革命战士又是一个无比沉痛的教训。宣侠父同志,我们革命的人民永远怀念你,要继承你的遗志,并且向你学习。

一九八二年十月十二日于北京

1983年1月,丁玲在澜沧江上

晚年丁玲

伊罗生

还是在"九一八"事变以后,在上海一次对国民党的不抵抗主义提出抗议和示威的市民大会上,我看见了伊罗生和史沫特莱,还有苏联塔斯社的记者站在大会场的一角。我知道伊罗生是英文《中国论坛》的主编。他的刊物经常向世界报导一些中国革命的真实情况。他是一位很活跃的革命的年轻朋友。我记得当我在上海的时候,《中国论坛》曾大力报导牛兰夫妇被反动的国民党无理拘捕的新闻。我知道他与中国民权保障同盟的宋庆龄、蔡元培、鲁迅、杨杏佛诸位先生有着经常的联系。一九三三年我和潘梓年同志被国民党秘密绑架,《中国论坛》报曾及时揭露,并公开发表民权保障同盟的营救呼吁和向国民党抗议的声明。杨杏佛先生被国民党暗杀后,《中国论坛》报又及时揭露,并对国民党的倒行逆施进行了有力的抨击。在白色恐怖笼罩上海、中国革命处于艰危的时期,《中国论坛》报在国际宣传和支援中国革命方面,做了不少有益、有效的工作。据说后来也是由于受了"左"的影响,他回国了。回国后在一个大学任教,多年来和我们失去了联系。一九四九年我国革命取得了空前的伟大的胜利,但在中美关系没有解冻以前,他仍是难和我们取得联系的。一九三四年他请鲁迅、茅盾编选的中国左翼作家作品选《草鞋脚》一书,自然也一直没能在美国出版。我们党粉碎了"四人帮",清算了极左路线的毒害,一九八〇年的冬天,他远涉重洋又来中国了。他要求会见宋庆龄副主席、茅盾同志,也希望见见我。听到这个消息,我是多么激动啊!过了一天,宋庆龄副主席在家里宴请他们夫妇,茅盾同志作陪,我也恭陪末座。几十年不见了,这时他已经是一个老人了。他是自费来的,是来看老朋友的,准备去上海、绍兴,在那里参观鲁迅博物馆和鲁迅故居。在北京时,他先后会见了茅盾同志和我以及周海婴同志。我请他吃饭,他见到了当年在上海的旧友陈翰笙,以及三十年代鲁迅的旧友和学生曹靖华、唐弢、李何林、戈宝权等同志。他非常兴奋,和我们一起回忆上海时期的战斗篇章。他非常高兴,他告诉我们:鲁迅和茅盾编选的《草鞋脚》一书,很快就要在美国出版了。果然,他走后不久,书寄到了,装帧、印刷都很好,所选的文章,都是当年年轻的左翼作家的作品,其中也有我的两篇。收到这本书时,真使我感慨万分。伊罗生在北京住了四五天就去上海,他在上海鲁迅博物馆看到三十年代他和宋庆龄、鲁迅、蔡元培、杨杏佛、史沫特莱和萧伯纳等的放大了的照片悬挂在壁上的时候,他感动极了。四十多年来,我们中国人民、中国的革命事业在漫长的历程中,走过多么曲折、艰辛的路程,这曾使外国朋友们为我们担忧,而且也影响到一些朋友们为我们承担风险。我们如果真正做到实事求是,谦虚谨慎,戒骄戒躁,能常替朋友设想,我们内心会感到歉意,会更多更深地体会无产阶级国际主义的情谊。我对伊罗生先生,就有这样的感情。他曾为我们的革命事业付出过他青年时代的美好时光和美好心灵。

他离开北京回美国,我没有问他在美国的通信地址,因为我不懂外文,而且习惯于简单的生活;我也没有想到还会遇见他。八一年十一月十六日傍晚,刘年令女士接我到哈佛大学。我刚跨进餐厅前的大门,突然一下就见到了他。他默默含着微笑望着我,并不走过来,是他想试试我还认不认识他,而有意等我先去招呼他吗?我果然一下就认出了他,而且因为是出乎意料就更显得高兴。在这济济一堂的学者当中,不就只有他能算上是老朋友吗?

进餐的时候,他们夫妇就坐在邻座和我对面,他们很亲切地望我,悄悄地观察我。我也不时送过去亲切的眼光。我们没有对话的机会,整个晚餐席上的谈话,大都为晚宴的主持人戈尔德曼(Goldman)女士垄断了。戈尔德曼是专门研究中国文学的,在哈佛大学任教。晚餐结束的时候,伊罗生夫妇恳切地邀我们十八日中午到他们家午饭。我们当然乐于应从。这天聚餐后,在哈佛大学的演讲会上,我又看见这一对老人静静地坐在听众席上。我很歉然地想到,我能讲什么以满足他们的渴望呢?

十八日上午十点半钟,威士理女子大学中文系主任戴祝愈女士,亲自驾车送我们去伊罗生家里,并自愿为我们充当翻译。我至今都感谢她的热情。伊罗生,住一栋楼房,客厅很大,客厅里摆了许多中国生活中的摆设。茶具也是中国古式上等人家用的白底套红印花瓷盖碗。我默默地观察,我感到他是热爱中国的,特别是英勇战斗、坚贞不屈的三十年代的中国共产党,使他恋恋不忘。但他似乎有一点无言的感伤,有一点隔膜,有一丝淡淡的愁绪。他对我们的新中国,对我们粉碎"四人帮"后,重新振作奋发的我们的共产党,和我讲的我个人的心情,可能都还保有某些考虑的余地。现在在一个家庭餐桌上,他就坐在我对面,用亲切的眼光看着我,但总掩盖不了我在他心上产生过的迷茫,至少我不是他曾了解的,曾想象的,我好像站在离他很远的地方,但又是他愿意更亲近的。因此我觉得他对我讲的话,又亲切而又非常审慎。我离开他时曾这末想;现在还是这末想:现在我几乎是可以引起他重温少年热梦的唯一的人了,至少是很少人中的一个了。但我在他那里,却又似远似近。他想找点什么?而得来的却又不是一下能完全理解的,或者是长期彼此隔绝的他所不能想象的。伊罗生先生,世界走得太快了,人总会有变化的。精神和物质常常不一定协调地同时前进。

我愿意告诉老朋友:我认为共产主义总有一天要胜利,尽管路途还比较艰辛,中间还可能遭受挫折。但事在人为,人定胜天。我们的革命友谊会在彼此了解、信任中发展巩固。我们在结识新朋友的同时,越发珍惜老朋友的情谊,而且希望今后能有更多的交往。

一九八三年二月二十一日于昆明温泉

我与雪峰的交往

我这个人有一个大弱点,就是害怕斗争。我一辈子生活在斗争的漩涡里,可我很怕斗争。很多有关斗争的事情,我不是太清楚。三十年代我参加党,很快就被捕了。那时有人传说我死了。事实上呢,我只是离开了,在很多方面都离开了这个世界。后来我在延安,听从党的分配,做了一些事务性的工作。没有成绩。虽说写了几篇文章,不多,很少。我也不是搞理论的。关于文坛上的一些论争,我不愿讲。我现在讲的,就是雪峰和我个人的友谊。前天晚上我说,我们主要是文章上的知己。一九二七年,我在北京,没有参加社会活动,和过去的党员朋友、老师失掉了联系,寂寞得很。胡也频也一样,和我有同感。那个时候很年轻,也说不出道理来。胡也频就写诗啰!我被逼迫得没有办法,提起笔来写小说。

正在这个时候,王三辛(是我的一个朋友,他思想还是很进步的。是不是党员,我不清楚。可能是党员,但他没有告诉我)介绍冯雪峰给我们做朋友,教我日文。但教了一天,他不教了,我也不学了。我和胡也频都感到他比我们在北京的其他熟人——也是一些年轻的、写文章的朋友——高明!所以我们相处很好。他告诉我们,他是党员:啊呀,那个时候,我一听到是个共产党员,就觉得不知道得到多少安慰!我还是同一个共产党员做朋友了。因为我的老的共产党员的朋友,那时都不在我面前。

他先到上海,读到我的《莎菲女士的日记》后,给我写了一封长信,我那个时候写《莎菲》也有点像现在一些青年女作家一样,很出风头,很有读者。我收到很多很多来信,把我恭维到天上去了。当然高兴啰!冯雪峰也来了一封信,他说他是不大容易哭的,看了这篇小说他哭了。他不是为"莎菲"而哭,也不是为我而哭,他为这个时代而哭!他鼓励我再写小说。他对我的估价也是高的。但有一点是我当时接受不了的,他说:"你这个小说,是要不得的!"虽说小说感动了他,但他说这篇小说是要不得的,因为是带着虚无主义倾向的。他以一个共产党员,满怀着对世界的光明的希望,他觉得"莎菲"不是他理想中的人物。对这封信,我很不高兴。因为人家都说好,他却说不好;尽管他哭了,他还说不好!这一点我印象很深,而且牢牢的。经常要想:是不是《莎菲》有不好的倾向?

后来我也到了上海。在到上海前,他就告诉我,现在上海很多人在打听丁玲是谁。一听这话,我就烦了。我这个人有点倔脾气,湖南人的倔脾气。我在社会上很苦闷,没有知心朋友。我的文章写出来了,人家过分地对我表示赞扬的时候,我又反感了。我想管我是谁呢!所以我告诉他,我不住在上海,我想到杭州去。我想躲起来,躲在一个地方写文章。冯雪峰就到了杭州,替我和胡也频找了几间房子,在玛瑙寺后的小山坡上,我们就住在那里,写文章。那个时候,胡也频也好,我也好,我们仍感觉到苦闷。希望革命,可是我们还有踌躇。总以为自己自由地写作,比跑到一个集体里面去,更好一些。我们并没有想着要参加什么,要回到上海。我们只是换了一个地方,仍然寂寞地在写文章。

后来,我们和沈从文搞"红黑"出版社。我们三人都不会做出版生意,老是赔钱。叫做"红黑"出版社,湖南话的意思是不管赔钱倒霉,反正要办下去。那个时候,胡也频比较用功地读了鲁迅、冯雪峰翻译的进步的文艺理论丛书。他开始在变,而且比我变得快。我过去比他革命些,跑到上海,作了李达和陈独秀的学生,成了瞿秋白、施存统的朋友。他过去却是同革命绝缘的。他读这些理论书,一天天地往左走。我们去到济南以后,胡也频就成了一个红色的教员了。在学校里宣传无产阶级文艺,那当然不行啰!结果被国民党通缉,我们两人连夜逃到上海。到上海后,不记得是第二天,或是第三天,冯雪峰来看我们来了,他请胡也频在左联办的暑期补习班里讲无产阶级文学、马列主义文艺思想。实际上他只读了几本书,懂得不多,但他就在那里大讲特讲。最近,我从一个法国作家那里听到,她很欣赏孔夫子的一句话:"朝闻道,夕死可矣!"那个时候,革命青年真是有这么一点精神:朝闻道,夕死可矣!得到这个真理了,看准前途了,就不顾一切地冲上去!就这样在国民党的专制统治下,胡也频在左翼作家里面成了第一批的牺牲者。他牺牲之后,我该怎么办?我本来在头一年就参加了左联,但我没有担任工作。因为那时身体不好,有了身孕,不愿意大着肚子满街跑,就在家里写文章。胡也频牺牲后,我就向左联提出来,要到苏区去。我说我要写文章,我要到工人那里去,农民那里去。可上海我能到哪里去呢?我能到工厂去吗?我不能到工厂去。哪里也去不了。我在一篇文章上回忆起潘汉年同志,那个时候潘汉年同志要我跟他走,做他所从事的工作。我心里想,我这个乡下人,湖南人,又倔,能做他那样的工作吗?我自知不行,不能做,我还是要求到苏区去。冯雪峰、潘汉年向上面请示,后来洛甫同志见了我,我坚决要到苏区去。洛甫同志说,可以考虑考虑,考虑好了,告诉我。但结果呢,仍是不同意我去。要我留在上海,编辑《北斗》。为什么要我来编呢?因为我在左联没有公开活动过,而且看起来带一点资产阶级的味道,虽说我对旧的社会很不满,要求革命,但我的生活、思想、感情还有较浓厚的小资产阶级的味道。

叫我来编辑《北斗》，不是因为我能干，而是因为左联里的有些人太红了，就叫我这样还不算太红的人来编辑《北斗》。这一时期我是属冯雪峰领导的。《北斗》的编辑方针，也是他跟我谈的，尽量地要把《北斗》办得像是个中立的刊物。因为你一红，马上就会被国民党查封。如左联的《萌芽》等好几个刊物，都封了。于是我就去找沈从文，当时沈从文是"新月派"的，我也找谢冰心、凌叔华、陈衡哲这样一些著名的女作家。这在当时谁也不会相信她们是左派。所以《北斗》开始几期，人家是摸不清的。撰稿人当中有的化名，外人一时也猜不着是谁。瞿秋白在这里发表不少文章就是用的化名。我编《北斗》有没有受到过左的干扰呢？有，我记得有些时候，有的文章，一发出去同我们原来想的好像有抵触。这不是又暴露了吗？我们原来不想暴露《北斗》是左联办的，但这种文章一发出去，就暴露了。结果，原来给我们写文章的一些人就不再给我写文章了。像郑振铎、洪深这一些老作家，本来是参加左联的；郁达夫，第一次左联开会有他，在这个时候，都不晓得到哪里去了。这时候，雪峰提出：还要想办法把这些人的文章找来。于是，我们想出个题目：请你们谈一谈对现在创作的意见——征文，这样有些人的名字又在《北斗》上出现了，显得我们这个刊物还是和很多著名作家有联系。那个时候冯雪峰在左联当书记，后来他调到文委工作，但是他还经常关心过问《北斗》的事。

说老实话，过去开会我是从来不发言的，总是坐在后头一声不响，后来我参加演讲，参加活动，都是运动把我推上去的。有的人不敢讲，怕自己太红；有的太红了，不能去！于是就把我这个不算太红的人推上来了。那时候，我真不会讲。站在台上的时候，直发抖啊！前年蒋锡金对我说，当年他看到我在大夏大学讲演的时候，老在用左手摸面前的桌子；后来，戈宝权同志说我是用右手摸桌子。那时我一会儿大夏，一会儿光华，一会儿暨南几个大学到处讲演。这时上海有一个文化界救国会,参加的人各种党派都有,有国民党人,有第三种人,还有托派,里面左翼的、好的,是陈望道先生,是这个团体的头头。雪峰点名叫我、姚蓬子、沈起予三个人代表左联参加。讨论问题的时候只有我们三个人意见一致,别人都反对。表决时,看到人家是多数,沈起予就弃权,姚蓬子就跟着人家举手。我怎么样?我没办法,只好光荣地孤立,一个人反对。后来还得到雪峰的鼓励,他说:应该这个样子嘛!应该把你的意见讲出来,不应该跟人家走!这对我是见世面,受锻炼。

我讲,《莎菲》他看了,给我写了一封很长的信。可惜这封信没有保留下来,在上海被捕的时候遗失了。三一年当我发表《水》的时候,雪峰又写了一篇评论:《新的小说的诞生》。《水》引起了文艺界的注意。接着很多人写了文章,讲了一些类似的好话。后来,他到江苏省委宣传部工作,我被提名担任左联的党团书记,我们就没有联系了。一九三三年我被捕了,我们就更无法联系。一九三六年我想方设法,花了很多时间,偷偷地跑到北平,想在北平找到党的关系,找到李达那里。李达第一句话就说:以后老老实实写文章!别再搞政治活动了,你不是那个材料。原来我以为他一定认识得有党员的,但他不替我找,而且还警告我,真没办法。后来我听说曹靖华在中国大学,我同曹靖华不认识,但是我想曹靖华那儿也是有希望的,我便去找曹靖华。先托人问他,说我要见他,能不能见?他说:欢迎。我就见了曹靖华。曹靖华第一句话就问:你现在怎么样?我说我现在太痛苦了。这时我就跟他讲这次是逃出来的,想找到共产党。可是他不认识党员,曹靖华自己也不是党员,他是瞿秋白、鲁迅的老朋友。他和我商量,他讲:"你还是先回去,不能在北平久留,你赶快回去,我写信给鲁迅。"我们两个估计鲁迅那里一定有党的关系。这样,我就只好回南京等候信息,我回南京只过了几天,果然张天翼便来看我,给了我一张字条,是冯雪峰写的。冯雪峰说:听说你想出来,非常好,你跟张天翼商量怎么走。以后张天翼就帮助我化装,他爱人陪着我,我们两个人到了上海。第二天或第三天,雪峰来看我。他看到我,第一句问:"这几年怎么过的?"我想把什么话都跟他谈,然后大哭一场,痛痛快快地哭一场。我刚一哭,他马上把脸板起来了:"你为什么老想着自己呢?世界上不是只你一个人孤独地在那里,还有很多人跟你一样的。"他这一句话,把我所有的眼泪都弄回去了。我是满腔的痛苦,他呢?就没有想到我的痛苦,而只想到别人去了。那我还有什么哭的呢?我当然不哭了。接着他就慢慢地对我讲,讲长征,讲毛主席。后来,他请示了中央作了安排,把我送到延安,我们又没有联系了。以后我当然听到他的一些情况,他可能也知道我的一些情况,我知道他当时不痛快,他也知道我的艰难。但是,我们没有什么再说的了,也没有来往。

一九四六年时,他在国统区给我出版了一本《丁玲文集》。他在前面写了一篇文章,把我在延安时写的小说,加以评论。还是说好话,说我成熟了。

日本投降后,我到了张家口,他给我写了一封信,把他的书寄给我。我把他的书转给了毛主席。

全国解放,我们在北京又见到了。他第一句话就说:《太阳照在桑干河上》写得好!一九五二年他写了一篇评论文章。经过几十年的风风雨雨,评论我作品的文章很多,但是我觉得有些文章,都是在雪峰论文的基础上写的,难得有个别篇章,个别论点,是跨越了他的论述。一九五七年那一段时间,我们在北京,他搞文学出版社,我在作家协会,我们来往很少。五六年底或五七年初,传说五五年给我戴的反党帽子要摘掉,我的历史问题又作了结论的时候,我觉得没有什么可以顾虑的了,不会太多地连累人家的时候,我同陈明两个人去看了雪峰。我们感到他生活很寂寞,没有娱乐,只有工作。我们两个人买了四张戏票,给他们两张,我们两张,他们在楼下前排,我们两个在楼上,我们看了一次戏。

不久,天翻地覆。我每天看着他挨批,人家批他,他在那里检讨。他听着人家批我,我在那里检讨。我们大约成了完全不相知道的人了。我实在不知道他有那么多的"罪恶",他也不知道我有那么多的"罪恶",我们成了陌生人。从此我们没有再见面。

这是我们来往的始末。

人生啊,实在是太曲折了,也太痛苦了。我们要革命,要做工作。可是,我们不容易取得很好的条件和环境,发挥自己的能量。有时我们得在很重的压力底下,倔强地往上生长。我不能不想起一些事情。他主编《文艺报》是有人在会上提议我赞成的。因为我觉得我编《文艺报》不适合。我不是搞理论的,他是搞理论的。他编《文艺报》比我好。我向来是这样主张:我工作的时候,对我的工作我完全负责;当我不做这个工作别人在做的时候,我决不插手。所以,一九五一年雪峰接手编《文艺报》我就没有管《文艺报》的事。一九五四年批《文艺报》的贵族老爷态度。那时,我从外地刚回来,《文艺报》的副主编陈企霞也刚从外地回来,冯雪峰我还没有见着。当时我对作协党组的一位负责同志说,是不是我们开个党组会,在党组会上先谈一谈然后再拿到群众大会上去。那个大会是批胡风的。这时,我们这些党员都不知道会该怎么开,目的是什么?我们作为大会的一员坐在那里听。我想批胡风怎么批到《文艺报》贵族老爷呢?所以我提议,我们党内是不是先谈一谈呐?我觉得一个同志如果思想上有错误,我们应该批评他帮助他,而不是一下就拿到群众大会上批。但给我的答复是:"我们再不搞这一套了!干吗要让他们事前有所准备啊?"那时我心里想,就是不让人家有准备,就要这么突然一下,闷头一棍。后来,很多人众口一词,都说冯雪峰用贵族老爷式态度对付文艺青年。一九七九年我回到北京,《文艺报》的两个老编辑曾经对我说,他们想投书党报,拨乱反正,澄清事实,说冯雪峰当时非常热情地接待了李希凡、蓝翎这两位青年文艺工作者的,而且送他们到大门外,替他们叫三轮车,还付了车钱,并没有压制他们。冯对青年人是非常热情的。

冯雪峰是一个受得起委屈的人,勇于承认错误。只要有人(其实个人并不能代表党)对他说,他错了,他就会写检讨认错。如果人家对他表示一点点自我批评或检讨,他就会被感动,不会去计较人家的检讨是真是假。雪峰这个人值得我们怀念和研究,今年我们在他的家乡开研究会,我想将来会在杭州、上海和北京开研究会的。

一九八三年五月三十日

怀念仿吾同志

——《成仿吾文集》
代序

一九三六年十月初,我随红军前方总政治部驻在陕北定边县绍沟沿村。这时红军正准备同胡宗南打最后一仗,指战员都很忙,没有时间与我交谈,我抢在这个间隙随几个同志去定边县城。别的同志去都有工作,我呢,只是怀着急切的愿望想去看看慕名已久的董老(必武)和成仿吾同志,还有我在上海平民女校的同学钱希君。

这绍沟沿是个小村,离沙漠区很近,虽说叫村,实在地面上没有房屋,只有几十孔窑洞散在辽阔的黄土高原上的一条小沟里。沟里没有水,是一条干沟。人们用水都是在一些深窖里把头年冬天埋下的积雪汲出来用。积水中杂有枯树叶子、碎纸头,破布片,驴粪羊粪……,除做饭、饮马外,每人每天限用一小盆。水成了最珍贵的东西,好像这时人们才懂得生活是不能没有水的。好在我是带着最丰富的幻想和热情投奔到这不毛之地的。尽管朔风习习,满目荒凉,我在全是陌生人中却处得愉愉快快,整天沉醉在这广大自由的天地里,感到四处都洋溢着勃勃生机。

这天,太阳刚从东边地平线上冒出来的时候,我在一群新集合起来的一伙人中间,策马东行。空气很冷,很新鲜。路很平,塬上极少树棵,偶然看见几棵长不大的杨树。满天红霞,不是灿烂如锦似火,倒似从冰霜中冷冻过的那样浮着一层既淡又薄的雾似的轻纱,笼罩大地,含着一种并不强烈的淡淡的温柔,却很能稳定我容易激动的心情。我极目寰宇,悠然自得,脑子里浮现出古代的诗歌,那些印证着此情此景的诗句,是多么豪迈和使人舒坦!这里是冬日,又似霜晨;是征程,又似遨游;是战士,又似游子……蹄声得得,风沙扑面,我如在梦中,如在画中,只是从同志们那里传来的欢声笑语,才使我想到我是在哪里,正向哪里去。

忽然,从我后边跃过一匹枣红马,而且传来一声挑战的颤抖的声音:"丁玲!敢撒开缰绳跟着我们跑几步吗?"这是贾拓夫同志,一个温文尔雅的陕北干部。他曾经告诉我,一九三四年陕北红军为了取得与中央苏区的联系,派他到上海,辗转到了江西,而后随中央红军长征,绕了一个大圈子,胜利完成了任务回到陕北。在这两年的艰难跋涉中,他从一个知识分子学生变成了一个老练的革命干部。他是一个平和的人,怎么今天也向我挑战了?欺负我是一个刚刚坐在马上的人吗?不行!我现在也骑着一匹马,也是一匹枣红马,是头一天任弼时同志批给我的,是一匹从草地来的马呢。我不答话,真的撒开马缰,站在马镫上,夹紧马肚子放马驰骋。于是我前边的马,后边的马,都跑开了。我们正走在大沙漠的边沿上,我只看见细沙像水似的在沙地上流淌,风在耳边轻扫,像腾云驾雾一样。我渐渐松弛了第一次跑马的紧张。过不一会儿,我的手没有劲了,腿也软了下来,可是我不服输,浑身无力地坐在马上,心中晃悠着望着遥遥跑到前边去了的贾拓夫。他忽然把马停了下来,哈哈大笑:"好样的,丁玲!"马都停了下来,我的马也挤上前去。我安定了,赧然地傻笑起来,感谢那个聪明的贾拓夫同志。大家都兴致很好,缓缓地策马而行,不觉地到了定边城,时间才下午三点,太阳已经挂在西边的天际,这里日照真短啊!

晚上我住在钱希君的家里,又疲惫又舒畅的酣睡了一夜,第二天早饭后,她陪我去拜访董必武和成仿吾。董必武同志过去早有人向我介绍过,但讲得较简单。这次见面,觉得更加亲切。他嘱咐我:"丁玲!到了这里,你一定不要'客气',想什么,需要什么,都说出来,你讲客气就要吃亏了。"他送给我一件整狐狸皮,火红火红的,好看极了。后来一位女同志被派到大后方、国民党统治区工作,正用得着,我把狐皮转送给她了。董老给我的印象是无论在什么时候,他都对人亲切,很会体贴人。当我要去见成仿吾同志时,我的想象却很丰富。从创造社最初的老一辈作家,留给我的一些印象,我对成仿吾同志是有所想象的:在文学上,他主张浪漫主义,创造社最早就是这样主张的。他是从日本留学回来的,一定很洋气,很潇洒。因为我见过一些这样傲气十足的诗人,他们趾高气扬,高谈阔论,目中无人。他在国外学军械制造,或许是庄重严肃。又听说他在过黄埔军校,那一定又是一种军人气概。是的,他写过火气很重的文章,是不是又有一点张飞李逵式的气质呢?他是我们湘南人,是不是也有一点本乡本土的南方蛮子的倔强脾气呢?没有见到他之前,我确实对他作过各种揣测。但当我一见到他,第一个感觉,就是我想象的全部错了,错得简直有点失望的样子,他怎么只是那样一个土里土气,老实巴交的普通人呢?我后悔,为什么我单单忽略了他是一个经过长征的革命干部、红军战士,一个正派憨厚的共产党员呢?我们一谈话,我就感到舒服,他是一个使你可以在他面前自由谈话的人。他不会花言巧语,也不是谈笑风生,但他使任何见到他的人都觉得他是一个诚实的人,一个可以信赖的人,一个尊重别人,对什么人都平等对待的人。他是一个普通人,却又不是一般普通人能够做到的那么热情、虚心。这便是我在定边第一次见到的成仿吾同志。

后来,一九三八年他在延安主持陕北公学的时候,我去看他,他还是这样。一九四六年在张家口,他主持华北联大的时候我们又相见了,他还是这样。一九四七年我随华北联大的同学参加土改工作后,回到正定联大,住在文学院,虽不是天天见到他,却感到了他同联大师生们的亲密关系。他的原则性很强,态度却平易近人。在他领导下的工作人员对他总是这样认识,这样说的。当面是这样,背后也是这样。我以为这是极不容易得到的评论和鉴定。

　　成仿吾同志过去写过不少文章,有一部分是一九二八年他很年轻的时候写的。有一些是充满着革命的热情但也有极少的几篇是属于论争的文章,其中有的对鲁迅先生有所责备。其实,这一争论属于革命文学队伍内部的论争,而且很快就达到了同志间的一致。一九三一年仿吾同志担任鄂豫皖省委宣传部部长和红安县委书记时,经过革命实践的锻炼,政治思想水平得到提高,对鲁迅先生有了比较全面和正确的认识,就痛感自己少年时的高傲和偏激;三六年鲁迅逝世不久,他就为文热情颂扬鲁迅先生是"中国文化界最前进的一个",有着"划时代的功绩","应该高高地举起鲁迅的旗帜"。如果有人以为仿吾同志是一个狭隘偏激、成见很深的人,那就大错了。恰恰相反,成仿吾同志在这里正表现了共产党人的品格高尚。一九二八年他在欧洲加入共产党,参加编辑党的刊物《赤光》,读了许多马列主义的著作,提高了他的理论水平,打开了他的眼界,他看得更远了,也更实际了。一九三一年回国后在革命群众中做实际工作,他洗涤了几十年来知识分子常有的思想上的片面性。他深入下层,勤勤恳恳,和人民群众同甘苦,共命运。过去年轻人容易有的那一点意气、偏激,他早就抛弃了。反之,旁人对他的一些评论、指责,即使有过甚之处,他也超然豁达,不斤斤计较,不存在芥蒂。一九三四年底,张国焘藉口到苏区外围打击敌人,带着主力部队和仅有的四部电台,离开鄂豫皖,擅自远走四川,使留在鄂豫皖坚持工作的同志和党中央失去联系。仿吾同志受命去上海寻找党中央,恢复联系。他辗转跋涉,从秋到冬,好不容易才到达上海,但找不到规定的接头人,找不到党组织。在贫病交加的关头,他想起了鲁迅,他认为这是唯一可靠的战友。果然,他找着鲁迅,他们见面了,热情握手,一同在咖啡馆里亲切密谈。这便是伟大的见证。成仿吾同志全然不是一般人揣度的那种狭隘的讲究派性的人,过去的那一点争执已经随着时间的推移而消逝了,现在他们之间只有一个大同,他们是革命同志,是亲密的战友。鲁迅帮助仿吾同志找到了地下党的关系,仿吾同志平安到达中央苏区。党中央和鄂豫皖苏区恢复了联系,仿吾同志留在中央苏区工作。他从此专门从事党的教育事业的开辟和领导,在教育战线上建立了功勋。五十年来,桃李满天下,为党和国家培养了一批又一批的政治坚定、作风扎实、具有真才实学的革命和建设人才。

　　我过去很早就认识仿吾同志,对他很尊敬,但因为工作关系,我们不在一起的时候多,同他接触很少。他平日是一个不爱多说话的人,我也是一个不爱无事奔走,浪费别人时间的人,我们即使偶然相遇,也很少机缘深谈,但我常常感到他对我的关心和友好。一九八二年春节,一位住在党校的朋友来告诉我,成仿吾同志要同他的老伴张琳同志来看我。这使我惶恐不安,我觉得应该我去看他,我确是几次都想去看他,只因为怕妨碍他的工作,听说他每天都仍在翻译校订马列著作;我也不愿占去他很少有的休息时间,所以我一直迟疑没有去。结果还是由于他的坚持,他们两老夫妇光临我的住宅;我实在不敢当。事后传话的那位朋友告诉我:"成老一直对你很好,但他这人向来不愿表现自己,他不会对你说什么的。五八年他听说你去北大荒后,心里常为你不平,挂念你,为你难过落泪。他说过丁玲是不搞宗派的人。"这些话就像一盆火放在我心上,常在我心中燃烧。只有真正以党的事业为重的人,才会顾念到一个与自己无任何干系的平凡的在苦痛中生活的人。这意外的奖赏真使我承受不住。我只有勉励自己,为党多做点事才对得起他对我的信任,才能不辜负千万个像仿吾同志这样对我怀有希望的人。今年三月间,山东大学出版社约我为成仿吾同志的文集写序。出版他的文集,我是欢迎的,但为他作序,我不敢答应。我以为和仿吾同志在创造社一同战斗过的、也是我的前辈的还有人在;仿吾同志在教育界也有许多老同事;我自问不能担当这样的重任。我正拟婉辞,山东大学负责编辑的同志又来了,他们说这是仿吾同志自己的意思。这样我是不敢,也不应该推辞了。我不顾自己有病,也不注意医生的劝告,我决心动笔。那几天正当六届人大和全国政协开会之际,听了赵紫阳总理的政府工作报告,全身充满了生命的活力,好像又回到四十八年前那样,我骑着枣红马,撒开缰绳,驰骋在无涯的沙原,春水在我的坐骑下缓缓流淌,软风在我耳边轻扫,我心情荡漾,想念着仿吾同志漫长的一生,我要写出他美丽的一生,写出他纯洁的心灵。成仿吾同志是一座尊严的雕像,就在前边吸引着我。我以为在这种心情下我很可以为他精描细写,表达我对他的爱和尊敬。可惜啊!痛心啊!正当我执笔的时候,一声霹雳,一道闪电,乌云布满天际,寰宇大雨滂沱:"成仿吾同志逝世了!"我惊愕了。一霎时,那天边的红霞,那马前的雕像都消失了,我从哪里再去寻找那书写的热情!我才发现我这个人真蠢,我追寻着的东西,却常常失之交臂,只落得无穷的悔恨和无限的怅惘。仿吾同志,我应该在你生命活跃的时候去做的事,却没有去做。我应该在你生前写出的文章,却留到了现在,一切都没有什么可说的了。但我为了对许多忆念你的学生和怀念你的读者践约,我仍不敢写序,只能留下我的一点印象和敬意。

一九八四年九月四日于北京
原载一九八五年一月十二日《山东大学》学报

《延安文艺运动纪盛》序

前几年听说艾克恩同志要编写一部记述延安文艺运动史实的书,我很高兴。艾克恩同志是陕北人,从小生长在革命根据地里,对那里的一草一木怀有深厚的感情。他是一直搞文艺工作的,从延安到北京,始终没有离开过文艺岗位,对革命文艺比较熟悉,因此,他完全有条件、有能力和有精力把它写好。果然经过三年的勤奋努力,写成了这部长达六十多万字的书,这是一件值得庆幸、也是很有意义的大工程。

前不久,我收到日本友人秋吉久纪夫先生寄来的他撰写的《华北根据地的文学运动》一书。书中详尽记述了以革命圣地延安为中心的华北根据地的文艺运动盛况。我不懂日文,粗粗翻阅一遍,并请教了两位懂日文的学者,他们介绍说,这书搜集并且用了大量史实,将抗日战争时期我党领导的轰轰烈烈的革命群众文艺运动忠实地展现出来。作者没有禁忌,没有框框,注重事实,尊重历史,既不掩饰,也不夸大,让客观事实说话。这样它自然不失历史的原貌和光彩,具有较高的史料价值。我们这些亲身经历过这场斗争风云的人,看到这些,感到格外亲切,唤起回忆,受到启发。我想,一个外国朋友尽管很有能耐,很有见识,但能掌握的材料毕竟比我们少,体会也不会比我们深,可是为什么外国朋友能写出而我们却还没有写出来呢?主要是我们重视不够,没有计划和组织专人去从事这项工作。现在《延安文艺运动纪盛》一书的出版,多少为我们填补了这方面的空白,是一个可喜的、值得欢迎的开端。

延安文艺运动应当得到重视,应当研究;延安文艺传统值得继承,值得发扬。延安时期是抗日战争全面展开并取得完全胜利的时期,是我们党走向更加成熟、全国人民的觉悟更加提高的时期。在这场被誉为"战争史上的奇观,中华民族的壮举,惊天动地的伟业"的斗争中,延安始终是前进的灯塔,坚强的后盾,惊涛骇浪中的砥柱。就文艺这条战线来讲,它的影响及其作用是无可估量的。特别在毛泽东同志一九四二年提出文艺为工农兵服务和文艺工作者走与工农兵结合的道路之后,广大文艺战士更是自觉自愿地热情澎湃地奔赴战场,深入农村,走进工厂,学习、利用和创造多种形式的文艺武器同敌人展开复杂激烈的斗争。以延安为发端为中心的革命文艺运动,不仅遍及全国各个解放区,而且波及到国统区和敌占区,确实成了"团结人民、教育人民、打击敌人、消灭敌人"的有力武器。因此,这个时期的文艺运动,可以说是我国文艺史上的"奇观"、"壮举"和"伟业"。它的成就是突出的,经验是丰富的,影响是深远的。这一切,如果没有毛泽东文艺思想的正确指引,显然是不可能取得的。正像胡耀邦同志所讲:"毛主席的文艺理论是辉煌的,丢了是不好的,特别是《在延安文艺座谈会上的讲话》帮助了几代文艺家得到成长,在历史上起过重大作用,现在也还对我们的工作具有指导意义。"胡乔木同志也强调:"这个讲话的根本精神,不但在历史上起了重大的作用,指导了抗日战争后期的解放区文学创作和建国以后的文学创作的发展,而且是我们在今后任何时候都必须坚持的。"

毛泽东文艺思想确使延安时期的文艺运动在中国现代文艺史上跨进了一个新的历史阶段,是一个重要的转折,一个质的飞跃。它是"五四"革命文艺运动的继续和发展,又是以全新的面貌和姿态出现。它的基本思想和基本精神,是符合人民当家作主之后创造新世界、开辟新天地的需要,是指导我们文艺实践的正确方针,发挥并将继续发挥积极的作用。如:要求文艺反映时代的脉搏,反映人民的利益;文艺同人民群众结合,是开掘创作的"惟一源泉";文艺坚持民族形式,力求做到群众喜闻乐见;文艺正确借鉴中外遗产,取其精华,去其糟粕;文艺贯彻百花齐放、百家争鸣的方针;等等。这在新的历史时期,即对外开放、对内搞活、锐意改革、振兴中华的今天,尤其显得重要。

延安文艺既然是一个运动,而且已经成为历史,它就不可避免地也会有这样那样的局限性。对此,我们不应当忽视,更不应当回避,而须以历史唯物主义的观点和方法,去热情地实事求是地加以分析、研究和总结。我们坚持毛泽东文艺思想,自然就要十分珍视延安文艺的宝贵财富,认真总结延安文艺的成功经验和教训。如若漠视延安文艺的成就,或者因为在贯彻执行中有过失误,就否定延安文艺的传统,那就既谈不到坚持,更谈不到发展。

要研究就要有资料。没有大量的丰富的和成套的资料,就无从进行科学的研究工作。所以,收集、整理和出版延安文艺运动的资料,是一件很有意义很有价值的事情。无论见诸报章杂志上的文字资料,还是积存于人们头脑里的口头资料,都是搞研究工作的依据、条件和基础。现在延安时期活跃在文艺战线上的老同志多已年高体弱,居于二线,他们有丰富的实践经验,有大量的第一手资料,急需自己动手或找人帮助记录整理。这也是一个抢救资料的迫切问题。可喜的是,近几年来不少研究单位、大专院校和出版社已经着手抓这件事,并颇有成效。《延安文艺运动纪盛》一书的编辑出版,就是其中的一个成果。这本史书的内容还可以再充实,事实还可以再核实,但它作为第一部延安文艺运动史实的记录,是很珍贵的,值得重视。它至少有这样的特点:用编年史方式,按年、月、日,比较详尽地记述了延安及其所波及的广大地区文艺活动的全貌；编写者力求做到实事求是，保持历史原貌；不加任何主观随意性，不搞什么"按我所需"或"以人取舍"的做法，而是老老实实地写，原原本本地写。这样，就为我们和后来的研究工作者提供了比较可信和可靠的依据。

当然，这只是一个良好的开端。对延安时期的文艺研究工作还亟待加强，许多工作有待专人去做，尤其需要一些有心人、热心人和苦心人去做。我希望我们的大专院校、研究单位和文艺界的领导，对此予以重视，要制定规划，组织力量，并且提供必需的物质条件。我希望在不久的将来，能够看到更多的延安文艺运动史、延安文艺思想发展史以及解放区文艺史等等的出现，从而使延安文艺传统在新的历史时期得到新的发扬，结出新的硕果，为实现祖国的四个现代化和繁荣社会主义文艺事业做出新的贡献。

一九八五年十一月二十日于北京

林老留给我的印象

一九三六年冬天我到了保安。保安的一切对我都是新鲜的,我几乎无往而不觉得新鲜。保安就是现在的志丹县,那时是一个荒土村(北方叫屯子),城里的房屋都被国民党保安队烧了,只剩下一栋房子,做了苏维埃政府外交部办公的地方。外交部部长李克农同志便住在这里。这栋房子边上有两个大一些的土窑洞,一间住的是我,另外一间住着三四个从白区上海来的学生。我刚来没什么事,整天串门,到党中央苏维埃政府的这个部,那个部,去看这个首长,那个首长。我进进出出,发现外交部外面的场院上,在一块石头上总是坐着一位老人,白胡子,白头发,穿一件老百姓的羊皮袄,老是笑眯眯地看着我。开始我以为这是一位老乡。后来一打听,人们告诉我,他就是林伯渠同志,那时在苏维埃政府担任财政部部长。这位财政部部长就坐在我们院子外面的大门口,我进进出出,他总对我笑眯眯的。有一天,我挨着他走近去。他招呼我坐,问我在这里生活习惯不习惯。我说太新鲜了,什么都有意思,我便问他:"好像我们两个沾点亲戚。小时候听说我们有个亲戚,姓林,参加辛亥革命,后来又参加北伐,那个人是否就是你?"他笑了,说:"是我。"我说:"我应该称呼你什么?是叔叔、伯伯、姑爹,还是什么?"他说:"不,是表亲。"后来我又问他:"我伯父有个孩子,是我的堂兄,也参加了北伐,你记得他吗?"他说:"我记得。他就是跟着我出来革命的。北伐失败后,革命更艰难了。他年龄还小,只有十五岁,我就劝他回老家了。这人还在吗?"我说:"不,不在了。我这个堂哥从外面回家不久就疯了。因为他在家里呆不住,亲戚、熟人,他的父母都逼他去自首,填脱党的自首书。他不愿意,他分辩说自己不是共产党员,始终不肯。但这样他就成了一个见不得人的人了。在乡下很可怜,慢慢地成了一个疯子,越来越疯,总是躲人,不见人。'九一八'事变,'一·二八'淞沪抗战那一阵,他又出来了,讲要打倒日本,打倒国民党。有一天他死了,怎么死的谁也不清楚。他算是我们蒋家第一个参加革命的人,但不幸却成为一个人人笑话、得不到同情的疯子,最后去世了。"谈到这件事的时候,我们心里都很难受。他也跟我谈到他怎么在北方满洲里参加辛亥革命,怎么跟着孙中山到日本去等等。这以后,我们的话就多了。今天坐在这个石磴上谈,明天也坐在这个石磴上谈。尽管他说我们是平辈,但对于他的经历,他的性格,他这个人,我是很尊敬的,是当他作我们革命的老同志那样尊敬。从他的谈吐中,我感到他是一个平和的人,是一个非常有感情的人,通人情的人。后来我们同在延安好多年,但工作不在一起。他是边区政府主席,我在文艺界抗敌协会工作,或者编报纸副刊,守着一点编辑事务,写点小文章,同他就很少来往了。我这人还有个毛病,不喜欢跑首长家,我也不是一个爱交际的人,有时甚至偏激到讨厌那种喜欢交际的人。但是到林老那里去,我没有这个感觉,以为自己到他那里是交际去了,是讨好去了,或是去表现自己了,都不是。我去只是因为我很喜欢他,愿意和他谈天;我觉得有很多地方他同我很谈得来。他是一个通达的人,从不拘泥于那种细微末节。有一次,几位老人到解放日报社来玩,有徐老、吴老等,大家谈到屠格涅夫的书信集,这是一些情书。屠格涅夫在法国和他的房东,一个什么夫人产生了感情,可是两个人从来没在一起住过,那个房东有丈夫。屠格涅夫经常到法国去租住在他们家里。老人们聊天,称赞这些信写得好。后来,有人就说笑话了,说他们两个人究竟有没有夫妻关系,有没有男女的关系?有人说,没有,他们完全是纯洁的恋爱,精神恋爱。另外的人就说,不可能没有,一定有。我问林老,他说:"唉,有或没有有什么重要呢?只要他们是真的恋爱。"相形之下,林老显得更开通;按现在的话说就是思想很解放。但林老却不是风流人物。他觉得结婚也好,离婚也好,完全是一件很平常,很偶然,很自然的事。他的一生,他的工作,他的为人,有口皆碑;在战争岁月中的边区军民群众,在建国年代的党内党外的干部人民,都认为他是一个最完整的人,最和气的人,最能理解人的人。他的作风最平和,最民主。我虽然没有机会和他在一起工作,而且有很长时间,我和外界隔绝,和他不通信息,他后期的工作、生活,我一点也不了解。但他最初给我的这么一点点印象却是如此之深,至今我常常叨念他,常常想到他。这位革命老人在世界上一辈子做了许多好事,有益处的事,他自然永远活在善良的人们的心中。

一九八五年七月二十九日于协和医院
(初收湖南人民出版社一九八六年出版的《怀念林伯渠同志》一书,题为"一个最完整的人")

忆弼时同志[①]

我和弼时同志没在一块儿工作过,更没在一起打过仗,我们是文武两分的。但是,我是想他的,很怀念他。

弼时这位同志太容易接近了,没有一点儿首长架子。我碰到他是在定边绍沟沿。那时长征结束后,一九三六年在定边自卫反击,打胡宗南,他和彭总一块儿在前方。彭德怀同志是前敌总指挥,他是政治委员,杨尚昆同志是政治部主任。我是跟杨尚昆同志上的前方,住在政治部宿营的那个村子里,弼时同志到这里来开会,我们就在那个时候认识的。

开始见他时,我有点儿怕他。他的样子蛮严肃,两个眼睛很有神,两撇短胡子,很有威风。可一接触他,却非常平和,很容易一下子就接近了。他和我谈起旧事,他是长沙明德中学的,我是长沙周南女中的,两个学校在那时都是有名的,两校间只隔一条小巷子,就这样我们很随便地谈起来了。我过去习惯和搞写作的文人交谈,和红军首长谈话的机会很少,所以总是首长谈得多,我只注意听。对毛主席我是尊重他,喜欢他的。他博学多才,待人谦虚,从前对我们这些文人也是谦虚的,很好的。我同毛主席在一块,就听毛主席讲,我讲的少。和弼时同志在一起却

[①] 1983年10月19日,中共中央文献研究室的同志在编辑《任弼时选集》的过程中访问了丁玲。原拟在选集出版时将访问录音整理成文,请本人核定发表。不料丁玲因病去世。在《任弼时选集》出版之前,文献研究室的同志整理了此文,发表前请陈明做了校核。

不一样，他总喜欢问，而且根据你讲的一再提问。我本来比较单纯，也很少世故，不懂得在什么时候，什么地方，什么该讲，什么不该讲，在他面前更是什么顾虑都没有，就把心里话都很坦然的倒出来了。他使你敢说，什么都敢对他说。我想这是因为他长期做群众工作养成的好作风。他使群众对他感到可亲、可敬、可以信赖。我和他随便什么话都谈，当然谈的不是打仗，而总是社会上人与人之间的一些事情。

还有一个很特殊的现象，我一直叫他"弼时"。这在当时红军里是很少的，那时一般都叫他任政委，同志之间都称呼职务。我初到根据地，不懂这些，似乎也不习惯这些。但我称呼毛主席，称呼周副主席，都很自然，也很亲切。后来在延安文协工作，我常到洛甫那里开会，对洛甫还加个"同志"，可对弼时同志从来就叫名字——"弼时"，不称他职务，也没加"同志"。后来，我自己发现了，这样不好，我就对弼时同志说："我这个人太乌七八糟了，应该叫你'政委'或'弼时同志'。"他说："这有什么要紧，叫我名字有什么关系？"他这人就是这样，使人感到亲近，不计较这些。这是他的一种作风，他认为我们是同辈人，是平等的。这是一种很好的作风。

可能是杨尚昆告诉他的，我的那匹马不好。我从保安出发，临行时后勤部门分给我一匹马，是首长交代的。我是个刚刚从白区大城市来的知识分子，从没骑过马，事务长分给我的马，是一匹瘸马，我不敢骑，更不忍心骑。途中宿营，我到弼时同志那儿玩，只隔三四里路，我们一路走，一路聊天。到了马房，他说："丁玲，你选一匹吧，这两匹马都是我的，看你要哪一匹？"我说："随你给一匹，我又不懂好坏。"于是，他就把那匹驮行李的马给了我，因为这匹马比较老实，不欺生。后来行军，我和总部一块往南走。他的那两匹马习惯在一块儿，离不开，他那匹马走在前边，我那匹就一定要赶上来。那时前方的指挥员我都不认识，我觉得弼时同志容易接近，所以一路便跟着他。一路上，他教我骑马，讲马的习性，帮助我，照顾我。一到宿营地休息，他就坐下来看书，读列宁写的《社会民主党在民主革命中的两种策略》。那时同我们一起行军的还有一个从白区来的男青年，也是知识分子。我们从保安出来，都不懂得要带党的组织关系，所以在前方没有参加组织生活，像做客一样，但是和同志们都很亲近。这样一直到了甘肃的一个县，我就同他们分开了。我说，我住在司令部里没事干，你们又很忙，我到下面去吧！他们就把我介绍到聂荣臻同志那里，又到贺老总那里。

后来，史沫特莱来了，总部把我叫回来，陪同她去延安，我在总部又呆了几天。临走时，弼时同志说："丁玲，你把那匹马带回去吧！"说了好几次，我那时不懂得马的重要，心想：要马干什么？我说："我和史沫特莱一起坐汽车去，那马怎么带？"他说："你要的话，我就派人送去。"我说："太费事了，不要，不要。"后来，到了延安，长期生活在延安，常常下乡，我才知道马的重要。要下乡，要到工厂，动不动就得找总务科借马。这是一点儿小事，弼时同志实在是为我着想。他非常能体贴人，细致得很，对人非常负责。

当时，他和彭总一起，工作很紧张，一到宿营地就挂地图，看电报，忙极了。可是生活很艰苦，部队吃得很不好。他和彭总那里的伙食办得也不好，贺老总那里，比他们搞得好些。那时津贴很少，一个月他们每人五元钱。彭老总的钱由警卫员替他管。彭总有胃病，警卫员就给他弄点炒面糊，冬天有时买只鸡做给他吃，但彭总总要问，是不是从老百姓那里买来的？违反群众纪律没有？我跟着弼时走一路，没见过他的警卫员给他买鸡吃。他自己是不大花钱的。我陪史沫特莱回延安时，他还交给我五元钱，让我带给陈琮英同志。他对陈琮英特别好，陈琮英对他也很体贴。我曾听说，弼时同志被捕，她为了营救，冒着危险到处奔走。又有一次，我和陈琮英一起住延安中央医院,弼时同志几乎每天中午都抽空来看她,很耐心地坐一会儿,轻言细语地谈一会儿才走。

大约一九三七年底的前后,我常带着西北战地服务团在前方工作。那时,常请朱老总和弼时同志来给我们团员讲课,讲抗战形势,讲马列主义。弼时同志是政治部主任,我常去向他汇报工作。有一次,我在演出费里报了点浮账,记不得是几元钱,有炭火费、钉子费等。他就问:"你们不是有烤火费吗?为什么还领炭火费呢?"我说:"当然有,那是在老百姓家里,办公用的,这炭火费是在露天舞台、后台用的,后台冷,演员化装需要烤火。""你们演出,住室的炭火不就省下了嘛!"接着他又问:"钉子干什么用?"我说:"挂幕布。"他又说:"钉子用过后不是可以拔下来带走吗?"我说:"钉在木头里可不好拔哩!"那时八路军就是这样艰苦,这样节约。我们的演出费很少,在农村演一次,才花两三块钱,可弼时同志工作作风是那么细,那样严肃认真。

关于我的事,他没有不清楚的。一九四〇年有人告诉我,康生在党校说:丁玲如果到党校来,我不要她,她在南京的那段历史有问题。这话是康生一九三八年说的,我一九四〇年才知道。我就给中央组织部部长陈云同志写信,让康生拿出证据来,怎么能随便说呢?我要求组织给作个结论。因为我来延安时并没有审查过,组织上便委托弼时同志做这项事。弼时同志找我谈话,我一点也没感觉到他是在审查我。他叮叮咚咚地问我,他过去也是这样叮叮当当地问的。我们像聊天一样,谈得很仔细。后来,中央组织部对这段历史作了结论,陈云、李富春同志亲笔签名,结论作得很好,我非常感激。

一九四三年,我在党校学习时参加了审干,那时康生又搞什么"抢救失足者",白区来的知识分子很少逃得过的,也把我"抢救"了一下,可没给我另外作结论。审干后,我挺忙,一直在乡下,写文章。一九四五年，日寇投降后，中央办公厅批准，我们组织延安文艺通讯团到东北去。离开延安前，我去看弼时和陈琮英。他俩留我多住几天，给我安排了一间客房，还找了张弹簧床。我说我没有这个福气，一夜没睡好。可他们自己睡的是硬板床。临走的时候，我跟弼时同志说，一九四〇年陈云同志给我作了结论，可审干时又把我"抢救"了一下，没有给我甄别，这问题到底该怎么办？弼时同志说："你放心地走吧，到前方大胆工作吧！党相信你。不会有什么问题，我们都知道的。"他这样跟我讲了，那我就什么事情都不管啰，很放心啰。他向来讲话是负责任的。

  我觉得我很愿意经常见着他，因为他总使你高兴，放心。在延安的时候，人家都说："丁玲怪得很，轻易不到杨家岭来的，就是来了，别的首长家不去，就到弼时家去。"那个时候，就是在别的首长家里开会，碰到要吃饭了，我就又到弼时同志家去了。陈琮英做湖南菜给我吃，大头菜蒸肉，在延安就是好吃的啦！

  进北平以后，我还到香山去看了一次弼时同志和毛主席。建国以后，我就不找他了。我不愿去打扰他们，他们太忙了。

  弼时同志在北京逝世时，我去他家凭吊，我哭得很伤心。李伯钊劝我说："你哭得那么伤心，琮英又要哭了。"我觉得他对同志真是负责任，真是关怀。他的逝世，使我感到特别悲痛。

  我一直想写他。让我讲他的事情，我讲不出多少，也许是旁人写文章不值得一提的小事，但是我对他有一种感情，所以心里一直有这个愿望。

漫谈散文

有的人把散文看得比小说低一些,这是不正确的,也不符合历史的实际。我国散文有悠久的传统和多种样式。古代许多感情强烈、语言优美的序、跋、记、传都是散文。司马迁的《史记》是散文,范仲淹的《岳阳楼记》和欧阳修的《醉翁亭记》也是散文。它们写得多么好呵!这些散文之所以能流传后世,不只是因为文字美,主要是有思想、有感情、有心胸、有气魄。后来有一种倾向,认为散文容量太小,不能把一个时代、一个历史过程写进去,读者读起来意思不大,要看气势磅礴的小说才过瘾。其实,历史本身就是一部宏伟的巨著,反映历史需要小说、戏剧、史诗这样的长篇大作,也需要短小精悍、情深意切的散文。一篇好的散文也能就历史的一页、一束感情,留下一片艳红、几缕馨香。不管是散文还是小说,只要写出人物来了,写出时代来了,写得动人,写得能启发人、能感动人、能教育人,就是好作品,就会受到读者的欢迎。

现在,思想深刻、文字优美的散文多起来了,但也有少数散文作者的写作态度不够严肃。他们写散文好像是为了发发感慨,写写风景,只在辞藻上使劲,没有在思想内容上下功夫,写得轻飘飘的,没有分量,引不起读者的兴趣。事实上好的散文,读起来是很愉快的,读者是欢迎的。现在大家工作都比较忙,没有充分的时间读太长的文章,散文这种形式就比较合适。散文可以偏重于写风景,但必须有思想。风景是人欣赏的,你写风景、写山水，如果不寄寓自己的感情，那有什么意思呢？画家的山水画画得好，是因为他心中有山水，画的是自己心中的山水。如果心中没有山水，没有自己的感情，是不可能画好的。写散文也是一样。

现在有的读者读文学作品只是看故事，消磨时间。有的报刊为了销路，就迎合这种要求，刊登些编造故事情节的小说。少数出版发行部门朝"钱"看，愿意出版这类惊险离奇的小说，而把散文、报告文学书籍的阵地挤得很小；即使出版了，印数也少得可怜。这也影响散文创作的发展繁荣。

我赞成写小说的人也写散文。一篇散文只有两三千字，甚至几百字，要写出东西来，给读者以深刻的印象，就得讲究文学语言，写得精练一些、深刻一些、有分量一些，给人的东西多一些。写诗的人也应该写散文。前几年一位诗人对我说：一个期刊编辑部办过一个诗歌作者学习班，发现个别的年轻诗人要用一两千字把一件事记叙清楚都很吃力。这样怎能写得出好诗呢？诗人的感情特别强烈，想象特别丰富；文笔要求凝练和谐、生动准确。如果能写出行文如行云流水般的散文，那就证明他的语文基础很好，具备了写出优美诗篇的重要条件。

我曾经和两位藏族青年作家谈过，搞文学的人要具备正确的人生观和世界观，还要打好两个基础：一是生活基础，一是语文基础。打好语文基础，就要经常练习写散文，像画家经常练习速写那样，想写什么，就抓住它，几笔就能把神儿写出来。开始可以先写些小东西，不要把它当做什么大作品，让别人看看，能用就用，不能用就拉倒，算是习作。每写一篇都要注重文字，不只把事情写出来，还要把文字写好，写得准确、鲜明、生动；特别注意不要虚假，要有真实感情，否则即使用了许多高级形容词，什么伟大呀、激动呀、红太阳呀……读者看了依然不亲切，不舒服。

写散文，看起来容易，实际上并不是那么容易。我写的时候就有这样的感觉。有时半天可以写一篇，有的一篇要磨好多时间才能写出来。例如《诗人应该歌颂您》，一个上午就写好了。可是写《曼哈顿街头夜景》就磨了一年多。在纽约时开了个头，回来后写写停停、停停写写，过了一年多时间才写出来。看起来好像是一气呵成，其实不是那么回事。不是想写就可以写的，有时就是写不出来，实在写不出来就暂时放一放。

有些朋友对我说，我的散文有的可以当小说来读，如《回忆宣侠父烈士》就是这样。而《杜晚香》我是把它当小说写的，但里面有很多散文的东西，开头部分就像散文。实际上《杜晚香》中的主要人物虽有原型，但其他人物大都是虚拟的。《粮秣主任》应该是散文。但写时我没有考虑是写散文或是写小说。我不是从形式出发，而是从内容出发，怎么得心应手就怎么写。所谓小说、散文，是评论家后来总结区别出来的。前些年有家文学出版社编我的《短篇小说选》，有的同志认为，从文体上看，《粮秣主任》和《杜晚香》都可以说是小说，建议把这两篇放进去。他们说，从"莎菲"到"杜晚香"可以看出几十年来我走过的创作道路。我不反对这个建议，就把这两篇收入《短篇小说选》了。

我把写散文当作一项严肃有趣的工作，是到了延安以后，那时，我经常下厂下乡，接触很多人，了解很多人。我想像《聊斋》那样，一个人物写一篇，要写得精练，有味道。我写这些人物，也是有意为以后写小说练笔打基础。我在安塞难民纺织厂认识了边区特等劳动模范、老红军袁广发，我就写了《袁广发》。后来在延安参加边区文教大会，见到李卜，听了他的发言，又和他谈了半天，就连夜写了《民间艺人李卜》。当时，我准备陆续写十个这样的人物，后来抗战胜利，我很快离开了延安，这个计划没有实现。

我觉得写散文比较自由，可以写人、叙事、描景、抒情。因此早年在延安,后来到华北、东北、江南,多年来不觉地就写了些散文。特别是五十年代初,我的工作较多,不允许我集中精力写长篇小说,只得提起笔来,顺着自己的思绪和感情写散文,近几年,应报刊编辑的索要,先后又写了一些,就更和散文结下了不解之缘。我希望有更多的同志重视散文,精心写作散文,让散文繁荣起来。

宋清根据谈话整理

原载一九八四年五月二十四日《光明日报》